KB059418

비행기에는 백미러가 없다

최남석 회고록

비행기에는 백미러가 없다

처음 펴낸 날 | 2018년 8월 10일

지은이 | 최남석

책임편집 | 무하유

펴낸이 | 홍현숙
주간 | 조인숙
편집 | 무하유
펴낸곳 | 도서출판 호미
등록 | 1997년 6월 13일(제1-1454호)
주소 | 서울시 서대문구 성산로 312 1층(연희동 220-55 북산빌딩)
편집 | 02-332-5084
영업 | 02-322-1845
팩스 | 02-322-1846
전자우편 | homipub@hanmail.net

디자인 | (주)끄레 어소시에이츠

인쇄 제작 | 수이북스

ISBN 978-89-97322-43-5 03810

이 도서의 국립중앙도서관 출판예정도서목록(CIP)은
서지정보유통지원시스템 홈페이지(http://seoji.nl.go.kr)와
국가자료공동목록시스템(http://www.nl.go.kr/kolisnet)에서
이용하실 수 있습니다.(CIP제어번호: CIP2018022278)

값 25,000원

(호미) 생명을 섬깁니다. 마음밭을 일굽니다.

최남석 회고록

비행기에는 백미러가 없다

호미

고뇌와 희열The Agony and the Ecstasy
—내 인생의 세 가지 '빅 이벤트'

사람마다 생김새가 다르듯, 사람들이 회고록을 쓰는 동기도 저마다 다를 것이다. 나는 처음에는 아내와 자식들의 권유로 회고록을 쓰게 되었다. 손자와 손녀가 "할아버지는 어떤 사람이었나요?"라고 물을 때, "글쎄" 하고 머뭇거리지 않으려면 회고록이나 자서전이 필요하겠다는 이야기를 가족들과 하곤 했다. 수긍이 가는 이야기였다.

내가 정년을 맞이한 LG화학기술연구원의 여러 후진, 특히 한규범 박사의 권유가 두 번째 계기가 되었다. 한 박사는 시간이 지날수록 한국 바이오테크Bio-tech의 초창기 역사가 희미해지고 그 우여곡절을 제대로 아는 사람이 별로 없다며, 더 늦기 전에 소장 자료와 기억에 의거하여 기록을 남기라고 내게 권했다. 이 또한 수긍하지 않을 수 없었다.

그러나 무엇보다도 나 자신의 자발적인 결단이 컸다. 내가 살아온 삶이 보통 사람들의 삶과 다른 점이 있다고 느꼈기 때문이다. 나는 무슨 일이든 나만의 이유를 찾을 수 없으면 일을 벌이지 않는 성격인데, 그 다른 점들을 기록으로 남길 이유가 충분하다는 생각이 들었다.

막상 회고록을 쓰려고 하니 표현력의 부족함을 뼈저리게 느껴야 했다. 엎친 데 덮친 격으로 컴퓨터가 두 번씩이나 악성 코드에 감염되는 바람에, 명색이 공학도인데도 애써 기록한 문서 파일을 날려 버리는 수모도 겪어야 했다. 그러다 보니 당초에 계획했던 것보다 2년이나 늦어졌다.

회고록을 시작하면서 떠올린 영화가 한 편 있다. 화가 미켈란젤로 Michelangelo Buonarroti가 그 유명한 시스티나 성당 Sistine Chapel 천장화를 완성하는 과정을 그린, 캐롤 리드 감독의 1965년 작〈The Agony and the Ecstasy(고뇌와 환희)〉이다. 영화에서 미켈란젤로는 교황 율리우스 2세의 명을 받아 4년 동안 시스티나 성당 천장화를 그려 나간다.

대중 시설에 천장화를 그리는 일은, 사람들의 출입을 통제하는 가운데 천장 밑에 세운 작업대에 앉아 고개를 뒤로 젖힌 채 천장에 물감을 칠해 나가는 고된 작업이다. 그런 육체적인 고통보다 더 큰 중압감으로 짓누르는 창작의 고통이 극에 달했을 때 그는 채석장을 돌아다니며 고민하다가 아담과 이브의 모습을 떠올리고 영감을 얻어 천장화에 다시 채색을 해 나간다. 미켈란젤로의 고뇌와 환희가 명배우 찰턴 헤스턴의 명연에 힘입어 고스란히 전해지는 이 클라이맥스 장면을 나는 이 회고록을 추진하는 '엔진'으로 삼았다.

미켈란젤로와 같은 천재 예술가가 아닌 범인凡人들의 인생에도 고뇌와 환희가 교차하기 마련이다. 스포츠의 세계에도 그들만의 고뇌와 환희의 순간이 있을 것이고, 학문이나 기업의 세계도 마찬가지이다. 스티브 잡스Steve Jobs(1955-2011)의 유명한 고뇌의 순간들과 이를 극복했을 때의 희열의 순간들, 그리고 마침내 사업가에서 '세상을 바꾸는 인물'이 된 그의 열정은 이제 신화처럼 회자된다.

돌이켜 보면 과학도로서의 내 일생에도 이러한 '고뇌와 희열'의 순간들이 있었다. 그것을 나는 감히 '내 인생의 빅 이벤트 세 가지'라고 부르련다.

그 첫 번째 이벤트는 뉴욕의 브루클린 공대Polytechnic Institute of Brooklyn에서 고분자화학으로 박사학위를 마치고, ALZA라는 벤처기업에 책임연구원으로 입사해 생체·합성 고분자화학을 이용해 약의 효율을 증대시키는 연구를 하며 이룬 성과이다. 실리콘 밸리 한복판에서 연구 경험을 하던 중에 그때까지 알려지지 않았던 합성 고분자물질인 크로노머CHRONOMER를 발견한 것이다. ALZAMER(^{TM})로 상품화된 이 물질은 미국에서 고분자물질의 응용에 관한 특허[U.S. Patent 4180,646(1979.12. 25), U.S. Patent 4138,344(1979. 2. 6) 등]에 등재되고, '케미컬 앤드 엔지니어링 뉴스 Chemical and Engineering News'(1985. 4. 1)에도 실렸다. 나는 이 연구 성과로 일생일대의 희열과 함께 정원이 있는 저택에서 백만장자 부럽지 않은 전원 생활을 누릴 수 있었다.

내 인생의 두 번째 빅 이벤트는 미국에서의 안락한 생활을 뒤로 하고 조국으로 돌아와 정부 출연 연구소인 한국과학기술연구소 (KIST)에서 화공연구부장으로 재직하면서 오디오·비디오 테이프의 기초 소재인 폴리에스터 필름을 개발한 것이다. 이 기술을 이전받은 선경화학(현 SK케미칼)은 매년 수천억 원대의 수입 대체효과와 수출 실적을 거두어 이후 세계 4위의 생산업체로 부상했다.

최종현 당시 선경그룹 회장은 나와 우리 팀의 노고에 대한 고마움의 표시로 KIST에 흔쾌히 10억 원이라는 거액을 기부했다. 당시 민간 기업의 10억 원 출연은 KIST 역사에서 처음 있는 일이었다. 나는 폴리에스터 필름 개발로 경제적 이득은 한 푼도 얻은 것이 없지만, 1979년 제12회 과학의 날에 정부로부터 국민훈장 목련장을 수상해 돈 대신에 명예를 얻는 희열을 만끽했다.

내 인생의 마지막 빅 이벤트는 당시로서는 보기 드물게 국책 연구소에서 민간 연구소로 옮겨가면서 마련되었다. 럭키중앙연구소(현 LG화학 기술연구원) 소장을 맡아 연구소가 세계 굴지의 연구소로 도약하는 데 힘을 보탠 것이다. 또한 럭키중앙연구소에 국내 최초로 유전공학(생명과학) 전문 연구소를 만들어 유전공학의 황무지였던 우리나라에 그 뿌리를 내리게 하고, '럭키 하이테크 리서치 파크Lucky Hi-Tech Research Park'라는 세계 최고 수준의 연구소를 만들어 우리나라 최초의 국제 공인 의약품(미국 FDA 허가 품목)을 출시하는 데 기여했다.

숱한 고민과 좌절 속에서도 이와 같은 내 인생의 빅 이벤트 세 가지를 통해 희열을 느낄 수 있었던 원동력은 나의 생활철학인 "하면 된다"였다. 요즘 젊은 세대는 '캔 두 스피릿Can Do Spirit'을 1970년대 개발독재 시절의 낡고 고루한 사고라고 치부할지 모르겠다.

하지만 그런 정신이 있었기에 우리 세대는 열사熱沙의 땅 중동中東과 독일의 탄광 막장을 마다하지 않았다.

나 역시 순전히 내 힘으로 미국 유학을 떠나서 운명을 개척하고, 조국에 돌아와서는 황무지나 다름없던 우리나라 민간 연구소에 유전공학 연구의 씨를 뿌렸다. '캔 두 스피릿'으로 불가능을 가능하게 하고 무無에서 유有를 창조할 수 있었던 것이다. 물론 내 인생의 빅 이벤트들을 포함해 이 모든 것들은 나 혼자만의 힘이 아니라 그 정신을 공유한 동료, 선후배들과 '더불어 함께' 만들어 낸 것이다.

목차

제3장 미국에서 만난 3인의 유태인 스승

제4장 과학기술의 메카 KIST 시절

제5장 무無에서 유有를 창조하다

제6장 사색과 편린

1

청주에서의 유년시절

가장 존경하는 인물은 최기철 박사

우리 같은 이공계 출신들은 '존경하는 사람이 누구냐'고 물으면 흔히 토마스 에디슨Thomas A. Edison(1847-1931)이나 알버트 아인슈타인Albert Einstein(1879-1955) 같은, 과학 발전에 기여한 위인을 댄다. 그러나 나는 존경하는 사람이 누구냐고 물으면, 조금의 주저함도 없이 아버지라고 말한다. 회고록을 아버지 이야기로 시작하는 것은 아버지가 내 삶의 정체성의 뿌리이거니와, 교사였던 아버지의 전출입 이력이 곧 내 어린 시절의 개인사이기 때문이다.

경주 최 씨인 아버지는 충청남도 대덕군 외남면 가오리에서 태어나 집이 40호쯤 되는 윗새텃말(윗새터 마을)에서 자랐다. 나의 할아버지가 혼인한 지 이태 만에 아버지와 작은아버지 두 형제만 남기고 저 세상으로 떠나시는 바람에 아버지는 당신 아버지의 얼굴을 기억하지 못한다.

스무 살에 청상青孀이 된 할머니는 쌀에서 뉘를 가리는 일과 삯바느질을 해서 두 아들을 뒷바라지했다. 그래서인지 아버지는 당신의 어머니를 세상에서 가장 존경했다. 아버지는 자신을 '마마보이'라고 부를 만큼 어느 곳을 가든지, 어떤 어려움을 겪든지 늘 어머니를 생각하는 효자였다.

아버지는 서당에 다니다가 보통학교에 입학했는데 시간 나는 대로 산내전(한밭내)에 가서 붕고기 잡는 것을 좋아했다. 냇가에서 피라미를 잡는 것은 다반사였고, 때로는 동네 어른들과 '둠벙'이라고 부르는 작은 저수지 물을 퍼서 진흙 속의 미꾸리를 잡는 데도 선수였다. 그래서 아버지는 동네 아저씨들한테서 물고기를 잘 잡는 아이라는 칭찬을 듣고 자랐다고 한다.

바로 그 '물고기를 잘 잡는 아이'가 나중에 '민물고기 박사'로 세상에 족적을 남긴 내 아버지 최기철崔基哲(1910-2002) 박사다. 아버지가 민물고기를 지키고 연구하는 어류학자가 되겠다고 결심했을 때, 이미 어린 시절부터 잘 알고 있는 물고기가 몇 종이나 되는지 세어 보았더니 21종이나 되었다고 한다. 그 시절에는 산과 들, 강이 죄다 아이들의 놀이터였지만, 내가 특별히 물고기 잡는 것을 좋아한 것도 아버지 유전자의 영향이 아닌가 싶다.

아버지는 윗새텃말에서 처음으로 보통학교에 입학한 학생이었다. 열다섯 살 되던 1926년에 대전보통학교를 졸업하고 당당히 경성사범학교에 합격했다. 당시 경성사범학교 입학 정원은 100명이었는데, 일본인 학생이 더 많아 소수인 조선인 학생은 경향 각지의 보통학교에서 1, 2등을 다투던 수재들이었다. 아버지는 가미타라는 일본인 선생의 영향으로 생물학을 전공하기로 결심했다. 가미타 선생은 나중에 패전 후에 고향의 시마네현島根県 대학에서 교편을 잡으며 '게(蟹)' 연구에 큰 업적을 남겼다고 한다.

오늘날의 중등교육 과정인 경성사범학교 6년을 마친 아버지는 1931년부터 1937년까지 순천보통학교(현 순천남초등학교)에서 근무했다. 초임지인 순천보통학교는 당시 전라남도에서 세 번째로 큰 학교였다. 당시 교사들 가운데는 고등고시를 준비하거나, 중등학교 교

1937년 여름 순천남국민학교 교정에서 제자들과 함께 한 아버지(가운데).

사자격증을 따거나, 의사나 약사가 되려는 야망에 불타는 사람들이 많았다. 아버지와 함께 근무한 교사 중에서 일본 문부성 중등교원 검정시험인 '문검文檢'에 합격하고, 나중에 고등고시에도 합격해 대법원 판사를 지낸 한성수 선생이 대표적이다.

아버지는 고등고시를 볼지, 문검을 볼지를 놓고 고민하던 끝에 생물 교사의 길을 걷기로 결심했다. 문검은 학과 시험인 예비시험과 실기 시험인 본시험을 모두 합격해야 했는데, 예시는 서울에서 치를 수 있으나 본시험은 일본 도쿄에 가서 치러야 했다. 아버지는 초임지인 순천에서 6년 근무하는 동안 문검에 합격하기 전에는 결혼하지 않겠다는 각오로 시험을 준비했고, 마침내 동물학과에 합격해

1937년에 전주사범학교로 전출을 갔다.

아버지는 순천에서 내 외삼촌이 된 이정호 씨의 소개로 어머니 (이복순)를 만나 결혼했다. 숙명여고를 졸업하고 일본의 도쿄경제전문을 다닌 어머니는 당시 순천에서 최고 학벌을 가진 신여성이었다. 어머니는 외할아버지가 돌아가시자 고향에 와 있다가 오빠의 소개로 아버지를 만난 것이다.

나는 1934년에 아버지의 초임지인 순천에서 3남 5녀의 맏이로 태어났다(호적에는 1935년생으로 돼 있다). 둘째인 최신석崔信錫은 아버지처럼 생물학을 전공해 충남대 이공학부 학장을 지냈으나 안타깝게도 나보다 먼저 세상을 떴다. 셋째인 최호석崔浩錫은 고려대 수학과를 나와 서울 영훈초등학교에서 교사를 지냈다. 아버지가 국공립학교 교사이다 보니, 자연히 우리 형제는 아버지를 따라 여러 학교를 옮겨 다녔다.

여섯 살에 전주에서 총상 입고 기억 상실

아버지는 1937년에 전주사범학교 부속국민학교로 옮겨 전주에 5년 계시는 동안 일곱 번이나 이사를 다녔다. 그런 끝에 그때 돈으로 500원을 주고 교동에 집 한 채를 처음 장만했다고 들었다. 당시 사범학교 부속국민학교는 초등학생들을 가르치는 정상적인 학교 수업 말고도 사범학교 졸업반 학생들을 모아서 교수법을 지도하는 곳이기도 했다.

그런데 하루는 전주사범학교 학생이 우리 집에 놀러 왔다가 가지고 온 공기총을 실수로 쏘는 바람에 그 총알이 내 양미간에 박혔다. 여섯 살 때의 일이었다. 나는 전주도립병원에 실려 가 왼쪽 눈알을 뒤집은 다음에 박힌 총알을 꺼내는 수술을 받았다. 시력을 완전히 잃을 뻔한 이 큰 사고는 그때까지의 내 기억을 모조리 지워 버렸다. 여섯 살 이전의 기억은 전부 나중에 아버지와 어머니한테서 들은 것이다.

내가 총상의 충격으로 기억을 상실한 전주에서 아버지는 국가보안법 위반 사범으로 몰려 곤욕을 치렀다. 한 학생이 휴식 시간에 칠판에 낙서를 한 것이 화근이 되었다. 아버지한테 전해 들은 바에 따르면, 학생의 낙서 내용은 다음과 같은 취지로, 별 것도 아니었다.

"최기철 선생의 말에 따르면, 공부는 자기 자신을 위해서 하는 것이지 남을 위해서 하는 것이 아니다. 문교부 검정시험도 좋고, 일본 문부성의 교원 검정시험도 좋고, 고등문관 시험도 좋으니, 맘 놓고 활약하라."

그때는 좌우 이념 대립이 극심할 때였다. 사범학교 학생들 가운데는 우익 학생보다 좌익 학생들이 훨씬 더 많았고, 이에 대한 우익의 견제와 보이지 않는 감시와 음해도 심했다. 낙서 사건을 계기로 고등계 형사들이 우리 집을 감시하고 부속국민학교 간호사를 매수해 아버지의 사생활을 탐문해 체포할 기회를 노리곤 했다. 위기감을 느낀 아버지는 교감 선생님과 상의했고, 교감 선생님은 동향인 고등계 일본인 형사로부터, 전근을 가면 요시찰 인물, 요즘 말로 블랙리스트에 오르지 않도록 해주겠다는 귀띔을 받았다. 아버지는 결국 1941년에 전주를 떠나 개설된 청주사범학교로 옮기게 되었다.

조선총독부는 그해 충북 청주에 관립 청주사범학교를 설치하고, 5년제의 심상과尋常科와 1년 과정의 강습과를 두어 초등교원 양성 교육을 실시하는 동시에 부속 소학교를 부설하도록 했다. 청주사범에서도 좌우 대립은 그치지 않았던 것 같다. 아버지를 시기한 일본인 교사가 "전주사범에서 사상이 불온해 쫓겨온 자"라고 일본인 교장에게 밀고해 아버지는 그곳에서도 한동안 고초를 겪었다고 들었다.

당시 청주공립농업학교의 잠실蠶室을 임시 교사로 쓰기로 하고 개교한 청주사범은 중등 과정인 '심상과' 두 학급과 '특설강습과' 두 학급이 전부였다. 특설강습과는 초등학교 졸업 이상의 학력자를 1년간 교육시켜 초등학교 교사로 내보내는 속성 과정이었다. 심상과는 다른 중학교와 마찬가지로 어린 학생들이 다녔지만 강습과는 나이 먹은 학생들이 태반이었다. 태평양전쟁 막바지에 일본은 강습과 학생들을 학도 지원병 명목으로 강제로 끌어가곤 했다. 이 때문에 일본의 징집을 피하려고 멀쩡한 학생이 정신병자인 것처럼 미치광이 흉내를 내는 경우도 있었다.

아버지가 강습과를 담당해서, 8·15 해방 전에 우리 집에는 강습과 학생들이 많이 드나들었다. 어떤 학생은 아버지를 찾아와 "선생님께 여러 해 동안 신세를 졌지만 상부의 지령으로 지리산에 간다"고 했다. 학생이 말한 '상부'는 남로당이었다. 또 어떤 학생은 "아저씨가 불러서 갑니다"라고 했다. 학생이 말한 '아저씨'는 여운형 선생을 가리켰다. 여운형 선생은 해방이 되자마자 '건국준비위원회'를 결성했는데 청주의 충북도청에도 '건준'이 결성되어 사범학교 학생들이 곧잘 불려 나가 경비대 노릇을 하곤 했다.

아버지는 청주사범학교에서 8·15 해방을 맞이했다. 해방이 되자 하루아침에 패전국 신민으로 전락한 청주사범의 일본인 교장을 아무도 거들떠보지 않았다. 그러나 아버지는, 자리에서 물러나 차편도 없이 조치원까지 걸어가야 하는 그를 무심천無心川까지 배웅해주며, 무사히 잘 가기를 빌었다. 영어를 담당했던 동료 김홍일 선생은 이런 아버지가 '온정적'이고 정치와 사회현실에 '무관심'하다고 비판했다.

일본인들이 소위 황국신민皇國臣民 교육을 맡았던 교장 자리를 비로소 한국인이 맡게 되었다. 아버지는 30대의 젊은 나이로 청주사범학교 교장으로 추대되었다. 당시 청주사범학교 선생들과 학생들은 좌익과 우익으로 나뉘어 극렬하게 대립했다. 그 가운데서 엄정한 중립을 지키던 아버지는 결국 자의반 타의반으로 교장을 그만두었다.

김홍일 선생이 아버지 밑에서 부교장을 지내다가 월북한 일이 화근이 되었던 것 같다. 이 일로 아버지는 다시 좌익으로 몰려 조사를 받아야 했다. 김 선생은 월북해서 평양 김일성대학의 철학 교수를 지냈지만 나중에 북한의 실상과 공산주의에 환멸을 느껴 충북 보은의 고향집으로 "목숨 걸고 38선을 넘어오겠다"는 편지를 보내

왔다고 한다.

아버지가 온정적이라는 말은 맞는 것 같다. 하지만 아버지는 하룻밤 사이에 좌익과 우익이 바뀌고 서로 상대에게 좌·우 어느 편인지를 강요하는 풍토 속에서도 교육자가 정치에 관여하는 것은 옳은 일이 아니라는 확고한 신념을 갖고 있었다.

아버지는 이듬해 7월 1일부로 문교부 정식 승인을 받은 충주사범학교 교장 발령을 받았다. 규모 있는 학교의 안정된 교장 자리를 뒤로 하고 작은 신설학교 개교 임무를 떠안게 된 것에 불만을 표시할법도 하지만 아버지는 개의치 않았다. 아버지는 그해 9월까지 사범학교 심상과 한 학급과 여자강습과 한 학급을 모집해 학교를 열었다.

아버지는 해방된 조국의 신설 사범학교 교정을 '온정'으로 채우면서 이상적인 학원을 건설하려고 했던 것 같다. 충주사범학교 자리는 일제강점기에 일본인 학생들이 다니던 소학교였다가 해방 뒤에 미군이 한때 주둔한 곳이었다. 아버지는 목수를 불러서 미군이 쓰던 기름통 거치대를 분해해 벤치를 만들게 했다. 그렇게 해서 교정에는 열 개의 벤치가 놓였다. 아버지가 이렇게 세세한 부분까지 신경을 쓴 것은 이 학교가 전국에서 처음으로 남녀공학을 실시했기 때문이다.

아버지는 남녀 학생들을 한 교실에 앉혀 수업을 할 것인지, 그렇게 한다면 자리를 어떻게 배치할 것인지를 교사들과 세심하게 의논해서 결정해 나갔다. 남녀가 섞여 앉는 혼성 수업으로 방침을 굳힌 다음에는 교정 곳곳에 벤치를 설치해 선생님과 학생들, 남학생과 여학생들이 자유롭게 담소할 수 있도록 배려한 것이다.

해방 후 이 땅에는 일본이 제2차 세계대전에서 패해 한반도에서 철수하는 바람에 그대로 버려져 정부에 귀속되었다가 일반에 불하된 일본인 소유 주택, 이른바 적산가옥敵産家屋이 흔했다. 충주사범학교에는 부속국민학교(현 예성초등학교)도 있어서 교사校舍 말고도 부속 공간이 필요했는데, 당시 힘 있는 학부형들이 아버지에게 일본인 갑부가 살았다는 2층짜리 적산가옥을 학교에서 사용할 수 있도록 주선해 주었다. 그 적산가옥은 2층은 교장 관사로, 아래층은 충주 인근 지역에서 온 여학생들의 기숙사로 사용했다.

이런 연유로 나는 사범학교 학생한테서 총상을 입은 전주에서도 그랬고, 초등학생 때인 청주와 충주에서도 늘 사범학교 학생들이 바글바글한 곳에서 생활했다.

무심천의 고기잡이와 텃밭 농사

내 인생의 첫 학교도 사범학교에 딸린 부속학교였다. 참고로 일제는 1941년 3월 31일 '국민학교령'에 따라 초등교육 과정인 보통학교(소학교)의 명칭을 국민학교로 바꾸었다. 이는 '충량한 일본국의 신민臣民, 곧 국민國民'을 만들려 했던 일제의 일관된 초등교육 정책에 따른 것이었다. 국민학교라는 명칭은 8·15 광복 이후에도 행정 편의 등의 이유로 반세기 가까이 유지되어 오다가, 1996년 3월 1일에야 초등학교로 명칭이 바뀌었다.

나는 1942년, 아버지가 청주사범학교에 재직할 때, 아홉 살(호적 상으로는 여덟 살)에 부속국민학교 신입생으로 입학했다. 1학년이라고 해 봐야 두 학급뿐이었지만, 청주는 나에게 잊을 수 없는 수많은 추억을 남겨 준 곳이다. 조금 거창하게 말하면 내 자아와 인성이 이곳에서 형성되었고, 어린 나는 이곳에서 세상을 바라보는 눈과 장래의 꿈을 키웠다고 하겠다.

우리 집 앞집에는 소를 키우는 농부인 '홍수네' 아저씨가 살았고, 그 뒷집에는 딸이 다섯인 '서울댁' 아주머니와 은행 지점장이 살았다. 우리 집 뒷집에는 나와 비슷한 연령대의 아이들과 홀어머니가 살았다.

어린 시절 나의 일상은 비교적 단조로운 편이었다. 나의 일과는 아침마다 내가 사는 청수정淸水町(현재의 남주동 일대)이라는 시골마을에서 학교가 있는 남일면南一面까지 10리가 채 안 되는 길을 걷는 것으로 시작했다. 시내와 장터를 지나 무심천을 건너 논길을 한참 걸어야 했다. 남주동과 석교동 일대에 걸쳐 있는 남주동 시장은 지금도 청주에서 가장 오랜 역사를 간직한 재래시장으로 남아 있는데, 나는 이 장터의 원형을 고스란히 머리에 담고 있다.

나는 학교에 다녀오기가 무섭게 책가방을 내던지고 무심천으로 달려가곤 했다. 형제가 많았지만 남동생과는 다섯 살 터울이라 주로 혼자서 다녔다. 물고기를 잡으려면 시끄럽지 않은 가운데 나름 집중이 필요했다. 늦은 봄부터 초가을까지는 거의 날마다 무심천의 상류와 하류를 오르내리며 물고기 잡이에 몰두했다. 사실 물고 기라고 해 봐야 피라미와 모래무지, 준치 몇 마리가 전부였고, 손바 닥만한 붕어라도 잡으면 억세게 재수가 좋은 날이었다. 그런 날이면 나는 의기양양하게 집으로 돌아와 온 집안이 떠들썩하도록 자랑을 하며 어머니께 저녁 탕거리를 내놓았다.

2학년이 되던 해에 아버지의 경제 형편이 나아져 인근 석교동石橋 洞의, 방 네 개짜리 큰 집으로 이사를 갔다. 석교동은 조선시대 청 주읍성 남문 밖 무심천 위에 놓여 있던 돌다리(石橋)에서 유래된 지명이다. 석교동에서는 부모님, 남자 형제들, 할머니와 여동생들이 각각 한방을 썼던 것으로 기억한다. 그때 부모님이 내 바로 아래 여 동생을 잃고 다른 동생들은 태어나기 전이어서, 우리 형제는 3남 3 녀였다.

석교동에 살면서 나는 색다른 취미를 갖게 되었다. 할머니와 함 께 마당에서 농사를 지은 것이다. 작은 텃밭이지만 배추와 상추, 무 와 쑥갓, 가지와 토마토 등 온갖 채소를 심었다. 심지어 할머니와 나는 밭 모퉁이 방공호 위까지 토마토와 가지를 심었다. 태평양전 쟁 당시 일제는 미군의 공습에 대비해 집집마다 방공호를 파게 했 다. 시멘트는 전쟁 물자로 다 징발되던 시절이어서 방공호라고 해 보았자 땅에 참호를 파고 나무로 얼기설기 지붕을 엮은 다음 그 위 를 흙으로 덮어 위장한 것이었다. 나는 방공호 위에서도 식물이 자 랄 수 있다는 사실이 신기했다. 학교에서 돌아오면, 마음이 이미 무 심천으로 달려가고 있어도, 물동이로 물을 떠다가 텃밭에 주는 일은 빠뜨리지 않았다.

누가 시킨 것도 아닌데 어린 시절에 고기잡이와 텃밭 농사라는 두 가지 취미에 그렇듯이 푹 빠져 지낸 것은 아무래도 아버지의 일상에서 영향을 받은 것으로 보인다. 아버지는 일요일마다 월악산 등지로 등산을 다녔는데, 식물 채집과 물고기 표본 채집을 하기 위해서였다. 내가 등산을 좋아하게 된 것도 그 영향이다. 이렇듯이 아버지의 모든 삶이 나에게 부지불식간에 영향을 미쳤다.

3학년 때 처음으로 바다를 본 것도 아버지 덕택이다. 충남 보령의 대천大川 해수욕장으로 사범학교 학생들을 데리고 실습교육을 나가는 아버지를 내가 따라나선 것이다. 그 시절에는 청주에서 버스로 대여섯 시간 거리였다. 버스가 울퉁불퉁한 비포장 도로를 달려 해가 질 무렵에야 대천에 도착했다. 나는 지쳐 기진맥진해 있었다.

그러나 난생 처음 보는 바다는 물밀듯이 벅차 오르는 감동 그 자체였다. 산으로 둘러싸인 시골 마을에 살다가 끝없이 펼쳐진 바다를 처음 보니 어린 내게는 세상에 없는 별천지처럼 느껴졌다. 그때 끝없는 수평선 너머로 시뻘건 둥근 태양이 서서히 저물던 광경은 지금까지도 내게 강렬한 인상으로 남아 있다.

그럴 수밖에 없는 것이, 그때까지 내가 청주에서 본 것은 무심천과 '명암明岩방죽'이라는 큰 연못뿐이었다. 청주시 상당구 용담동龍潭洞에 위치한 명암방죽은 일제강점기에 만든 저수지로, 시내에서 가까워 초등학교 시절에 우리 학교에서 즐겨 찾던 소풍 명소였다. 지금도 소풍 가는 아이들을 보면, 어릴 때 소풍 가는 날 어머니가 싸 준 김밥과 명암저수지가 떠오른다. 명암저수지 일대는 나중에 유원지로 개발되었다.

드물게는 기차를 타고 멀리 떨어진 초정椒井약수터로 소풍을 갔다. 지금은 행정구역이 청주시 청원구 내수읍 초정리이지만, 시내 중심부에서 동쪽으로 16킬로미터 지점에 있는 초정약수터는 기차를 타야 갈 수 있는 원족遠足(소풍) 장소였다. 기차를 타고 소풍 가는 날이면 전날 밤잠을 설치며 흥분했던 기억이 생생하다.

그때는 몰랐지만, 알고 보니 초정은 미국의 샤스터 광천, 영국의 나포리나스 광천과 더불어 세계 3대 광천의 하나로 꼽히는 곳이었다. 일찍이 「동국여지승람東國輿地勝覽」에 "초수椒水는 고을 동쪽 39리에 있는데 그 맛이 후추 같으면서 차고, 그 물에 목욕을 하면 병이 낫는다"고 하여 조선의 세종과 세조가 이곳에 행차해 안질을 치료한 것으로 기록되어 있다고 한다. 초정椒井이라는 지명도 '후추처럼 톡 쏘는 물이 나오는 우물'이라는 뜻에서 붙여졌다고 한다.

8·15 해방을 예고한 B-29

해방이 되기 전까지 어린 나는 일제 치하에 살고 있다는 것을 피부로 느끼지 못했다. 일제가 왜 나쁜지도 몰랐다. 그러던 어느 날 B-29 비행기가 뜨자, 일본군이 고사포를 쏴 대는데도 중간에서 펑펑 터질 뿐, B-29는 여전히 하늘 높은 곳에서 유유히 비행하는 모습을 우연히 목격했다. 나중에 알게 된 사실이지만, 당시 청주 상공은 미군 B-29 비행기의 항로였고, 일본군 고사포는 고공비행을 하는 B-29까지는 사정거리가 전혀 미치지 못했던 것이다.

그래서 나는 어느 날 당돌하게도 일본인 담임선생에게 "일본은 왜 B-29와 같은 비행기를 못 만드냐"고 질문했다. 당황한 일본인 담임선생은 "일본이 못 만드는 것이 아니라 그런 큰 비행기를 만들어 연료를 낭비할 필요가 없기 때문"이라고 궁색하게 답변했다. 4학년인 내가 보기에도 동문서답이었다. 나는 이때부터 막연히 일본의 전쟁 수행 능력에 의구심을 가졌던 것 같다.

해방 이후 알게 된 사실이지만, B-29는 무게가 10톤이나 되고 '날아다니는 요새'(Flying Fortress 또는 Super Fortress)로 불리던, 성층권을 고공비행하는 신형 폭격기로, 당시 일본이 자랑하던 제로전투기Zero Fighter 같은 경비행기와는 아예 차원이 다른 비행기였다. 청주 상공이 B-29의 항로인 탓인지 청주에서는 이 '날아다니는 요새'를 자주 목격했지만 폭격하는 광경은 보지 못했다.

돌이켜 보면 아버지와 어머니는 집에서 나에게 민족의식을 일깨우는 이야기를 거의 들려주지 않았다. 나는 집에서 '공부를 열심히 해야 한다'는 이야기는 많이 들었지만, '나라 없는 민족'이라는 이야기는 들은 적이 없다. 아마도 아버지는 장남인 나를 보호하려고 집에서는 정치적 이슈나 사상 문제에 관해서는 일부러 함구했던 것 같다.

청주사범 부속국민학교 4학년 때에 일본이 항복을 했다는 소식을 처음 듣고 나는 기뻐하기보다는 깜짝 놀랐다. 어린 나이에 일제

식민 교육에 동화된 탓이었다. 그런데 8·15 광복을 맞이하자 학교와 집안 분위기가 하루아침에 달라진 것을 생생하게 기억한다. 학교 선생님들은 갑자기 조선말을 하고, 아버지도 집안에서 조선 역사 이야기를 했다. 할머니는 비로소 일제 치하에 대전 고향에서 겪었던 일을 이야기했다. 8·15 해방과 함께 우리 가족의 이야기 보따리가 봇물처럼 터진 것이다.

참고로 1945년 8·15 해방 뒤 9월에 재개교한 국민학교에서는 교과목을 종전의 일어, 일본 역사, 수신修身 등의 과목을 폐지하고 국어, 국사, 공민과로 바꾸었다. 또한 일제강점기 동안 정규교육 과정에서 제외되었던 한글 교육에도 주력하였다. 그 이듬해인 1946년 9월 당시 미 군정 하에서 설치된 교과목은 국어, 사회생활, 이과, 산수, 보건, 음악, 미술의 일곱 과목이었다.

해방으로 이야기 보따리가 봇물처럼 터진 것은 우리 가족만의 일이 아니었다. 조용했던 아버지 방에는 그동안 내가 듣거나 보지도 못했던 아버지의 사범학교 친구들과 학생들, 그리고 낯선 외부인들까지 찾아와 밤 늦게까지 '건준'(조선건국준비위원회)이나 사범학교 인수 같은 주제로 이야기 꽃을 피웠다. 루즈벨트 미국 대통령이나 처칠 영국 수상 같은 이름도 처음 들었다.

8·15 해방과 함께 나는 '교장선생님 아들'로 신분이 상승(?)되었다. 해방은 내 생활의 많은 부분을 바꿔 놓았다. 우리에게도 고유한 나라와 문자, 그리고 역사가 있다는 사실을 비로소 깨닫게 된 나는 일본말 대신에 한글을 배우고 익히면서 많은 역사책을 읽고, 한국

인이라는 자부심을 갖게 되었다. 우리가 싸워 쟁취한 것이라면 더 좋았겠지만, 그래도 해방이 가져다준 감격과 변화는 어린 내게도 엄청나게 크게 다가왔다.

이듬해 아버지가 충주사범학교 교장으로 부임하자, 나도 청주를 떠나 충주의 교현국민학교로 전학을 갔다. 나는 본디 내성적이어서 남들 앞에 나서는 성격이 아니었다. 그런데 교현국민학교에서는 학예회 연극의 주인공으로 뽑히는 바람에 어쩔 수 없이 유리類利 태자 역할을 맡아 열연(?)했다. 유리 태자는 고구려 건국 설화에 등장하는, 고구려의 시조인 주몽朱蒙의 아들이다.

연극에서 주인공 역할을 한 덕분에 나는 학교에서 꽤나 유명해졌다. 여학생들이 나를 보면 "유리 태자 간다"고 하면서 많이 따랐다. 내성적인 탓에 급장(반장)은 한 적이 없지만, 학과 성적은 반에서 1등을 놓치지 않았다. 국어, 사회생활, 이과, 산수, 보건, 음악, 미술의 7개 과목 가운데서 산수를 가장 잘했다.

아버지 따라 서울사대 부속학교로

앞에서 말한 바 있듯이, 아버지는 교장으로서 충주사범학교에 극진히 정성을 쏟았다. 그런데 내가 6학년 때인 어느 날 서울에서 점잖은 어른 세 분이 큰 짐차와 함께 우리 집에 예고 없이 들이닥쳤다. 세 사람은 아버지와 배구 시합이나 하자고 해놓고선 서재에 있는 아버지 책을 몽땅 화물차에 실어 버렸다.

아버지한테 들은 바로는 서울대 사범대학 생물교육학과의 김준민 (1914-2010년) 교수와 다른 교수 두 분이 서울대 사범대학 부학장 신기범愼驥範 교수의 특명을 받고 아버지를 데리러 온 것이었다. 신 교수가 "영감(교장) 감투는 그만 쓰고 대학으로 오라"고 권유해도 아버지가 미적거리자 애지중지하는 책을 몽땅 싣고 가 버리면 배기지 못할 것이라는 속셈으로 그런 '작전'을 벌인 것이다. 그때는 30대의 젊은 사람이라도 지위 높은 공무원에게는 영감이라는 호칭을 쓰곤 했다.

그렇게 해서 아버지는 서울대 사범대학 생물교육학과로 자리를 옮기게 되었다. 그런데 그때 아버지를 대학으로 이끌어 준 신기범 부학장은 그해 연말에 사범대 중등교원 양성부 야간 수업을 마치고 집으로 돌아가는 길에 괴한들에게 피습을 당해 숨지는 흉사를 당했다. 경찰이 범인을 잡고 보니 사범대 부속중학교 4학년생들이었다. 이 때문에 이 사건은 '제자가 스승을 살해한 부패한 사회상'의 단면으로 크게 사회문제화 되었다.

아무튼 나는 이번에도 내 의지와는 무관하게 '서울특별자유시민'이 되었다(서울시는 1949년 특별시로 승격하기 전까지는 '특별자유시'였다). 나는 아버지가 적을 두게 된 서울대 사범대학 부속국민학교 6학년에 편입했다. 청주와 충주에서의 유소년 시절을 끝내고 서울에서 청소년 시절을 맞이한 것이다.

서울에 와서 처음 산 곳은 을지로 5가였다. 사범대학 임시 교사와 부속국민학교가 둘 다 을지로 5가에 있었기 때문이다. 집은 충주의 '교장 선생님 사택'에 비할 바가 아니었다. 비록 지붕에는 기와를 얹었으나 겨우 '하꼬방'(상자 같은 작은 판잣집)보다 조금 나은 임시 가옥이었다. 열차를 타고 서울에 올라와 "서울은 크구나, 과연 수도로구나" 하고 탄성을 질렀지만, 막상 우리가 살 집은 실망스러웠다. 아버지는 나중에 명륜동에다 서울에서의 첫 집을 장만했다.

이듬해 1948년에 아버지는 당신의 모교(경성사범학교)인 서울대 사범대학 조교수로 정식 임용되었고, 나는 서울사대 부속중학교에 합격했다. 이번에는 내 의지로 열심히 공부해서 거둔 성과였다. 내가 입학할 당시 서울사대부중은 한 학년에 남녀 두 반씩 모두 네 반이었다. 서울의 여러 국민학교에서 1, 2등을 다투는 우수한 학생들이 지원해 합격자 중에는 서울사대 부속국민학교 출신보다 다른 국민학교 졸업자들이 더 많았다.

아버지는 서울사대 재직 중 1957년 미국 테네시주 내슈빌에 있는 피바디 대학Peabody College of Education and Human Development에서 생물학을 전공했으며, 1966년 서울대 대학원에서 박사학위를 받았다. 내가 곁에서 지켜본 아버지는 머리가 뛰어난 분은 아니지만 성실함을 타고났고 끈기 있고 꾸준한 분이었다. 특히 대학교로 일자리를 옮긴 뒤에는 정치나 사상과는 완전히 담을 쌓고 생물학자로서 연구에만 몰두했다.

아버지는 평생 술을 전혀 하지 않았다. 큰아버지가 대전에서 유명한 술꾼이었는데 대취한 백부를 집에 업고 오는 일이 많아 어릴 때부터 "나는 커서 술을 멀리하겠다"고 결심한 덕분이었다. 학생들 사이에서 별명이 '독일 병정'이던 아버지는 1975년 서울대를 정년 퇴직한 뒤에도 저녁 10시면 잠자리에 들어 새벽 5시면 어김없이 일어나는 규칙적인 생활을 이어 나갔다.

아버지는 퇴직 후에도 청주사범대 강사로, 또 1979년부터는 서울대 명예교수로 활동했다. 대외적으로는 동물학회 회장, 자연보호중앙협의회 위원, 한국민물고기보존협회 회장을 맡아 한평생을 '물고기 박사'로 살았다. 공학도인 내가 아인슈타인이나 에디슨보다 아버지를 가장 존경하는 인물로 꼽는 이유이다.

아버지의 초기 물고기 연구는 생태학 가운데서도 주로 간석지(갯벌) 연구였다. 간석지 연구를 바탕으로, 1963년부터는 설악산에 서식하는 민물고기 종류 연구에 몰두하면서부터는 한국의 민물고기 연구에 평생을 바쳤다. 아버지의 물고기 연구는 학술 연구에만 그치지 않고 한국민물고기보존협회를 만들어 생태환경 보호 운동을 하는 것으로 이어졌다. 아버지는 「일반생물학」, 「한국의 민물고기」, 「민물고기를 찾아서」, 「한국의 자연: 담수어편」, 「우리 물고기 기르기」 같은 책을 남겼다. 돌아가시기 4년 전인 1998년에 「나의 걸어온 길」이라는 회고록을 남겼다.

아버지는 1990년에 평생에 걸쳐 이루어 낸, 당신의 피와 땀이 어린 담수어 표본과 자료 카드 등 37만 점의 학술 자료를 국립과학관에 기증했다. 그때 기증한 표본에는 우리나라에 살고 있는 145종의 담수어가 모두 포함되었다. 그 가운데에는 열목어, 황쏘가리, 어름치, 무태장어 같은 4종의 천연기념물을 비롯해 한국 특산 종 41종이 들어 있다. 이런 표본을 모으기 위해 아버지는 우리나라 강과 호수, 그리고 저수지를 찾아 전국의 면 단위 이하 지역을 30여 년에 걸쳐 다니지 않은 곳이 없을 정도로 훑었다.

아버지가 후학들의 연구와 자연사박물관 설립을 위해 평생 모은 표본을 기증하자 기자들이 찾아왔는데, 경향신문과의 인터뷰에서 표본을 서울대가 아닌 국립과학원에 기증한 취지를 이렇게 밝혔다.

"우리나라의 소중한 자연의 일부이고 나 혼자 학술 자료를 독점해서는 안 된다는 생각과 후학들의 시간 낭비를 줄인다는 의미에서 기증했습니다. 서울대에 기증하지 않고 국립과학원에 기증한 것은 자료 활용의 어려움이나 폐쇄성을 감안한 것입니다. 널리 공개된 것인 만큼 앞으로 많이 이용해 주면 보람이 크겠지요."

─경향신문, 1990년 5월 2일자

박사학위를 받은 아버지. 최기철 박사.

아버지의 박사학위 수여식 날. 앞줄 가운데가 할머니이다.

나는 가장 존경하는 인물을 물으면
주저 없이 아버지라고 말한다.
서울대 사범대학 교수로 재직하던 중
생물학 박사학위를 받은 아버지 최기철
박사는 학생들이 '독일 병정'이라는
별명을 붙일 만큼 생활이 절도 있고
규칙적이었으며, 한 평생 '물고기 박사'로
살며 우리나라 갯벌에 사는 물고기
연구에 이어, 담수어 연구와 자료 수집에
전념했거니와 그렇게 해서 쌓은 담수어
표본과 자료 카드 37만 점의 학술 자료를
국립과학관에 기증하였다.

讚 우리집
며늘아기

시아버지 崔 基 哲
〈72·서울大 명예교수〉

며느리 金 順 福
〈47·主婦〉

(株)럭키 中央研究室長
崔浦錫씨(47)와 63년 結婚

약관 20대부터 生物學에 발을 들여놓은 이후 동물과 식물, 그리고 貝類와 淡水魚 등을 연구하여 자연과 애환을 같이 하다보니 어느새 50년이란 세월이 훌쩍 지나고 말았다.

後學들의 도움이 되고자 그동안 연구한 動物生態學과 基礎生態學 등 몇권의 저서를 펴낸바 있으나 아직도 미비한 점이 많아 내가 자연으로 돌아가기 전 건강이 허락하는 한 집필중인 「韓國淡水魚의 현

주소」를 매듭짓는 것이 커다란 소망이다.

이런 나를 지성으로 보살피는 우리 집 큰며느리는 시집온 지가 20년이 다되어 가정의 중심인 주부의 위치를 굳힌 지가 이미 오래되어 이상적인 주부의 자질을 완전히 갖춘 행동하는 주부로서 손색이 없다. 특히 무엇이고 손에 잡으면 못하는 것이 없을만큼 자질이 풍부한 큰애는 여러모로 나를 돕는 집안의 숨은 일꾼이다.
[글 시아버지 崔基哲]

아버지가 며느리인 필자 아내에 대해 이야기한 잡지 기사.

2

청량대清凉臺의 꿈

선농단先農壇과 청량대清凉臺, 그리고 성동역城東驛

나는 대한민국 정부가 수립된 1948년에 당시 6년제였던 서울대학교 사범대학 부속중학교에 입학했다. 학제 변경이 빈번하던 시기라 들어갈 때는 6년제 중학교였지만 재학중에 학제 변경과 중·고등교육 과정 분리 같은 변화를 겪으며 사범대학 부속고등학교에 진학해 1954년에 6회로 졸업했다.

당시 서울사대부중과 사대부고는 입학 전형을 일반 중·고등학교보다 일찍 '특차'로 했다. 그래서 더더욱 경쟁률이 셌다. 서울사대부중, 사대부고가 일반 중·고교와 다른 점은 서울사대를 졸업하는 예비 교사들이 교생실습을 하는 학교라는 점이었다. 그러나 다른 중·고교 학생들의 부러움을 산 것은 뭐니뭐니 해도 남녀공학共學이라는 점이었다. 그런데 말만 남녀공학이었지 실제로는 남녀 병학竝學이었다. 남녀가 각 두 반씩 같은 캠퍼스 안에서 생활하는 것만 다를 뿐, 일반 중·고등학교와 크게 다를 게 없었다.

내가 중학교에서 고등학교로 진학하던 해에 6년제에서 중학교 3년과 고등학교 3년 과정을 분리하는 학제 개편이 이뤄졌다. 따라서 중학교에서 고등학교로 진학할 때 형식적으로 시험을 치렀지만 대부분 동계 진학을 했던 것으로 기억한다. 대체로 6년 동안 함께 학교를 다니다 보니 모르는 학생이 없고 관계도 돈독했다.

그러다가 6·25사변을 계기로 학생들이 많이 바뀌면서 다양하게 섞였다. 그 바람에 본교 출신과 타 학교 출신으로, 좌익과 우익으로 학생들이 끼리끼리 패가 갈리면서 갈등이 커졌다. 전쟁 전에도 어떤 날은 학교에 가면 좌익 학생들이 밤사이에 건 인공기가 걸려 있기도 했다. 생각지도 못한 친구가 좌익의 우두머리가 되고, 생각지도 못한 친구가 학도호국단 같은 우익의 우두머리가 되어 패싸움을 벌이고 피를 흘리는 불상사가 벌어지곤 했다. 그러나 아버지의 영향으로 정치를 멀리한 나는 학내 정치에 일절 관여하지 않았다.

처음 서울사대부중에 입학해서는 을지로 5가 교사校舍에서 공부하다가, 2학년 때 '성동캠퍼스'로 옮겨가 거기서 졸업했다. 여기에는 설명이 좀 필요하다. 내가 유소년 시절 내내 아버지가 발령받은 학교를 따라 메뚜기처럼 옮겨 다녔다면, 서울사대 부속학교들(초·중·고등학교)은 서울사대를 따라 이리저리 이사를 다녀야 했다. 서울사대와 부속학교들의 역사를 알려면, 지금은 흔적만 남은 서울의 선농단과 성동역에 대해 알 필요가 있다.

선농단先農壇은 농사짓는 법을 가르쳤다고 알려진 고대 중국의 제왕인 신농씨神農氏와 후직씨后稷氏를 주신主神으로 제사를 지내던 곳이다. 삼국시대부터 임금이 이곳에서 춘분과 추분에 풍년을 기원하는 선농제先農祭를 지냈으며, 가뭄이 심할 때는 기우제를 지냈다고 한다. 현존하는 서울 선농단(사적 제436호, 제기동 274-1번지)은 1476년(성종 7년)에 만들어진 것이다. 임금이 친경親耕할 때 이곳에서 농부들에게 소를 잡아 푹 삶은 국물과 밥을 나눠 준 데서 설렁탕이 유래했다고 한다.

왕이 친경하는 관습은 순종 때인 1909년(융희 3년)을 마지막으로 폐지되었다고 한다. 일제는 민족정신을 말살하기 위해 선농단 구역을 동양척식회사 자산으로 강제 편입시킨 후, 이곳에 숭인보통학교(종암초등학교 전신)와 경성여자사범학교를 설립하고, 청량대淸凉臺라는 공원을 조성했다.

해방과 더불어 경성여자사범학교 건물과 교정을 이어받은 서울대 사범대학과 부속학교들은, 1954년부터 1975년 관악캠퍼스로 이전하기 전까지, 선농단 일대의 너른 땅(약 3만 평)을 캠퍼스로 사용했다. 현재는 두 평 크기의 선농단 돌 제단과 '淸凉臺'라고 새겨진 음각 암석, 그리고 서울대학교 사범대학 터 표지석만 남아 있다.

일제 강점기의 경성사범학교와 경성여자사범학교는 8·15 해방을 계기로 경성사범대학과 경성여자사범대학으로 각각 개편되었다가, 1946년에 서울대학교 사범대학으로 통합되고 개편되었다. 서울사대는 처음에는 지금의 을지로5가 40의 사대부속국민학교 자리에서 출발했다가 6·25사변 때 부산 피난지를 거쳐 환도하면서 경성여자사범대학이 있던 '성동 캠퍼스'로 옮기게 되었다.

지금은 '성동 캠퍼스'라고 하면 성동구에 있는 한양대 캠퍼스를 쉽게 떠올리겠지만, 당시에는 서울사대와 부속학교들을 그 근처에 성동역城東驛이 있어서 그렇게 불렀다. 성동역은 1939년 경춘철도회사가 부설한 사설私設 철도인 경춘선京春線의 출발역이었다. 해방 뒤에 경춘선은 국유화되었고, 이후 1970년에 서울의 시가지 확장에 따라 시내 구간인 성동역에서 성북역까지의 구간이 폐지됨에 따라, 경춘선 출발역은 청량리역으로 이전되었고 현재의 제기동역 2번

출구 근처에 있던 성동역은 헐렸다. 지금은 '성동역 터'라는 기념 표지석만 남아 있다.

서울대학교 사범대학 부설 초등학교의 연원은 일제강점기의 경성사범학교 부속보통학교로 거슬러 올라간다. 을지로 5가의 경성사범학교 구내에 있던 부속학교는 해방이 되자 1946년 8월 서울대학교 사범대학 부속중앙국민학교(을지로 교사)와 부속성동국민학교(용두동 교사)로 이름이 바뀌었다. 이듬해 을지로 교사(본교)와 용두동 교사(분교)를 통합해 서울사대부국이 되었다. 1975년 서울대 동숭동 캠퍼스가 관악캠퍼스로 이전하자, 사대부국은 서울대 법대 교사(동숭동 199번지)로 이전해 지금에 이르고 있다.

서울사대부중은 1946년 9월 경성사범학교 보통과와 경성여자사범학교 심상과를 합쳐 서울대학교 사범대학 부속중학교(6년제)로 개설되었다. 처음에는 남녀 교사校舍가 따로 있었으나, 이듬해 10월, 남자부가 사범대가 있던 을지로 5가 교사에서 동대문구 용두동 여자부 교사로 이전하여 남녀공학을 실시했다.

사대부중은 그 뒤에도 여러 번 교사를 옮겨야 했다. 1950년 6·25사변으로 임시 휴교를 했다가 그해 10월 서울 수복과 함께 복귀했으나, 이듬해 1·4 후퇴로 2월에 다시 부산 보수공원에다 피난학교를 개설해야 했다. 그해 8월 학제 변경으로 중·고교가 분리 개편됨에 따라 제1회(6년제) 졸업식을 거행했다. 이후 1952년 4월 서울의 본 교사(용두동)에서는 분교를 개설해 학생들을 가르치다가 1953년 정부가 서울로 환도하면서 본 교사에 복귀했다. 1975년 서울대 관악 종합캠퍼스가 조성되면서 상과대학이 있던 종암동 교사 (성북구 월곡로 36)로 이전했다. 한편, 서울사대부고는 1954년에 을지로 5가 교사로 이전했다가, 1971년에 청량리 교사에서 현재의 종암동 교사(성북구 월곡로 6)로 이전했다.

바로 이런 우여곡절과 복잡한 이전의 역사를 알고 나면, 1960년대까지 나라에 가뭄이 들면 어째서 서울대 사범대 학생들이 성동캠퍼스 안에 있는 청량대에서 기우제를 지냈는지 이해할 수 있다. 또 매년 10월에 열리는 서울대 사범대의 축제 이름이 왜 '청량제清凉祭'이고, 서울사대부고의 도서관 이름이 왜 '선농당先農堂'인지 고개가 끄덕여진다.

서울사대 부속중·고교 시절, 6·25전쟁으로 꿈이 바뀌다

내가 서울사대부중과 사대부고를 다니던 1950년대 초반까지만 해도 학교는 성동역 건너편에 위치해 있었다. 교문을 들어서면 푸른 수양버들과 벚나무들이 줄줄이 서 있었고, 그 뒤로 붉은 벽돌로 지은 본관 건물이 보였다. 본관 옆에 자리잡은 신축 별관 옆에는 국기 게양대가 높이 솟아 있었다. 해마다 4, 5월이면 갓 피어난 꽃나무의 새싹들이 봄바람에 나부끼는 모습이 퍽 인상적이었다.

본관 건물을 지나 경사진 길을 한참 올라가면 청량대淸凉臺라고 부르는 조그마한 동산이 있었다. 청량대는 남녀공학인 사대부중과 사대부고의 많은 학생들에게 인기 있는 '만남의 장소'로 통했다(그러나 나는 그때만 해도 연애는 잘 몰랐다). 이곳은 한창 피어나는 선남선녀 학생들이 사랑을 속삭이는 데이트 장소이자, 이성보다 남자를 좋아하는 혈기왕성한 남학생들이 힘 자랑을 하는 대결 장소이기도 했다.

청량대가 학생들에게 이 같은 공간이다 보니 사대부중과 부고에는 청량대라는 이름을 붙인 모임이 재학생들의 학예 활동이나 모임에서부터 졸업생들의 친목 활동까지 이루 헤아릴 수 없이 많았다. 예를 들어 사대부고를 졸업한 서울대 공대생의 모임은 청암회淸巖會였다. 청량대의 '청淸'과 서울대 공대를 상징하는 불암산佛巖山의 '암巖'에서 따온 것이다. 물론 사대부중, 사대부고 학생들이 청량대와 얽힌 사연은 청량대라는 이름을 붙인 모임이나 활동의 수보다 천곱절, 만 곱절 더 많을 것이다.

과학에 대한 나의 막연한 애착심도 이 무렵부터 싹트기 시작했다. 내가 처음에 남다른 관심을 가진 것은 전지電池였다. 양극과 음극에 줄을 연결하면 전기가 작동해 불이 켜진다는 것이 무척이나 신기했다. 나는 전지 속에 무엇이 있기에 전기를 발생하는 것인지 알아내려면 전지를 부숴 봐야 한다고 생각해 헌 전지를 구하려고 청계천 시장을 오르내리곤 했다.

그러다가 어느덧 전지에 흥미를 잃고, 관심 대상이 라디오로 바뀌었다. 방송국에서 송출하는 뉴스나 음악이 전파를 타고 들려온다는 것이 무척 신기했다. 그래서 이번에는 라디오 조립에 흥미를 붙여,

방과 후에는 거의 대부분의 시간을 청계천 뒷골목에서 소일했다. 그때 내게 청계천 뒷골목은 정보를 수집하는 장소이자 과학 실험실이었고 무엇보다도 하루를 즐겁게 보낼 수 있는 놀이터였다.

그 시절 동대문을 지나 종로 3, 4가를 잇는 청계천 뒷골목 길바닥에 즐비한 영세 전자 상가는 우리나라 전자공학의 시발점이었고, 벤처기업의 온상이었다. 지금 생각하면, 나는 그때 그 청계천 뒷골목을 미친 사람처럼 수없이 오르내리면서 허황된 꿈을 꾼 것은 아니었을까 싶다.

사춘기 중학생의 꿈은 6·25전쟁이 일어나면서 전쟁의 포화와 함께 산산이 부서져 버렸다. 아버지는 전쟁이 터지던 날 100여 명의 생물 교사들과 함께 목포 수산시험장 소속 시험선을 타고 흑산도로 가던 중이라 연락이 두절되었다. 아버지는 나중에 광주 전남대학에 부설된 교원양성소에서 강의를 하며 목포와 광주를 오가다가 부산의 한성수 판사 댁으로 피난을 갔다고 한다. 한성수 판사는 아버지의 경성사범학교 1년 선배로 전주사범학교 부속초등학교에서 함께 근무했던 분이다.

인민군이 개전 사흘 만인 6월 28일에 서울에 진입하자 서울은 하루아침에 세상이 바뀌었다. 등교하라는 통지를 받고 학교에 가니 일종의 군중집회 같은 것이 열리고, 가두 행렬이 시작되었다. 나는 이내 영문도 모른 채 가두 행렬에 휩쓸려 수송국민학교까지 끌려가게 되었다. 가서 보니 그곳에선 의용군에 입대하는 절차가 진행되고 있었다.

그곳에서 김응창 동문을 만나지 않았더라면, 나는 꼼짝 없이 의용군에 끌려갔을 것이다. 국민학교 시절부터 친한 친구인 김응창은 내게 "이곳을 탈출해야 의용군에 끌려가는 것을 피할 수 있다"고 알려 주었다. 나는 그때서야 위기 상황임을 알아차리고 친구와 함께 날이 어두워지기를 기다렸다가 어둠을 틈타 학교 담장을 뛰어넘어 탈출하였다. 그 뒤로 '도망자'인 나는 9·28수복 때까지 집에 숨어서 가끔 자하문 밖의 자두 밭을 오가며 잠복하는 생활을 해야 했다.

서울이 수복되자 아버지가 상경해 가족들과 재회했다. 그러나 그 것도 잠시뿐이었다. 중공군의 개입으로 1·4후퇴 피난길에 오른 우리 가족은 셋으로 나뉘어 다시 흩어졌다. 할머니와 어머니, 동생들, 그리고 숙모와 조카는 제1진으로 고향인 대전으로 피난을 갔고, 아버지는 홀로 떨어져 부산으로 갔고, 나는 미 공군에서 전기 기술자로 일하던 작은아버지를 따라 미군부대에 몸을 싣고 대구로 떠났다.

그렇게 흩어졌다가 아버지와 내가 가장 먼저 만났다. 아버지는 부산에서 마산으로 옮겨 가서 마산고 이상철 교장의 도움으로 자그마한 거처를 마련해 지냈다. 나머지 가족들도 아버지가 있는 마산으로 와 가족이 모두 재회했다. 얼마 안 있어 아버지는 부산 서대신동에 판잣집을 마련했고, 우리 가족은 다 함께 그곳에서 피난 생활을 했다. 아버지는 당시 부산의 전시연합대학에서 교편을 잡고 있었고, 나는 부산 보수산 비탈길에 마련된 서울사대부중 임시 교사에서 학업을 이어 갈 수 있었다. 오전에는 학교에 다니고, 오후에는 아버지 친구가 운영하는, 40계단 아래 있는 '세계서림'에서 점원으로 일했다.

전쟁이 길어지자 식료품을 비롯해 모든 물자가 부족하고 귀해졌다. 그래서 어디를 가든 쌀이나 식료품을 훔치는 도둑이 들끓었지만, 책 도둑도 많았다. 서점 점원이 하루 종일 하는 일은 손님을 가장한 도둑이 책을 훔쳐가는 것을 감시하기 위해 서서 망을 보는 것이었다. 이런 팍팍한 피난 생활은 국군이 서울을 수복해 정부가 환도할 때까지 계속되었다. 금방 끝날 것 같던 전쟁은 꼬박 3년을 넘겼고, 1953년에야 휴전이 이뤄졌다. 나는 휴전 이듬해에 서울사대부고를 졸업했다.

그 시절 6·25전쟁을 겪은 사람 치고 삶의 일부라도 바뀌지 않은 사람이 어디 있으랴마는, 6·25전쟁은 나의 진로에도 적지 않은 변화를 가져왔다. 전자공학도가 되겠다던 내 꿈은 전쟁과 피난 생활을 겪으면서 바뀌었다. 특히 고등학교 3학년 담임인 이일규 선생 부부는 아버지의 제자들이었는데, 화학교육과를 나온 담임선생의 영향으로 진로를 전자과에서 화공과로 바꾸었다.

막연히 응용과학을 공부해 엔지니어가 되는 게 멋있어 보인다는 생각도 화공과를 선택하는 데 영향을 미쳤던 것 같다. 그때는 화공과에 다니면 똑똑한 학생으로 보는 인식이 있었다. 나는 화학공학이 구체적으로 무엇을 하는 학문인지 전혀 알지도 못한 채, 막연히 공업에 연관된, 말하자면 공업화학에 가까운 것이라고 짐작만 했다.

대학 시절의 방황과 유기화학에 대한 관심

화학공업은 한마디로 자연에 존재하는 물질을 화학적으로 변환시켜 인류의 발전을 뒷받침하는 소재를 만드는 공업이라고 할 수 있다. 그러한 소재는 대부분 의식주와 같은 인류의 풍요로운 삶과 정보·통신 같은 편리함의 바탕을 이루는 것이다. 화학공업은 그 분야가 이처럼 광범위하기 때문에 이를 뒷받침하는 학문 분야도 폭넓다. 화학공학을 비롯해 전기공학·기계공학·산업공학 같은 공학 분야, 경영학 같은 사회과학 분야, 그리고 자연과학·의학·약학·농학 같은 기초 및 응용과학 분야까지 망라한다. 물론 이 중에서 화학공학과 관련된 화학기술이 핵심이다.

화학chemistry이라는 자연과학이 자연의 현상 중에서 화학적 변화가 수반되는 현상을 탐구하는 학문이라면, 화학공학chemical engineering은 그러한 화학변화를 인류의 발전을 위하여 응용하고 새로운 것을 창조하는 공학이라고 할 수 있다. 공학은 자연현상을 이해하여 경제적이고 효율적인 방법으로 직접 우리의 실생활에 응용하려는 학문이다. 따라서 화학공학자chemical engineer는 경제적인 화학 합성기술, 이를 실용화하기 위한 장치나 공장의 설계기술, 그리고 응용기술에 관심을 가져야 한다.

피카소 같은 예술가가 독창적인 화법으로 인류에게 아름다운 메시지를 전달한다면 화학공학자는 창의적인 화학기술로 인류의 생활을 풍요롭게 해 주는 역할을 하는 것이다. 그러나 나는 그때만 해도 무엇을 공부할지에 대한 목표가 뚜렷하지 않다 보니, 화학공업을 뒷받침하는 화학기술을 연구·개발하는 화학공학에 특별한 애착을 갖지는 못했다.

화학공업을 위한 고급 인력의 양성은 주로 공과대학의 화학공학과를 중심으로 진행되어 왔다. 미국의 매사추세츠공과대학(MIT)에서 1888년에 화학공학 과정을 개설한 것이 그 시초이다. 그로부터 20년 후인 1908년에 미국 화학공학회가 창립되어 화학공학은 화학공업을 다루는 전문적인 영역으로 간주되었다.

1945년 해방 당시 우리나라의 화학공학 인력은 극소수에 불과했다. 일본에 유학해 학위를 취득한 일부 화학공학도와 경성제대 응용화학과를 졸업한 몇 명의 한국인이 전부였다. 서울대는 1946년 개교 당시 화학공학과를 개설해 화학공업 관련 강의를 시작했으나, 본격적인 화학공학 교과목 강의는 1952년 이재성(1924-2016년) 교수에 의하여 시작되었다. 한국 화학공학회가 창립된 것은 1962년이었다. 경성제대와 미국 컬럼비아대를 졸업한 이재성 교수는 1948년부터 1989년까지 서울대 화학공학과 교수로 재직하면서 촉매 및 반응공학 분야 발전에 기여하는 등 국내 화학공학의 기틀을 마련하였다고 평가받는다.

나는 1954년에 서울대 공대 화공과에 합격해 1958년에 12회로 졸업했다. 우리나라 화학공업 발전의 상징인 충주비료공장 착공이 1955년이고, 석유화학공업의 토대인 정유공장이 처음 가동된 것이 1964년이니, 내가 입학하던 시절에 우리나라 화학공업 분야는 이

제 막 걸음마를 뗀 단계였다고 할 수 있다.

우리나라에서 화학비료는 1927년 일본 질소비료㈜가 건설한 조선질소비료공업㈜ 흥남공장에서 처음 생산되었다. 그러나 6·25전쟁으로 시설이 파괴되었고, 그후 비료를 전량 수입에 의존하다가 1955년에 충주비료공장을 건설하기 시작했다. 1960년대 초 충주비료에서 훈련을 받은 화공기술 인력은 우리나라 화학공업 발전에 큰 기여를 했다. 내가 대학을 졸업할 때만 해도 국내 화학공업 기반이 취약해 충주비료에 취직한 졸업생을 제외하고는, 상당수가 화학공학의 선진국인 미국으로 유학을 떠났다.

내가 입학할 당시 화공과 경쟁률은 27:1로 서울대에서 가장 셌다. 입학하고 나서 알게 된 사실로, 정원 45명 중에서 전국 각지의 고교에서 1등을 한 학생들이 26명이나 되었다. 전국의 수재들이 모여든 좁은 관문을 통과한 것이다. 그러나 학과를 선택한 목표가 뚜렷하지 않다 보니, 나는 대학에 입학한 뒤에 적지 않은 혼돈 속에서 방황을 했다. 문리대 화학과를 지원했더라면 더 나았을 것이라는 생각도 했다.

교수들도 성에 차지 않았다. 대학 시절 내가 존경하던 선생은 유기화학(organic chemistry)을 담당한 성좌경成佐慶(1920-1986년, 과기처장관 역임) 교수와 강사로 출강한 안동혁安東赫(1906-2004년, 초대 상공부장관 역임) 박사 정도였다. 나머지는 옛 경성대 응용화학과 출신으로, 나는 단위 조작 위주의 화학공학 커리큘럼 강의에서 별다른 학문적 자극을 받지 못했다.

나는 서울대 화공과 자체가 목적의식이 아직 정립되지 않은 학과라고 느꼈다. 그러니 앞으로 무엇을 할 것인지에 대한 나 자신의 방향성도 제대로 잡기 어려웠다. 1, 2학년은 거의 허송세월을 했다. 친구들과 술 마시고 방랑자가 되어 떠돌이 생활도 했다. 절에 가서 두 달을 보내기도 했고, 성당 생활도 했다. 그러다가 3학년 2학기가 되어서야 마음에 맞는 같은 과 친구들과 '스터디 그룹'을 만들면서 어렴풋이 내 갈 길을 찾았다.

우리 집은 그때 명륜동에 있었는데 마침 집에서 가까운 혜화동에 사는 조의환趙義煥이라는 친구와 자주 어울렸다. 함께 술도 마시고 사회 관심사에 대해 이야기하면서 자연히 전공에 대한 고민도 털어놓았다. 그러다가 조의환(용산고 졸)이 이은종(경기고 졸)이라는 친구를 끌어들여 셋이서 함께 어울리며 앞으로 무엇을 공부할지 토론하곤 했다. 공교롭게 세 사람 모두 화학공학에는 취미가 없고 유기화학 분야에서 새로운 실험을 하는 쪽에 관심이 있었다.

비날론 발명한 이승기 박사와 고분자화학의 매력

자연과학으로서의 화학이라는 학문은 일반적으로 물리화학, 무기화학, 유기화학, 생화학, 분석화학, 공업화학, 고분자화학, 섬유화학 등으로 분야가 나뉜다. 당시 우리나라 화학 분야에서 박사학위를 가진 사람은 해방 전부터 천재로 명성을 날린 이태규 박사와 이승기 박사, 두 사람뿐이었다. 두 사람 모두 일본 교토(京都)제국대학에서 공부해 각각 이학박사(화학)와 공학박사(응용화학) 학위를 받았다.

한국인 화학박사 제1호인 이태규李泰圭(1902-1992년) 박사는 일본 화학계의 거목 호리바 신키치(1886-1968년) 교수의 지도를 받으면서 1931년 교토대에서 촉매에 관한 연구(환원 니켈 존재 하에서의 일산화탄소의 분해)로 조선인 최초로 일본 이학박사학위를 취득했고, 1937년에 조선인 최초로 교토대학 조교수에 임용되었다. 이태규 박사는 경성제국대학 이공학부가 생겼을 때 귀국을 희망했으나 교토대에서 보내주지 않아 무산되었다가, 광복 후에야 경성대학 이공학부장을 맡을 수 있었다. 국립 서울대학교가 출범하면서 문리과대학 초대 학장에 취임하였으나 좌우익 투쟁에 환멸을 느껴 1948년에 미국으로 떠났다.

이 박사는 25년 동안 유타 대학The University of Utah 교수로 있으면서 액체이론, 분자점성학, 표면화학, 반응속도론 등에 관한 논문 90여 편을 발표했고, 1969년에는 '이-아이링 이론Ree-Eyring Theory'으로 노벨화학상 후보에 오르기도 했으며 그 뒤로 노벨상 추천 위원이 되었다. 이태규 박사는 박정희 대통령의 해외 과학자 유치 정책에 따라 1973년에 귀국해 한국과학기술연구소KIST에 재직하다가 한국과학원KAIST이 출범하면서 석좌교수에 취임했다. 대한민국 학술원 회원이 되어 과학자로서는 처음으로 국립묘지에 묻히기 전까지, 그는 고령도 아랑곳하지 않고 수십 편의 논문을 발표했다.

나일론에 이어 세계 두 번째 화학섬유로 공인된 비날론vinalon을 발명한 이승기李升基(1905-1997년) 박사는 이태규 박사가 박사학위를 딴 1931년에 교토대학 공업화학과를 졸업했다. 이후 다카쓰기(高槻)화학연구소에서 일본 고분자화학의 거목인 사쿠라다 이치로(1904-1986년) 교수의 지도를 받으면서 새로운 합성섬유 개발 연구에 몰두해 1939년에 교토대에서 공학박사학위를 받았다.

그의 박사학위 논문(섬유소 유도체 용액의 무전적 연구)은 일본에서 '합성 1호'라고 불렀던 폴리비닐알코올계 합성섬유인 비닐론의 발명에 관한 것이었다. 1939년 이승기 박사의 새로운 합성섬유 발명은 1935년에 미국의 듀폰DuPont사에서 나일론을 발명(1938년부터 시판)해 세계적으로 합성섬유 붐이 일어날 때여서 일본의 자존심을 살려 주었다.

참고로 나일론을 발명한 사람은 유기화학자 윌리스 흄 캐러더스Wallace H. Carothers(1896-1937년)이다. 미국 일리노이 주립대학에서 분자결합론을 전공해 박사학위를 받은 그는 1929년 듀폰사 기초화학 연구부장으로 입사해 나일론 개발에 심혈을 기울였다. 그리하여 1935년 2월 마침내 '폴리아미드polyamide'라는 새로운 물질을 만들었으니, 폴리아미드(물질명)에서 뽑아낸 가늘고 긴 실이 바로 나일론(상품명)이다. 듀폰은 1938년 9월 28일 석탄, 물, 공기에서 뽑아낸, 최초의 합성섬유인 나일론의 상품화를 발표했다.

나일론은 당시 "꿈의 섬유," "기적의 섬유," "물과 석탄과 공기로 만든 섬유," "거미줄보다 가늘고 강철보다 강한 섬유" 등으로 불리며 선풍적인 인기를 끌었다. 이 나일론으로 만든 최초의 상품은 칫솔 모였고, 그 다음은 양말, 그리고 그 다음이 바로 여성용 스타킹이었다. 특히 듀폰사의 여비서들이 총동원되어 실험하는 과정을 거쳐 1940년 5월 15일에 세상에 첫 선을 보인 여성용 스타킹은 세계적으로 센세이션을 일으켰다.

이승기 박사는 해방과 더불어 귀국해 서울대학교에 응용화학과를 세우고 초대 공과대학장에 취임했다. 그러나 일부 교수와 학생들의 소위 '국대안'(국립 서울대학교 설립안)에 대한 반대 시위가 심하여 수업과 연구를 제대로 할 수가 없었다. 사회 또한 극히 혼란스러웠다. 결국 이승기 박사는 6·25전쟁이 터지자 월북했고, 1952년부터 북한 과학원 산하 화학연구소 소장으로 있으면서 비닐론vinylon 생산 연구에 전념한 끝에 1961년에 함흥비날론공장(북한에서는 '비닐론'을 '비날론'이라고 부름)에서 섬유 생산을 시작했다. 비날론은 옷감, 밧줄, 그물, 천막, 타이어 코드사, 합성 종이 제조 등에 쓰였다.

비날론은 '카바이드carbide 생산 → 카바이드에 의한 초산비닐 합성 → 폴리비닐알코올 제조 → 방사 및 후처리'의 4단계 공정을 걸쳐 생산되는데, 비교적 생산비가 적게 들고 인조섬유보다 질이 좋으며 가볍고 빛에 강하다. 또한 내구성이 좋고 자연섬유에 가깝다는 장점을 가지고 있다. 김일성이 국가적 지원으로 연구·개발을 독려하면서 대대적으로 보급되었고, 이후 면綿을 대신하는 대중적 섬유가 되었다. 그러나 염색 처리가 힘들고 생산 과정에서 유독가스, 폐수 등이 배출되기 때문에 다른 국가에서는 거의 사용하지 않기도 하

거니와, 나일론과 폴리에스테르 같은 다른 합성섬유에 밀려 경쟁력
을 잃었다.

이승기 박사는 내가 화공과에 입학하기 전에 학과장을 하다가
월북했지만, 학교에서는 우리나라가 낳은, 초기 고분자화학 역사에
서 두드러진 연구 성과를 보인 세계적인 과학자였다. 훗날 이승기
박사의 일본인 제자 가운데 여섯 명이 노벨상을 받았다. 이 박사
의 서울대 제자 중에는 이형규李衡奎(부산대 화공과, 1982년 작고), 국
순웅鞠淳雄(고려대 화공과, 2015년 작고) 교수가 유명했다. 나는 학계
와 산업계를 넘나들던 이형규 박사가 브루클린 공대에서 연구할 때,
또 마산에서 한일합섬 공장장으로 근무할 때 가깝게 지냈는데, 인정
많은 이형규 박사는 내게 큰형님 같은 존재였다. 또한 국순웅 교수도
그가 고려대에 재직하고 내가 KIST에 있던 때 가깝게 지냈다.

화학공학 전공자로서 나는 가난한 조국의 광복 전후 시기에 한국
을 대표하는 두 천재 학자가 공교롭게도 화학과 화학공학을 전공한
것이 퍽 자랑스러웠다. 하지만 내가 서울대 화공과에 입학했을 때,
한 천재 화학자는 좌우익 갈등에 실망해 미국으로 떠나 버렸고, 또
다른 천재 화공학자는 월북해 북한에서 명성을 날리고 있었다.

우리는, 그러니까 조의환, 이은종, 그리고 나는 자연스럽게 비닐론
이라는 고분자 수지樹脂를 발견한 이승기 박사 이야기를 많이 했다.
그러나 고분자물질에 대한 우리의 지식은 매우 제한된 것이었다. 예
를 들어, 어떻게 하여 에틸렌ethylene(화학식 C_2H_4)과 같은 기체가

중합重合(polymerization, 화합물이 두 개 이상의 분자가 결합해서 몇 배가 되는 분자량을 가진 다른 화합물이 되는 것)에 의하여 폴리에틸렌과 같은 고분자물질이 되면 전혀 다른 물성을 가진 화합물로 변하는 것일까, 또 아디핀산adipic acid(화학식 $C_6H_{10}O_4$)과 헥사메칠렌디아민hexamethylenediamine(화학식 $H_2N(CH_2)_6NH_2$)이 중합하면 어떻게 나일론과 같은 강인한 물질이 되는 것일까, 하는 막연한 의문을 품을 따름이었다.

이러한 호기심이 우리를 고민 끝에 고분자화학高分子化學(high polymer chemistry)을 전공하는 쪽으로 결심하게 이끌었다. 지도교수가 방향을 정해 준 것이 아니고 우리 셋이서 스터디를 해서 개척해 정한 것이다. 유기화학을 기반으로 한 응용 분야인 고분자화학은 고분자화합물에 대한 각종 화학반응 및 메커니즘과 이들의 구조, 성질 등을 화학적으로 밝혀내는 것이다. 같은 분자를 여러 개 합쳐서 긴 분자를 만드는 고분자화학의 매력은 폴리에틸렌polyethylene, 폴리스타이렌polystyrene, 나일론nylon처럼 중합을 하면 물리적 성질이 전혀 다른, 그것도 우리 생활에 유익한 것으로 변한다는 것이다.

앞서 학문으로서 화학 분야를 열거했지만, 고분자화학이란 분자량* 1만 개 이상의 중합물에 대해서 합성과 중합반응의 연구 및 중

---

* 분자의 질량을 나타내는 양. 분자를 구성하는 원자의 원자량의 총합으로 나타낸다. 예전에는 원자량의 표준으로 산소 원자를 16으로 하는 방식이 사용되었으나, 1964년 이후부터는 탄소 원자의 질량을 12로 하는 단위로 나타낸 분자의 질량을 사용한다.

합체의 구조와 특성에 관한 연구를 하는 학문이다. 고분자polymer 가 학문의 대상으로 주목을 받게 된 것은 1920년 무렵이다. 고분자는 저분자와 다른 특이한 물성 및 반응성을 가지기 때문에 이러한 고분자의 특성을 연구하고 반응메커니즘을 연구하는 분야가 유기화학 분야에서 분리되어 학문적으로 확립되어 나갔다. 특히 1940년 이후의 고분자화학은 놀랄 만큼 발전을 거듭해 현재는 무수히 많은 새로운 고분자가 합성되고 있고 새로운 합성 방법이 연구되며 또 그 성질들이 조사되었다.

고분자라는 개념은 1926년에 독일의 화학자인 헤르만 슈타우딩거Hermann Staudinger(1881-1965년)에 의해 정의되었다. 그는 고분자를 셀룰로오스와 단백질 등 비슷한 성질을 가지는 단위체가 다수 결합된 사슬 모양의 거대분자라고 정의하였고, 이 거대분자의 합성으로 새로운 성질을 발생시킬 수 있다고 주장하였다. 그는 고분자 화합물 용액의 농도, 점도와 그 물질의 분자량과의 관계를 연구한 공로로 1953년 노벨 화학상을 받았다.

고분자는 합성법에 따라 단계중합과 연쇄중합連鎖重合(chain polymerization), 부가중합附加重合, 개환중합開環重合 등이 있다. 재료의 성질과 용도에 따라 섬유, 플라스틱, 열가소성·열경화성 수지樹脂, 엔지니어링 플라스틱, 고무, 도료, 인쇄 잉크, 접착제, 점착제, 등 고기능성 재료 및 생체 고분자들이 있다. 현재는 인공적으로 합성한 고분자 외에도 단백질과 같은 천연고분자와 섬유로 사용되는 식물성, 동물성 고분자들에 대한 연구도 활발히 진행되고 있으며,

이러한 연구 영역은 섬유화학textile chemistry으로 발전해 왔다.

고분자는 산출 상태, 구조, 형태, 합성법, 재료의 성질 및 용도 등에 따라 분류할 수 있다. 산출 상태에 따라 천연으로부터 얻는 셀룰로오스cellulose, 전분, 천연고무, 양모, 견, DNA(deoxyribo-nucleic acid) 등과 같은 천연고분자가 있고 유리, 초산셀룰로오스, 질산셀룰로오스 등과 같은 재생·개질 천연고분자들이 있다. 합성고분자로는 세라믹 재료, 폴리에틸렌, 폴리스타이렌, PVC, 나일론 등이 있다. 구조와 형태에 따라 선형linear 고분자, 분지branched 고분자, 가교cross linked 고분자 또는 망상network 고분자 등으로 구분할 수 있다.

국방부 과학연구소에서의 군 생활

학업에 흥미를 잃은 나의 대학 생활은 기억에 남을 만한 이벤트도 없이 훌쩍 지나갔다. 그런 가운데서도 나와 조의환, 이은종 세 사람은 고분자화학의 매력에 푹 빠져 서로 관련 정보를 주고받았다. 고분자화학을 공부하려면 해외 유학을 가야 했다. 우리는 뉴욕에 있는 브루클린 공대Polytechnic Institute of Brooklyn가 고분자화학의 메카임을 알게 되었고, 대학 졸업 후 언젠가는 브루클린 공대에 가서 공부하기로 서로 약조를 했다.

지금과 달리 당시에는 해외 유학을 가려면 병역 의무를 마쳐야

했다. 고분자화학을 전공하기로 한 나와 조의환 학우는, 집에서 출퇴근해서 병영 생활을 하지 않는 데에다 이공계 졸업생이면 군 복무 중에 실험도 할 수 있는 국방부 과학연구소를 지망해 합격했다. 당시 젊은 과학도, 공학도들은 국방부 과학연구소에 들어가는 것이 꿈이었고, 그런 만큼 경쟁이 치열해 들어가기가 어려웠다. 이은종 학우는 자기 힘으로 군대에 입대했고, 그 뒤로 잘 만나지 못하다 보니 자연히 멀어지게 되었다.

군대는 '줄'을 잘 서야 한다는 속설이 있다. 우리 동기 50명은 논산훈련소에서 3개월 보병 기초훈련을 받고 후반기에 1개월 포병훈련을 받고 국방부 과학연구소(과연)에 입소했다. 어렵게 입소한 국방부 과연에서는 우리가 입소하기 직전 기수까지만 해도 훈련을 마치면 해군이나 공군 소위 계급을 줬는데, 우리 기수부터는 사병 계급으로 입소시켰다. 같은 연구원인데도 우리보다 1년 앞서 입소한 선배 50명은 장교 신분인데, 우리 동기 50명은 사병 신분이었다. 국방부 과연에서 근무하다가 제대할 때는 육군 본부 소속으로 전역했다.

'국방부 과학연구소'는 1970년에 박정희 대통령이 자주국방의 기치를 내걸고 창설한 국방과학연구소(ADD)와는 다른 기구이다. 국방부 과연은 1954년 7월 10일자로 국방부 과학연구소령(대통령령 제922호)이 공포·시행됨에 따라 "국방에 관한 과학을 연구·조사·시험하여 그 결과를 군용에 제공함"을 임무로 발족했다. 국방부 과연의 전신은 6·25동란 열흘 전인 1950년 6월 15일에 창설된 '국방부 과학기술연구소'이다. 당시 국방부는 제5국에 과학기술연구소를 설치해 병식兵食 개량 사업 등을 담당케 했는데, 1954년에 이 연구소와 '국방부 조병창'이 발전적 해체와 함께 병합한 것이 국방부 과학연구소이다.

나는 명륜동 집에서 노량진 수산시장 자리에 위치한 국방부 과학연구소까지 군복을 입고 출퇴근했다. 출근하면 실험실 복장으로 갈아입고 실험실에서 근무했다. 국방부 과연의 조직과 인원은 보안사항이어서 ○○○명으로 통용되었던 바, 당시로서는 연구소의 자랑이라면 자랑인 이공계 대학 졸업자 현역 군인 100여 명과 그보다 세 곱절쯤 더 많은 군속이 근무했던 것 같다.

제1과에서는 화약·탄약류, 제2과는 물리병기와 군수용 금속재료, 제3과에서는 화학병기와 비금속재료의 연구 조사 및 시험에 관한 사항을 나누어 맡았다. 그러나 군대에서는 '까라면 깐다'는 속설이 통용되듯이, 어느 한 부문에 국한시키지 않고 종합적으로 했다. 현실적으로 육·해·공 3군의 기술창技術廠에는 연구기관이 없어서 기술적인 난관에 부딪치게 되면 국방부 과학연구소를 찾지 않을 수 없는 형편이었다. 나는 주로 해군에서 함정에 도료로 사용하는 페인트에 제충제 성분의 화학약품을 섞어서 어패류가 달라붙지 않도록 하는 일을 했다. 나중에는 로켓 탄약의 고체연료를 톱질하고 대패질하는 일도 했다.

내가 국방부 과연에 입소한 해인 1958년 6월 당시 동아일보는 '한국의 과학 실태는 어떠한가?'라는 제목으로 각 분야의 과학기술

실태를 진단하는 기획 시리즈를 연재한 적이 있다. 그 시리즈의 네 번째가 국방부 과학연구소를 심층 취재한 것인데, 당시 기사에서 '3 군 전체의 과학기술의 총본산'이라고 하면서 '체계가 서지 않아 탈'이라고 보도한 것이 눈길을 끈다. 당시 국방 과학기술의 실태와 수준을 가늠해 볼 수 있도록 동아일보 기획기사를 인용하면 다음과 같다.

"국방부 과학연구소의 시설을 살펴보면 ①화학 부문에선 적외선 분광분석장치, 미량원소 분석장치, 자외급가시선紫外及可視線 분광분석장치, 병식兵食 제조에 대한 각종 기기를 보유하고 있으며 ②금속 부문에서는 금속현미경, X-광선, 입체현미경, 고주파로爐, 각종 전기로 용선로鎔銑爐, 그리고 전자현미경이 있는데, 이것은 보통 광학현미경이 2천 배인데 비하여 5만 배라는 놀라운 고성능인 것이다. ③전기·물리 부문에서는 질량분석장치, 초음파 발생 장치, 고주파 발생 장치, 방사능 측정기를 설치하고 있는데, 질량분석장치는 시가 5만 달러의 고가품으로 기체든 액체든 고체든 간에 방사성동위 원소의 물질이 무엇인지를 감정하고 분석해내는 장치인 것이다. 그밖에 ④화학시험기기 종류 ⑤정밀공작기계 다수 ⑥측정기기에 있어서 금속·섬유·고무·지류紙類 등등 수천 점에 달하고 있다."
— 동아일보 1958년 6월 14일자

지금을 기준으로 하면 그때는 장비가 열악했고 실험도 조악했다.

그런 시절에 시가 5만 달러짜리 질량분석장치는, 단순히 계산하면 5천만 원짜리이지만, 당시 1인당 국민소득이 겨우 100달러 안팎이었음을 감안하면 1인당 국민소득의 500배에 이르는 고가 장비였다. 우리나라에서 본격적인 과학기술 연구가 시작된 것은 1966년에 한국과학기술연구소KIST(초대 소장 최형섭)가 설립되고서부터였다.

당시만 해도 국군의 장비는 전적으로 미국의 원조에 의존하는 실정이었다. 국방부 과학연구소 역시 체계가 확립되지 못하고 예산이 부족해 독자적인 무기 생산은 엄두를 못 내고 있었다. 동아일보가 지적한 대로, 일본은 과학기술청이 있어 확고한 체계 아래 과학연구기관을 통할하고 있었지만, 우리는 재정이 빈약해서 유능한 과학도를 선진 외국에 유학시켜서 기술 교환과 습득을 꾀하려 해도 도저히 실천에 옮길 수가 없는 형편이었다.

그런데 5·16 쿠데타 이후 군사정부는 군 조직을 축소하고 숙군하는 과정에서 국방기구 간소화 및 예산 절감 차원에서 연합참모본부와 국방부 과학연구소를 해체했다. 그러다가 박정희 대통령은 1970년에 '자주국방의 초석'을 기치로 내걸고 현재의 국방과학연구소 ADD를 창설한 것이다. 국방과학연구소는 1970년 8월 대통령령 제5267호 직제로 창설되었으나 그해 12월 국방과학연구소법(법률 제2258호)을 제정해 특수법인으로 전환해 오늘에 이르고 있다.

내가 1974년에 15년의 미국 생활을 정리하고 돌아오기 직전까지 한국과학기술연구소KIST 2대 소장을 지낸 심문택沈汶澤 박사가 국방과학연구소의 초대 소장을 맡았다. ADD는 홍릉의 KIST 근처에 있다가 1983년에 본부가 대전으로 이전했다. 국내 산업 기반이 전무한 시절에 기본화기 개발에 성공하고, 현재는 유도무기 등 각종 첨단 무기 체계 개발 능력을 보유해 국방 과학기술 수준을 세계적인 수준까지 발전시키고, 우리 군의 전력 증강과 국가 기술력 발전에 기여하고 있다. 2018년 1월 현재 ADD는 정밀타격, 지휘통제/정보전, 감시정찰/센서, 고에너지/소재, 지상/화생방, 해상/함정, 항공/무인기, 시험평가의 8개 연구본부 체제로 편성되어 있다.

고등학교를 졸업하고 서울대 화공과에
들어갔으나 전공에 흥미를 느끼지 못한 채
방황하다가, 3학년 때 마음 맞는 친구 둘과
스터디 그룹을 하면서 갈 길을 찾았다.
유기화학 분야, 특히 고분자화학에 매력을
느낀 것이다. 나일론에 이어 세계에서
두 번째 화학섬유로 공인된 비날론을
발명한 이승기 박사의 영향이 적지 않았다.
이승기 박사는 내가 화공과에 입학하기
전에 학과장을 하다가 6·25 때 월북했지만,
우리나라가 낳은, 초기 고분자화학 역사에서
두드러진 연구 성과를 보인 세계적인
과학자였다.

우리는 대학 졸업 후 언젠가는 고분자화학의
메카인 뉴욕의 브루클린 공대에 가서
공부하기로 서로 약조를 했다.

3

미국에서 만난 3인의 유태인 스승

당시 국방부 과학연구소에서는 다섯 명
이 유학 시험에 합격했다. 나는 군
복무 중에 몰래 나와서 유학 시험
을 쳐서 합격했다. 대학 입학과 연
구소 입소, 그리고 미국 유학까지
순전히 내 힘으로 정식 코스를 밟
았다. 당시는 '낙하산'이라는 말은 쓰
지 않았지만, 연구소에는 군 장성
의 자녀 등 '빽'을 써서 들어온 사

뉴욕대학교 폴리테크닉대학 문장.

람이 꽤 있었다. 조의환 학우와 나는 1960년 2월 말에 육군본부
소속으로 전역하자마자 미국 뉴욕으로 유학의 길을 떠났다. 4·19
혁명이 일어나기 직전이었다.

처음 유학을 간 곳은 미국 캔자스주의 엘리스 카운티Ellis County
에 있는 포트 헤이스 주립대학교Fort Hays State University였다. 캔자
스주 북서쪽에 있는 조그만 교육도시인 이곳에서 유기화학 석사를
마치고 1963년에 뉴욕시 맨해튼에 있는 사립 종합대학교인 '뉴욕
시 컬럼비아 대학교Columbia University in the City of New York(CU)'
생화학연구실에서 연구원으로 근무했다. 이후 뉴욕에서의 경
제적 어려움과 학비를 벌기 위해 유니온 카바이드Union Carbide
Corporation 중앙연구소의 연구원으로 일하다가 미국행의 궁극적

목적지였던 브루클린 공대에 입학했다.

미국에서 두 번째로 역사가 깊은 사립대학인 브루클린 공대는 1854년에 설립된 브루클린 폴리테크닉 연구소Polytechnic Institute of Brooklyn의 후신이다. 캠퍼스가 없어 실망했지만 "인간과 인간의 일은 자연의 부분이다(The human being and human works are parts of nature)"라는 교훈이 마음에 들었다. 대학원 중심 대학인 브루클린 공대Polytechnic Institute of Brooklyn에 대해서도 서울대 사범대처럼 연혁과 캠퍼스에 대한 설명이 필요하다.

줄여서 '브루클린 폴리Brooklyn Poly'라고도 부르는 브루클린 폴리테크닉 연구소는 1871년에 처음으로 학위 수여식을 가졌으며, 1901년부터 대학원 과정이 개설되어 1921년에 처음으로 박사학위 수여식을 거행했다. 그러다가 1985년에 폴리테크닉 대학Polytechnic University으로 학교 이름을 바꾸었다. 이후 2008년에 맨해튼에 위치한 미국 최고의 사립 종합대학인 뉴욕대학교(NYU)와 합병해 뉴욕대를 구성하는 18개 단과대학 중의 하나인 현재의 폴리테크닉대학Polytechnic Institute of New York University이 되었다.

현재 폴리테크닉대학은 브루클린 캠퍼스Brooklyn Campus, 롱아일랜드 캠퍼스Long Island Campus, 웨스트체스터 캠퍼스Westchester Campus, 맨해튼 캠퍼스Manhattan Campus, 이스라엘 캠퍼스Israel Campus 등 캠퍼스가 다섯 개 있다. 1988년 의학 부문 노벨상 수상자인 거트루드 엘리언Gertrude B. Elion을 비롯하여 IBM, AT&T, 제너럴 일렉트릭의 경영진들을 다수 배출하였다. 물론 그때는 합병하기 전이므로 캠퍼스도 없이 교사校舍만 있는 작은 학교였다.

입학하고 보니, 이 작은 학교를 동아시아에서 우리 두 사람만 선망한 것이 아니었다. 새로운 학문의 경향을 일찍 파악한 일본인들이 우리보다 한발 앞서 도착해 진을 치고 있었다. 교토대학을 필두로 도쿄대, 오사카대, 도후쿠대에서 온 일본인 유학생만도 20여 명이 고분자화학을 공부하러 대학원에 모여 있었다. 앞서의 한국인 천재 과학자들이 일찍이 서양 문물과 과학기술을 받아들인 교토대학에서 화학(화학공학)을 공부했던 역사적 사실을 떠올리면, 사실 놀랄 일도 아니었다. 대다수가 일본 고분자화학계의 거목인 사쿠라다 이치로 교토대 교수의 제자들인 일본인 유학생들은 모두 '고분자화학의 아버지' 허만 마크Herman F. Mark박사의 명성을 듣고 찾아온 정예 학생들이었다.

교수진에는 당시 미국에서뿐만 아니라 세계적으로 타의 추종을 불허하는 저명한 교수들이 포진해 있었다. 고분자화학의 창시자인 허만 마크를 비롯해 허버트 모라웨츠Herbert Morawetz, 찰스 오버버거Charles Overberger, 머레이 굿맨Murray Goodman, 프레데릭 아이리히Frederick Eirich, 제럴드 오스터Gerald Oster 등 이 분야 대가들이 집결해 있었다.

공교롭게도 나의 미국 유학 생활은 네 분의 유태계 학자들과의 인연으로 시작되었다. 유태계 미국인들은 원래 뉴욕에 밀집해 살며 특히 의사, 변호사, 학자 등 전문직에 많이 종사하고 있었으므로, 내가 맺은 인연에는 뉴욕이라는 지리적 요인도 작용했겠으나, 학자

네 분이 모두 유태계라는 사실은 우연 치고는 아주 특별한 인연이라고 아니할 수 없다. 아무튼 유태인 학자들의 사고방식은 알게 모르게 나의 직업적 사고와 연구에 지대한 영향을 미쳤다. 그들에게 하나의 공통점이 있다면 그것은 불굴의 의지와 근면성이었다.

식도락을 전수해 준 첫 번째 은사, 머레이 굿맨

나는 유학을 가기 전까지는 합성고분자화학을 전공하려고 했다. 나는 우리가 흔히 듣던 폴리에틸렌, 폴리스티렌, 나일론과 같은 고분자화합물을 연구하고 돌아오려는 생각으로 충만했다. 지금은 흔해빠진 것이 합성섬유이지만 그때만 해도 우리나라에선 기술도입과 대량생산을 하기 전이어서 나일론 양말을 신는 것이 여자들의 꿈이었을 정도였다. 그러나 브루클린에 발을 딛고 보니 내 생각은 세상물정 모르는 순진한 어린아이와도 같았다.

브루클린에는 내가 몰랐던 생물고분자Biopolymer라는 미지의 세계가 기다리고 있었다. 나는 브루클린에서 공부를 시작하면서 앞으로는 다른 세상이 올 것을 예견했고, 미지의 새로운 길을 가기 위해 생물고분자화학으로 전공을 바꿀 것을 결심했다. 그 미지의 길을 가는 데 길잡이가 되어 준 분이 머레이 굿맨Murray Goodman(1928-2004) 교수이다.

굿맨 교수는 바이오폴리머Biopolymer라는 새로운 분야를 개척한 분이었다. 생물고분자 또는 생체고분자로 통용되는 바이오폴리머는 생물의 몸 안에서 합성되어 생기는 고분자화합물을 총칭한다. 단백질, 핵산, 다당류 등이 대표적인 예이다. 이들은 각각 아미노산, 뉴클레오티드, 포도당 등의 구성단위로 이루어진다. 반복적 구조 단위가 연결되어 사슬 모양의 고분자를 형성하면서 거대분자가 완성된다. 이때 구성단위 사이의 연결은 수소결합·공유결합·반데르발스결합(van der Waals force)* 등으로 이루어진다.

굿맨 교수는 버클리대UC Berkeley의 멜빈 캘빈Melvin Calvin 교수 밑에서 유기화학을 전공하고 매사추세츠 공과대학(MIT)과 영국 캠브리지Cambridge 대학을 거친, 펩타이드 화학Peptide Chemistry의 전문가였다. 나는 펩타이드Peptide 전문가 밑에서 새로운 공부를 시작하고 폴리펩타이드Polypeptide에 관한 논문을 쓰게 되었다.

굿맨 교수와 그의 부인 젤다Zelda 여사는 내가 한국을 떠나 뉴욕에 막 도착한 아내를 맞아 혼례를 올릴 때 각각 대부(godfarther)와 대모(godmother) 역할을 맡아 주어 더욱더 가까운 사이가 되었다. 가장 친한 친구인 조의환(당시 브루클린 공대 화학과 재학)은 기꺼이 '베스트 맨Best man(신랑 들러리)'을 맡아 주었다. 또한 사대부고 동창인 어윤배(뉴욕대 행정학과 재학), 하만경(컬럼비아대 재학), 이종삼(컬럼비아대 재학), 이 세 사람은 고맙게도 결혼식 비용을 대 주었다. 그밖에도 하객으로는 교토대, 도쿄대, 오사카대 등에서 브루

* 분자 안에서 전하 분포가 비대칭적이어서 생기는 분자와 분자 사이의 전기적 인력을 지칭한다.

굿맨 교수가 한국을 방문했을 때. 왼쪽부터 국순웅 교수(고려대), 굿맨 교수, 필자, 필자의 아내, 젤다 굿맨Zelda Goodman, 국순웅 교수 부인.

클린 공대로 유학온 일본인 재학생 20여 명과 주로 유태계 재학생 등 50여 명이 참석해 축하해 주었다. 지금의 기준으로 생각하면 초라한 결혼식이었지만 나에게는 3년이란 긴 세월을 기다려야 했던 값진 결혼식이었다.

아내와는 대전여고 동창생인 막내고모의 소개로 만났다. 나는 대학 시절에 방학이 되면 고향에 내려가곤 했는데 한번은 나보다 한 살 아래인 막내 고모가 "친구 중에 이화여대에 다니는 괜찮은 아이가 있으니 한번 만나 보라"고 성화를 해 마지 못해 약속을 잡았다. 별 기대 없이 나갔는데 그 여학생은 고모가 말한 대로 '정말 괜찮은 미인'이었다. 나는 첫눈에 반했다.

필자의 약혼식. 1959년 6월 6일.

그때부터 대학 졸업 후 군대에 가서도 계속 만남을 이어 갔다. 내
가 군 생활을 하는 동안 '여학생'은 대학을 졸업하고 약사가 되어
서울대병원에서 근무했다. 내가 유학을 떠나기 직전, 우리는 약혼
식을 올렸고 그 뒤로 3년 넘게 생이별을 했다. 비용도 비용이지만
그때는 지금처럼 자유롭게 미국을 오갈 수 있는 형편이 아니었다.
결혼을 하려면 내가 한국에 가거나 그녀가 미국으로 와야 하는데
상황이 여의치 않아, 약혼하고 3년이 흐른 뒤에야 뉴욕에서 우리의
기나긴 생이별을 마감할 수 있었다.

결혼한 뒤로 나는 아내와 한 번도 떨어져 지낸 적이 없다. 신혼집
은 단칸방이었지만, 학교에서 주는 장학금으로 집세 비싼 뉴욕에

서 가정을 꾸려 나가자니 생활은 너무나도 빠듯했다. 아내가 고생을 많이 했고, 나는 경제적 어려움을 타개해 보려고 듀폰사 다음으로 큰 유니온 카바이드의 중앙연구소에서 연구원으로 1년 반쯤 일하기도 했다. 그때는 뉴욕 북동쪽, 철강왕 록펠러의 저택이 있는 부촌의 아파트에서 잠깐 여유로운 생활을 했다.

결혼식에서 신랑 들러리가 되어 주었으며 대학과 군대 동기이자 브루클린 유학까지 함께 한 조의환(1936-2009년) 박사는, 뒤에서 다시 언급하겠지만, 나보다 앞서 1972년에 고국에 돌아와 한국과학원(KAIST) 화학과 교수로 재직하며 퇴임할 때까지 후진 양성과 한국고분자학회 창립 등 화학계 발전에 많은 공적을 남겼다.

결혼식 비용을 대 준 세 사람 가운데 어윤배魚允培(1934-2002) 박사는 뉴욕대학교에서 행정학 박사학위를 따고 귀국해 숭실대 총장을 지냈다. 중소기업이 중심이 된 복지국가 모델에 관심을 가진 어 총장은, 한국인으로는 최초로, 중소기업 발전을 목적으로 세계 70여개국 2천 명 이상의 중소기업·기업가정신 연구자, 정부 관리, 기업인 등이 회원으로 참여하고 있는 세계중소기업연합회(ICSB) 회장을 지냈다. ICSB는 매년 세계 각국의 기업 생태계를 분석해 기업 생태계 건강성지수HeBEx를 발표하고, 세계 기업가정신 실태를 조사한 인간 중심 기업가정신 백서도 내놓는다.

또 하만경河萬璟(1934-2012) 박사는 한국전쟁 고아 출신인데 한미재단 도움으로 도미해 컬럼비아대에서 국제정치학 박사를 받은 입지전적인 인물이다. 스포츠용품사 나이키 부사장을 지낸 하 박사는 88서울올림픽 때 올림픽조직위 고문으로 활약하면서 동구권 국가의 참가를 유도했다. 그는 나이키 부사장에서 퇴임한 뒤에 해마다 12월이면 경기도 일산의 홀트아동복지회 장애인 시설을 방문해 성금과 함께 봉사 활동을 하곤 했다.

이종삼 박사는 컬럼비아대에서 박사학위를 딴 뒤에 1985년까지 조지워싱턴대, 카톨릭대 통신공학 교수를 지냈다. 미국 해군연구소에서 수중신호처리와 스프레드 스펙트럼 시스템에 대해 연구한 이 분야 전문가로, JSLA사(메릴랜드주 록빌 소재) 대표로서 미국 퀄컴사의 CDMA 특허에 지대한 영향을 끼친 인물로 알려졌다. 이 박사는 미국 시민권자이지만 1998년에 한국전자통신연구원(ETRI)이 퀄컴과의 CDMA 기술료 협상을 할 때 조국을 위해 무료로 많은 자문을 해 주었다.

벌써 50년이 넘은 세월이 지나긴 했지만, 그때 내 결혼식에 참석한 신랑 들러리들은 안타깝게도 모두 고인이 되었다.

굿맨 교수는 그밖에도 나를 위해 개인적 편의를 제공해 주고 인간적으로도 많은 도움을 주었다. 그는 여름이면 뉴욕 허드슨Hudson 강 강변의 포킵시Poughkeepsie에 있는 별장에 30여 명의 학생들을 불러 파티를 열어 주곤 했다. 이곳에서 유태 음식을 처음 맛보았다. 그 중에서 코셔 비프스테이크Kosher Beefsteak, 일명 타르타르Tartar라는 이름의 육회는 유럽계 유태인들이 즐겨 먹는 음식으로 별미였다.

굿맨 교수는 뉴요커New Yorker인 데다가 세계 각국 여행을 많이 해서인지 음식과 와인에 특별한 감각과 재능을 가진 식도락가였다. 그가 특별히 음식에 재능을 발휘하게 된 것을 볼 수 있었던 것은, 뒤에 언급하겠지만, 내가 샌디에이고San Diego에서 일할 때였다. 우리는 그때 라호야La Jolla에 있는 '조지스 앳 더 코브Georges at the Cove'라는 식당에서 자주 만났는데, 그가 좋아한 음식은 '시어드 아히 튜나 스테이크Seared Ahi Tuna Steak'라는, 겉만 살짝 그을린 참치 스테이크였다. 참치 스테이크를 이 식당처럼 맛있게 굽는 식당도 드물 것이다. 그밖에도 '피아티Piatti'라는 이탈리안 카페와 '카페 자펭고Café Japengo'라는, 하얏트 리젠시 호텔(Hyatt Regency in La Jolla)의 퓨전 일식 레스토랑에서도 자주 만나서 이야기를 나누었다.

머레이 굿맨 교수와 필자.

이런 식당에서 식사를 할 때 굿맨은 항상 와인을 즐겨 마셨다. 백포도주 중에서 그가 좋아했던 와인은 소노마 코스트Sonoma Coast 산의 키슬러 샤르도네Kistler Chardonnay 품종이었다. 레드 와인 중에서는 조셉 펠프스Joseph Phelps의 인시그니아Insignia였다. 인시그니아는 캘리포니아 와인의 주산지인 나파 밸리Napa Valley의 블렌딩 와인Blending Wine으로, 프랑스의 보르도Bordeaux 산 블렌딩 와인에 버금가는, 미국 캘리포니아 와인의 야심작이다. 색감과 향기가 모두 좋지만, 그 무엇보다도 이른바 끝맛inishing touch이 다른 와인보다 월등히 좋았다.

굿맨 교수는 학문을 하는 연구자로서의 태도뿐만 아니라 인생을 살아가는 측면에서도 많은 가르침을 주었다. 식도락가인 그와 함께 하면서 알게 모르게 나도 그를 따라서 와인을 고르는 법을 배우고, 좋은 음식의 맛과 종류도 알게 되었다. 굿맨도 지금은 고인이 되었지만, 그때를 회고하면 그가 음식을 주문할 때 보인 일거일동이 생생하게 떠오른다.

두 번째 은사는 '고분자화학의 아버지' 허만 마크

주임교수인 굿맨 교수는 "앞으로 어떤 일을 하든 고분자화학 계통에 남아 있으려면 무조건 마크 교수 밑에서 1년 정도 경험을 쌓는 것이 좋겠다"고 조언을 해 주었다. 이것이 동기가 되어 나는 '고분자

화학의 아버지' 허만 마크Herman
F. Mark(1897-1992년) 교수 아래
에서 박사후 과정Post Doctoral
Training을 밟게 되었다. 허만 마
크 교수는 그 밑에서 박사 후 과
정을 했거나 그의 문하생이라면
누구나 최고로 여길 만큼 인정받
는 대가였다.

허만 마크 교수.

　마크(마르크) 교수는 오스트
리아 출신으로 1921년 빈Wien
대학교에서 박사학위를 받았
다. 이후 카이저 빌헬름Kaiser
Wihelm섬유연구소(1922-1927)와 이게 파르벤 기업집단 연구소I. G.
Farbenindustrie A.G* 연구원(1927-1932)으로 근무하다가 1932년부터
빈 대학 화학 교수를 지냈다. 이후 나치스에 쫓겨 캐나다로 잠시 이
주했다가 1940년에 미국으로 옮겨 브루클린 공대 유기화학 교수와
고분자연구소Institute for Polymer Research 소장을 지냈다. 유태계인
그가 나치의 체포를 예견하고 실험실의 백금 도가니를 녹여서 '백금

---

* 　1925년에 설립된 화학 기업으로, 공격적 운영으로 바이에르Bayer, 아그파Agfa, 바스프
BASF 등 다른 기업들을 합병해 몸집을 불려 기업집단이 되었다. 1930년대 새로운 기술 도입
과 국가보조금으로 시장을 독점해 합성고무와 액체연료 등 제3제국에 필요한 많은 제품을
생산했다. 제2차대전 이후 연합군 당국은 이게 파르벤 그룹을 분리해 바이에르, 바스프BASF,
훽스트Hoechst의 3개사로 독립시켰다.

지팡이Platinum Stick'를 만들어 탈출한 것은 전설적인 사건이다.

마크 교수는 카이저 빌헬름 연구소에서 폴라니M. Polanyi와 함께 고분자의 X선 회절을, 하셀O. Hassel과 함께 석물의 X선 회절을 측정하는 등 X선의 광학적 성질을 연구하고, 1926년부터는 메이에르K. H. Meyer 등과 더불어 셀룰로오스와 그밖의 천연고분자 구조를 연구했다. 1930년에 뷔에를R. Wierl과 함께 전자 회절에 의한 분자구조의 연구 방법을 발견했으며, 1932년 첨가 중합의 속도론을, 같은 해에 구스E. Guth와 함께 고무 탄성의 이론을 발표했다. 제2차 대전 후에 미국에서는 중합의 속도론, 혼성 중합, 고분자 용액론 등의 연구를 했다. 1946년 도티P. M. Doty와 더불어 '고분자학 저널Journal of Polymer Science'을 창간했고, 구스E. Guth, 심하R. Simha, 아이리히F. Eirich, 도티P. M. Doty, 침B.H. Zimm 같은 유명한 고분자화학자들이 그의 문하에서 고분자화학을 개척했다.

처음 만난 마크 교수는 풍채도 좋고 인자한 모습이었다. 그의 사무실 겸 서재에 들어서면 첫눈에 압도하는 것이 한쪽 벽면을 가득 채운 책장 겸 문헌 분류용 받침대였다. 나중에 안 사실이지만, 그는 신문이나 잡지에서 흥미로운 기사를 보면 오려서 그 보관함에 넣어두었다가 논문이나 리뷰, 책 등의 저술에 참고와 인용 자료로 활용했다. 그런 식으로 문헌을 정리하다 보니 그 많은 논문과 글을 쓸 수 있는 토대가 된 것이다. 오늘날 서지나 참고문헌 분류에는 '레퍼런스 분류기Reference Sorter' 같은 소프트웨어를 사용하는데, 마크 교수는 일찍이 그 역할을 하는 수동식 분류 시스템을 가동했던 셈이다.

마크 교수와의 하루 일과 시작은 매우 독특했다. 아침 7시에 그의 사무실에서 슈냅스Schnapps라는 독주를 한 잔씩 마시는 것이었다. 유럽 사람들, 특히 마크 교수처럼 독일이나 오스트리아 사람들은 곡식이나 감자로 만든 독주인 슈냅스를 마시는 데 익숙한 듯싶었다. 그러나 동양에서 온 유학생이 브랜디나 보드카 같은 독주인 슈냅스를 아침마다 빈속에 마시는 것을 상상해 보라. 솔직히 말해 고역이었다. 몸을 가누지 못할 정도는 아니었지만 처음에는 일을 하기에 너무나도 벅찼다. 두 달쯤 지나니 겨우 좀 익숙해져서 날마다 슈냅스를 마시며 그날 할 일을 의논하는 생활에 적응해 나갔다.

내가 하는 일은 주로 GPC(Gel Permeation Chromatography, 겔 투과 크로마토그래피)의 초기 시험운전이었다. 시험 제작한 GPC를 운전해 보고 평가하는 일을 워터스Waters라는 회사에서 의뢰받은 마크 교수가, 그 작업에 나를 투입한 것이다. GPC는 다공성 겔을 이용하여 분자량 차이에 의해 물질을 분리하여 측정하는 장비이다. 지금은 탁상용 모델Desktop Model이 나왔지만, 당시만 해도 집채만한 크기의 육중한 기기였다. 마크 교수는 나를 'Oriental Sorcerer(동양의 마술사)'라고 불렀다. 아마도 GPC를 잘 다룬다는 뜻에서 한 말인 듯싶다.

그는 휘하에 통상 서너 명의 여비서와 한두 명의 행정요원, 그리고 여러 명의 포스닥Postdoc(박사후) 과정 연구자를 두고 있었다. 이 이너서클Inner-circle에서는 그를 독일어로 '게하임라트Geheimrat'라고 불렀다. 영어로는 'Secret Boss'(은밀한 보스)에 해당하는 말이라고 했다. 그만큼 그는 절대적 권위와 존경을 함께 누렸다.

'시크릿 보스'는 금요일이면 단 둘이서 이야기할 기회와 시간을 주어 자신의 또 다른 면을 보여 주었다. 주로 브루클린 시내의 유명한 식당인 '게이지 앤 톨너Gage and Tollner'에서 저녁식사를 하며 지난날의 경험담을 들려주곤 했다. 그에 따르면 자신은 '1/4 유태인'이라고 했다. 그의 조부가 유태인이고 조모는 오스트리아인 이었다.

그는 일찍부터 나치의 유태인 학대를 예견하고 캐나다로 탈출할 것을 준비해 왔다. 전설 같은 '백금 지팡이' 사건도 이 '금요일 밤의 만찬'에서 직접 생생하게 들었다. 나치의 체포를 피해 탈출할 때 대학 실험실의 백금 도가니 여러 개를 몰래 녹여 지팡이로 둔갑시키던 과정, 그리고 노인으로 변장해 도피 자금으로 쓸, 지팡이로 위장한 거액의 백금 지팡이르 짚고 탈출한 숨가쁜 스토리는 '금요일 밤의 만찬'을 숙연하게 만들었다.

마크 교수가 캐나다에 2년쯤 거주하다가 뉴욕으로 와서 브루클린 폴리텍Brooklyn Polytech에 고분자학과를 세운 이야기는 당시 브루클린 공대생이라면 다 아는 이야기이다. 마크 교수는 브루클린에 정착해 미국 시민권을 획득한 뒤에 많은 논문과 책을 썼다. 앞서 말한 문헌 분류용 보관함은 리뷰와 책을 뽑아내는 지식의 샘이었다.

그는 또 듀폰사를 비롯한 많은 회사에 컨설팅 자문을 나갔다. 강연에 끊임없이 나가면서 고분자학에 관련된 각종 세미나와 심포지엄도 주관했다. 그의 활동 영역과 범위는 실로 상상을 초월했다. 진정한 의미에서 그는 고분자학계를 주도하는 대가가 되었다. 그런 대가와 함께 한 1년은 내게 영원히 잊지 못할 추억이다.

나를 ALZA로 이끈 세 번째 은사 앨런 마이클스

마크 교수 밑에서의 포스닥 과정이 끝나 갈 무렵, 낯선 손님이 나를 찾아왔다. MIT 교수였던 앨런 마이클스Alan Michaels(1922-2000년) 박사였다. 나의 첫 번째 은사인 머레이 굿맨이 소개해 주었다. 유태인인 그는 당시 MIT 교수직을 사임하고 'Amicon'이라는 회사를 설립했다가 매각하고, '파메트릭스Pharmetrics'라는 신규 회사를 팔로 알토에 세워서 캘리포니아로 이동하는 길이었다.

나는 초면이지만 그의 명성은 물론 그를 향한 원성까지도 굿맨 교수한테서 이미 들어 잘 알고 있었다. 15분쯤 인사만 나누자던 것이 그의 열정적인 이야기 스타일에 내가 홀딱 빠져들면서 무려 한 시간이나 그와 대화를 주고받았다. 나중에 알게 된 사실이지만, 그는 나를 인터뷰하러 온 것이었다.

그가 떠난 뒤에 곰곰이 생각해 보았다. 그를 따라 캘리포니아에 가지 않더라도, 나는 허만 마크 밑에서 포스닥을 했기 때문에 마크나 굿맨 교수의 추천서만으로도 듀폰이나 유니온 카바이드 같은 굴지의 글로벌 화학기업에 가서 일하기에 부족함이 없었다. 그런데 내 마음은 이미 캘리포니아로 가서 이름 없는 벤처 회사에서 앨런 마이클스와 함께 모험을 해 보는 쪽으로 기울고 있었다. 나는 가기로 결심했다. 물론 이 결정이 내 인생의 행로를 바꿔 놓을 줄은 그때는 상상도 못 했다.

이야기를 이어 가기 위해 여기에서 잠깐 남미 우르과이 출신의 알레한드로 자파로니Alejandro Zaffaroni(1923-2014년)라는 인물로 화제를 전환한다.

자파로니는 1949년 천연 스테로이드의 정량 분석에 관한 논문을 제출하여 뉴욕의 로체스터 대학교University of Rochester로부터 생화학 박사학위를 받았다. 그는 연구를 통해 일반적으로 유기체는 오랜 시간에 걸쳐 적은 양의 스테로이드를 방출한다는 사실을 알게 되었다. 이것은 알약 형태로 다량 복용해야 했던 1940년대의 약물과는 현저한 대조를 이루는 현상이었다.

이후 자파로니는 멕시코 시티에 있는 조그만 회사인 신텍스Syntex에 입사했다. 신텍스에서 그의 임무는 부신피질 호르몬의 일종인 코르티손Cortisone에 관한 연구개발과 마케팅이었다. 그는 연구개발뿐만 아니라 마케팅에도 탁월한 재능을 발휘해 부사장까지 승진했다. 이어서 그는 미국 진출의 기회를 마련해, 마침내는 신텍스 사장으로서 캘리포니아주 팔로 알토Palo Alto에 진출하게 된다.

미국에 진출한 신텍스는 '시날라Synalar(플루오시놀론 아세토나이드)'라는 코르티코스테로이드Corticosteroid(겉질 스테로이드)와 노리닐Norinyl이라는 피임약으로 일약 거대 제약회사로 발전하게 된다. 그러나 자파로니는 코르티손에서 손을 떼고 새로운 분야의 사업을 시작하게 되는데 그것은 바로 약물전달의 영역이었다.

자파로니는 1968년 약물 전달 제어술로 의학적 치료법을 개선하기 위해 자신의 이름과 성姓의 첫 두 글자의 조합으로 지은 'ALZA'라는 회사를 설립하고는 신텍스 주주들에게 주식 참여를 권유해 성공한다. 그는 한 번에 많은 양을 복용하여 약물을 전달하려고 하면 부작용이 발생한다는 것을 알았기에 더 나은 방법을 강구했다. 분비 기관들이 강력한 효과를 지닌 극소량의 호르몬을 전달한다는 것을 깨닫고 약물을 소량으로 꾸준히 복용하는 것이 더욱 적합하다고 확신하였다.

사람들은 태고 적부터 약물의 효능에만 관심이 있었지, 전달 방법에는 관심을 기울이지 않았다. 환부에 약 성분을 전달하는 전통적인 방식은 대개 입으로 먹거나 주사를 통해 혈관에 주입하는 방식인데, 일부 약물은 위장이나 신장, 간장에 심한 부작용을 일으켜 한가지 병을 고치려다가 다른 병을 얻는 경우가 많았다. 곧, 약물은 빠른 속도로 순환되는 혈관 속에서 분해되면서 유해한 물질을 생성하여 고통이나 해로운 부작용을 유발할 가능성이 있는 것이다. 이렇게 되면 의도했던 효과를 얻기는커녕 더욱 많은 양의 알약이나 주사가 필요하게 된다.

이 때문에 많은 의학자와 약학자들이 약효를 향상시키고 부작용을 줄이기 위한 연구개발에 매달린 결과, 상당수 새로운 약물을 찾아내거나 합성해 내는 성과를 거두기도 했다. 그러나 현존하는 약물 가운데 가장 약효가 뛰어난 물질이 부작용이 심할 경우에는 전달체계를 달리하는 방법을 쓰게 된다. 자파로니는 이런 점에 착안하여 약물 전달 방식을 개선하려고 한 것이다.

'약물이 피부를 투과해 직접 환부에 작용하면서 지속적이고 일정하게 약효를 발현하는 약물 전달체계'로 정의되는 패치patch는 이같은 의학계의 요구에 따라 만들어진 것으로 피부를 통해 약물이 전달되므로 위장이나 간장 등 장기에 미치는 부작용을 최소화할 수 있는 최선의 방법으로 알려져 있다. 1980년대에 ALZA가 개발해 국내에서도 큰 인기를 끈 패치형 멀미약 키미테(스코폴라민)를 비롯하여 여성호르몬 패치제(에스트로겐), 금연 패치(니코틴) 등에 쓰인 약물이 대표적인 사례다. 자파로니의 선구적 열정 덕분에 피부를 통해 흡수되는 약물을 포함한 새로운 약물 전달 시스템이 탄생한 것이다.

오늘날 제어된 약물 방출 메커니즘에는 인슐린 혹은 진통제를 전달하기 위한 이식용 펌프, 피부에 천천히 약물을 방출하는 경피 흡수 패치제 등이 포함된다. 경피 흡수 패치는 니코틴 금단증상뿐만 아니라 특정한 진통 약물, 멀미, 피임을 위하여 사용되는데, 니코틴 금단증상의 경우 점차 투여량을 줄이는 방식으로 치료가 이루어지고 있다. 제어 약물 전달은 안정적으로 약물 레벨을 조절할 수 있도록 해 줄 뿐만 아니라 단기 작용 약물의 지속 효과를 높이고 부작용을 감소시킬 수 있도록 해 준다.

새로운 영역에 도전한 자파로니의 또 다른 장점은 인재 채용에서 나타난다. 그가 신텍스를 떠날 때 주위 사람들은 그가 주변 사람들

ALZA와 자파로니(사진 속 인물)를 소개한 '포춘FORTUNE' 1973년 6월호.

을 데리고 갈 것이라고 짐작했다. 그러나 그 예측은 빗나갔다. 그가 데리고 간 사람은 단 세 사람뿐이었다. 그것도 과학자나 엔지니어 는 한 사람도 없었다. 운전기사와 개인 업무를 담당한 행정요원, 그 리고 비서까지 세 사람이었다.

  ALZA에서의 첫 인재 등용도 예상을 완전히 깼다. 마틴 거스텔 Martin Gerstel이라는, 스탠포드Stanford대학교 비즈니스스쿨을 갓 졸업해 사회 경험이 전혀 없는 스물여섯 살짜리 젊은이를 재무담당 부사장에 지명한 것이다. 과학자나 엔지니어 채용에서도 통념을 벗어났다. 언뜻 보기에 약물 전달과는 전혀 관계가 없어 보이는 항공 우주공학자나 물리학자도 뽑았다.

그런가 하면 자파로니는 ALZA의 핵심기술 책임자를 뽑기 위해서 무려 2년 동안이나 미국 전역을 누비며 인재를 찾아다녔다. 그렇게 해서 찾은 사람이 바로 나를 인터뷰 면접한 앨런 마이클스Alan Michaels였다. 자파로니는 마이클스가 원하는 대로 'Pharmetrics'라는 회사를 따로 독립적으로 창립해 운영하는 파격적인 조건으로 그를 데려오는 데 합의했다. 물론 1년여 뒤에 ALZA와 합병하는 조건이었다. 실제로 1년 뒤에 ALZA는 'Pharmetrics'를 고가에 인수해 합병했다. 두 사람 모두 거액의 부를 챙겼다.

내 인생행로를 바꾼 약물 전달 시스템 벤처회사 ALZA

이렇게 해서 나는 자파로니가 선택한 마이클스에게 선택되어, 자파로니가 마이클스를 위해 따로 세운 'Pharmetrics'에 입사했다. 훗날 ALZA의 일원이 되는 길로 들어선 것이다. 주위의 친구들은 대부분 내가 경력과 백그라운드에 어울리는 듀폰이나 유니온 카바이드 대신에 이름 없는 ALZA에 가서 일하는 것에 대해 의아해했다.

그러나 내가 'Pharmetrics'와 ALZA에서 목격한 벤처기업의 인수합병(M&A) 방식은 미국에서 공부만 하는 연구자들은 경험할 수 없는 독특한 실물경제 경험이었다. 처음에 "알자ALZA가 뭐하는 회사인지 좀 알자"고 비웃던 친구들은 나중에 ALZA가 유명해지자 "선견지명이 있었던 것이구나"라고 내 선택을 인정해 주었다.

앨런 마이클스의 'Pharmetrics'는 설립 목적에 걸맞게 철저하게 특이한 회사였다. 제약회사임에도 불구하고 제약 관련 생산시설도, 연구시설도 전혀 갖추고 있지 않았다. 그 대신에 약물 전달 시스템 효율화 관련 각종 연구 테마를 추진하는 데 필요한 독특한 연구시설만 즐비했고, 과학자와 엔지니어들만이 그 공간을 가득 채우고 있었다.

예를 들면, 방출 속도 조절 연구에 필요한 마이크로캡슐Micro-encapsulation, 모놀리식 디바이스Monolithic Device, 전기식 펌프 반투막 멤브레인Electric Pump Semipermeable Membrane(Diffusion Control—방출 제어) 등이 갖추어져 있었다. 연구 프로젝트로는 삼투 펌프Osmotic Pump, 고분자 코팅 약품Polymer-Tethered Drug, 생체분해성 고분자 설계Bioerodible Polymeric Formulations, 전구약물前驅藥物 개념Pro-Drug Concept(신체 내에서 효소·화학 물질로 인해 약으로 바뀌는 비활성 물질), 다중펄스 약물 전달 체계Multiple-Pulse Drug Delivery System(경피약물 전달 체계Transdermal Drug Delivery System) 등이 있었다.

실제로 수행하는 과제로는 천천히 가수분해 되는 무스카린 작용제로 동공 축소제 및 녹내장 치료에 사용되는 파일로카르핀Pilocarpine(화학식 $C_{11}H_{16}N_2O_2$)을 정량적으로 방출하기 위한 OCUSERT™(Ocular Insert, 렌즈처럼 눈에 넣는 투약기), 피임약을 정량적으로 조달하기 위한 UPS(Uterine Progesterone System, 자궁 황체 호르몬 시스템), 경구투여 방식에 의한 방출 조절 시스템 OROS®[Osmotic (Controlled) Release Oral (Delivery) System, 경구용 삼투 방출제어 시스템] 등이 있었다.

마이클스의 목표는 당시까지 알려진 모든 약물 전달 방법을 재점검하고 그것을 토대로 미국 동부 엘리트들의 지혜를 모아 약물 전달의 황무지를 개척하자는 것이었다. 이를 위해서 과학 경영의 귀재인 그는 엔지니어들을 조지 헬러Jorge Heller가 팀장인 우리 팀을 포함해 다섯 팀으로 나누어 매일 같이 경쟁시키는 전략을 썼다.

마이클스 자신도 실험실에서 연구원들과 열띤 토론을 벌이는 등 연구원들과 함께 하는 시간이 많았다. 특히 학회에 가면 맨 앞 좌석에 앉아 핵심을 찌르는 날카로운 질문으로 꼬치꼬치 캐물으며 연사를 괴롭히곤 해서 마이클스가 참석하는 회의라면 모두 그의 앞에서 강연하기를 꺼릴 정도였다. 앞서 내가 그와의 첫 만남 장면에서 "명성은 물론 원성까지도 이미 들어서 잘 알고 있었다"고 했던 것도 이 때문이었다.

그러나 연구원들을 대하는 그의 태도는 180도 달랐다. 늘 친절하고 연구원들을 격려하는 자세였다. 그의 집무실은 내 방 바로 앞 방이어서 행인지 불행인지 나와 마주치는 시간이 무척 많았다. 그때마다 입버릇처럼 "What's new?"라고 말을 건네는 게 그 특유의 인사법이었다. 나는 처음에는 "Nothing"이라고 대답하고 넘어갔다. 그런데 볼 때마다 사장이 "What's new?" 하면서 연구에 어떤 진전이 있는지 묻는데, "Nothing"이라고 대답하는 것도 한두 번이지 나중에는 뭔가 결과를 이야기하지 않을 수 없었다.

미국인들은 부하를 혹사시키는, 틀에 박힌 상사 스타일을 'Slave Driver'(노예 감독자)라고 부른다. 그의 스타일도 이에 해당한다고 할 수도 있었다. 그러나 나는 차츰 이런 생활에 익숙해져 갔고, 어느새 나도 모르게 그를 닮아 가고 있음을 깨달았다. 내가 마이클스에게 "What's new?" 하고 되묻는 경우가 잦아진 것이다. 이렇게 하여 둘 사이는 가까워졌다.

마이클스는 와인에도 일가견이 있었다. 와인 시음을 할 때면 그 와인이 몇 년도 산産이며, 어느 지방 남쪽 기슭 또는 서쪽 기슭에서 자란 무슨 품종의 포도라는 것까지 맞출 정도로 숙련된 와인 전문가였다. 그는 와인뿐 아니라 음식에도 해박해 사내에서 소문난 미식가였다. 유태인이지만 전형적인 보스터니언Bostonian(보스턴 사람)이었고, MIT 출신다운 기지를 엿볼 수 있는 인물이었다. 나는 그와 함께 지낸 3년 동안 직업적으로나 개인적으로 배운 바가 많았다.

고분자물질 CHRONOMER(ALZAMER™) 합성

보통 고분자물질은 저분자물질보다 분자량만 큰 것이 아니고 대개 물리적 성질이나 기계적 강도, 열 안정성 등이 월등히 뛰어난 것이 상례이다. 이러한 특성 때문에 고분자물질을 만들고, 그 특성을 활용하는 것이 고분자화학의 존재 이유라고 하겠다.

나는 Pharmetrics에서 이와는 정반대의 특성을 탐구하게 되었
다. 약물을 복용하게 하거나 주사로 투여할 경우 약물이 맨 먼저
조우하는 것은 수분일 것이다. 그 다음에는 타액이나 혈액, 또는 식
도에서 분해 효소와 만날 것이다. 그때까지 약물은 치료하고자 하
는 목적지에 아직 도달하지 않았으므로 약물로서의 작용도 시작되
지 않았어야 한다. 그러나 약물은 이미 조우한 수분이나 효소에 의
해 분해되어 반응을 일으켜 원치 않은 물질이나 유해물질을 생성
할 수 있다.

이러한 부작용을 막으려면 저분자물질인 약물을 목적지까지 안
전한 상태로 운반해 주는 보호물질이 필요하다. 아울러, 일단 목적
지에 도달하면 순식간에 분해되어 약물을 활성화할 수 있는 보호
벽도 필요하다. 나는 이러한 물질이 가져야 할 필요충분조건을 생
각해 본 결과, 다음에 제시하는 조건을 만족시키는 고분자물질이
필요하다는 결론에 도달했다.

고분자 매트릭스 설계(Matrix Design)의 요건

- 약물의 방출 속도를 조절할 생분해성Bio-erodible.
- 생체적 합성Bio-compatibility.
- 고분자물질과 그 분해 물질은 독성이나 알레르기성이나 항혈
  전성antithrombogenecity이 없어야 한다.
- 물에 불용성이며 고도의 소수성疏水性(hydrophobic)을 지녀야

한다. 분해 생성물은 물에 쉽게 용해되어야 한다.

- 분해 과정은 가수분해여야 하고, 그 조건은 산성은 PH-7, 온도는 37도 부근이어야 한다.
- 이런 조건과 더불어 기계적 내구성과 물리적 및 열적 적정성 등도 충족시켜야 한다.

고분자물질이 갖춰야 할 이런 요건들은 사전에 나와 조지 헬러 Jorge Heller, 그리고 앨런 마이클스까지 세 사람이 협의한 결과였으며, 우리는 이 여섯 가지 요건을 충족시키는 고분자물질을 찾아나섰다. 그러나 그러한 물질은 없었다. 자연에서도 그와 유사한 기능을 가진 물질을 찾지 못했고, 합성고분자물질 중에도 없었다.

날이 갈수록 압박감이 커져 갔다. 나는 이 문제를 어떻게 해서든 해결하려고 여섯 달 동안 밤낮으로 몰두했다. 좌변기 위에 앉아서도 그 생각뿐이었다. 그리고 마침내 이런 자문자답에 이르렀다. '이제까지 합성 고분자물질 중에서 이런 기능을 가진 물질이 없는 것은 그러한 물질이 필요하지 않기 때문이 아닐까? 그렇다면 그 필요성을 찾아낸 우리가 물질도 합성해 내면 된다. 곧, 순수 화학으로 해결하자!' 이게 내가 마침내 마음을 굳힌 연구개발의 방향이었다.

이어서, 나는 해결해야 할 문제점을 세 가닥으로 추렸다. 첫째는 PH-7과 37도 부근에서 분해할 수 있는 관능기官能基(functional group)*의 선택 문제였다. 조사 결과, 아미드 아세탈Amide acetal, 오르토-카보네이트Ortho-carbonate, 그리고 오르토-에스테르Ortho-ester, 이 세 가지가 해당되었다. 나는 이 중에서 오르토-에스테르 기를 선택했다. 둘째로 물 분자와 쉽게 결합하지 못하는 성질 즉 소수성疏水性(hydrophobe)의 조절 문제는 풍부한 단량체單量體(monomer)**들의 존재로 해결했다. 셋째로 입체화학적, 결정학적 또는 미세형태학적 문제 등 구조적 문제는 고분자물질을 합성한 뒤에 해결할 과제로 남겨 두기로 했다.

이렇게 정리해 놓고 보니 딱 한 가지가 문제가 되었다. 오르토-에스테르의 관능기를 어떻게 세 개에서 두 개로 줄이느냐 하는 문제였다. 답은 알고 보면 쉬운 것이다. 나는 하나의 관능기를 고리화 하기로 했다. 이렇게 해서 두 개의 관능기만 활성화된 직선형의 고분자물질을 생성할 수 있었다.

그 뒤로 실제로 실험에 착수해 폴리 오르토-에스테르Poly ortho-ester를 합성해 보았다. 예상했던 대로 폴리 오르토-에스테르는 소수성이었고 물에 닿는 순간 가수분해를 일으켜 서서히 고리화 중합cyclopolymerization***된 물질과 수산기를 두 개 포함한 디올

---

* 공통된 화학적 특성을 지닌 한 무리의 유기 화합물에서 그 특성의 원인이 되는 원자단 또는 결합 양식으로서, 작용기作用基 또는 기능기機能基라고도 한다.
** 화학 중합 반응에 의해 중합체를 합성하는 경우의 출발 물질을 지칭한다. 예를 들면, 아세트알데히드는 파라알데히드의 단량체이고 스티렌은 폴리스티렌의 단량체이다.
*** 사슬 안의 단위체 단위 내에서 분자 내 고리화를 이루면서 고분자를 형성하는 중합반응이다.

diol(글리콜)로 탈바꿈했다. 변기 위에 앉아서도 고민했던 고뇌의 나날들이 서서히 환희로 바뀌는 짜릿함을 난생 처음 맛보았다. 이로써 나는 소기의 목적을 달성했다.

내가 합성해 처음으로 세상에 알려진 고분자물질은 미국 특허 4,180,646(1979. 12. 25), 미국 특허 4,138,344(1979. 2. 6), 미국 특허 4,093, 709(1978. 6. 6) 등 고분자물질의 응용에 관한 특허에 "Nam S. Choi, Seoul, Rep. of Korea; Jorge Heller, Palo Alto, Calif"라고 등재되었다. 그 뒤에 '케미컬 앤드 엔지니어링 뉴스Chemical and Engineering News'(1985. 4. 1)는 내가 1978년에서 1979년 사이에 합성한 물질의 특허권을 다룬 기사를 실었다. 그때는 미국에서 특허권에 대한 보상이 1달러에 불과했지만, 그것의 존재 가치는 말할 수 없이 컸다.

이 고분자물질은 처음에는 마이클스의 제안으로 그리스어 크로노CHRONO에서 따온 CHRONOMER(TM)로 명명되었다가, 'Pharmetrics'가 ALZA에 합병되면서 ALZAMER(TM)로 바뀌게 되었다. ALZAMER는 그 성질상 매우 특이한 고분자물질이었다. 물에 닿는 순간 분해되기 시작하여 디올diol과 고리화된 물질로 변화하는 것이었다. 이때 분해 속도가 약물의 확산 속도diffusion velocity보다 빠르면 약물이 방출되어 소기의 목적을 달성할 수 있는 것이다.

ALZAMER는 고분자물질과 분해 생성물의 생화학적 성질과 동물실험에 의한 독성 시험에서도 모두 만족스러운 결과가 나왔다. 이 시스템을 안약 실험에 의해 최종 테스트한 결과(아래 표 참조)도

아주 만족스러웠다.

이렇게 하여 얻어진 안약 성분을 OCUSERT™이라는 안약 치료제로 테스트한 결과 아래의 표와 같은 결과를 얻었다. 이로써 약물을 원하는 장소에 원하는 만큼 전달할 수 있게 된 것이다. 이것이 6개월에 걸친 내 발명의 요지였다. ALZAMER의 합성은 약물 전달 체계의 발전에 하나의 큰 획을 그은 것으로 평가받았다. 내가 특히 자랑스럽게 생각하는 것은 이것을 처음부터 온전히 내 힘으로 해냈다는 자신감이었다.

폴리 오르토-에스테르Poly ortho-ester라는 새로운 클래스의 고분

Drug	mg/day	μg/h
아트로Atropine	0.7 - 6	30 - 250
에피네프린Epinephrin	0.5 - 2	20 - 60
필로카르핀Pilocarpine	1 - 12	40 - 500
덱사메타손Dexamethasone	1 - 2	40 - 80
하이드로코르티손Hydrocortisone	5 - 50	200 - 2000
하이드로코르티손 아세테이트Hydrocortisone Acetate	5 - 50	200 - 2000
프레드니솔론Prednisolone	1 - 20	40 - 80
에리트로마이신Erythromycin	0.4 -	18
젠타마이신Gentamycin	0.6 -	25 - 125
네오마이신Neomycin	0.4	18
폴리믹신Polymyxin	0.125	5
테트라시클린Tetracycline	6	250

자물질을 탄생시킨 것도 고분자를 전공한 나로서는 기분 좋은 성과였다. 지금 생각하면 폴리 오르토-에스테르에 관한 연구를 조금 더 했더라면 하는 아쉬움이 남지만, 그때 결국 나는폴리 오르토-에스테르 합성을 끝으로 약물 전달 영역을 떠나 새로운 삶을 찾아 한국으로 돌아가기로 결정했다.

필자의 결혼식 기념 사진. 약혼식을 치른 뒤 필자의 유학으로 3년이나 기다렸다가 미국 땅에서 결혼식을 올렸다.

뉴욕 브루클린에서 신혼 시절을 지낼 때의 아내와 필자 모습.

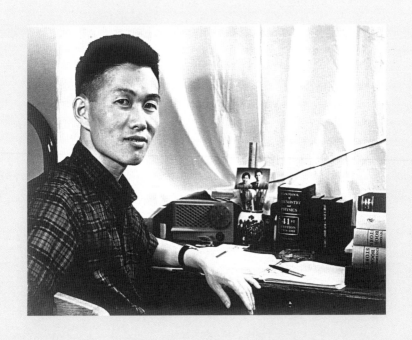

4

과학기술의 메카 KIST 시절

도미 유학 15년 만에 귀국해 KIST행

1974년에 15년의 미국 생활을 청산하고 귀국길에 올랐다. 비행기가 태평양 상공을 날아갈 때 내 감정은 복잡하기 그지없었다. 15년 전에 단신으로 여의도 비행장*을 떠나던 기억이 되살아나는 가운데 옆에 아내, 딸, 아들이 나란히 앉아 있는 모습을 보니 새삼스럽게 신기하고 감개무량했다. 난생 처음으로 한국인이라는 자부심과 함께 어느덧 내가 조국이 필요로 하는 인물이 되어 돌아가는구나 하는 뿌듯함도 느꼈다. (떠날 때는 여의도 비행장에서 출국했지만 돌아올 때는 김포국제공항으로 귀국했다. 그 뒤로 김포국제공항이 포화되어 인천국제공항이 생겼고, 그마저 포화되어 2018년 1월에 인천공항 제2여객 터미널까지 개장했으니, 이 또한 금석지감이 든다.)

나는 한국과학기술연구소Korea Institute of Science and Technology (KIST)의 일원이 되었다. 학부 때부터 유학까지 함께 한 오랜 친구인 조의환 박사는 나보다 1년 먼저 귀국해 연구소(KIST) 대신 학교(KAIST)로 일터를 정했다.

현재는 '한국과학기술연구원'으로 명칭이 바뀌었지만 1966년 2월 설립 당시 처음 명칭은 '한국과학기술연구소'였다. 그로부터 5년 뒤인 1971년 2월에는 연구개발을 담당할 고급 과학기술 인력 양성

---

* 1916년부터 1958년까지 서울 여의도에 있던 공항. 이후에도 공군기지로 쓰이다가 1971년에 폐쇄되었다.

을 위해 한국과학원(KAIS, 서울 홍릉캠퍼스)이 설립되었다. 한국과학원은 1973년에 6개 학과 석사과정 학생을 처음 모집하고, 1975년부터 박사과정 학생을 받았다. 이후 전두환 정부가 들어서면서 1981년에 한국과학기술원KAIST을 설립해 KIST와 통합했다가, 1989년 6월에 다시 KIST를 분리해 한국과학기술연구원KIST으로 재설립했다. KIST는 현재 과학기술정보통신부 국가과학기술연구회 소속의 정부 출연 국책 연구기관이다.

KIST를 설립하게 된 결정적 계기는 1965년 5월 박정희 대통령의 방미와 존슨 대통령과의 정상회담이었다. 최형섭崔亨燮 초대 KIST 소장에 따르면, 당시 린든 존슨Lyndon B. Johnson(1908-1973년) 대통령이 박 대통령을 공식 초청한 배경은 한국군의 월남 파병에 대한 보답으로 국군의 현대화와 경제 원조를 해 주려는 것이었다. 우리나라 경제 발전을 견인한 사회간접자본인 경부고속도로뿐만 아니라 과학산업기술을 이끈 KIST에도 월남전에서 흘린 피의 대가가 배어 있는 셈이다.

존슨 대통령은 과학 담당 고문인 도널드 호니그Donald F. Hornig 박사의 조언대로 한국에 공과대학을 설립해 주겠다고 제안했다. 그런데 박 대통령이 공대보다 공업기술연구소를 만들어 달라고 간곡히 요청하였고 그것을 계기로 "한-미 공동으로 연구소를 설립한다"는 문안이 공동성명 말미에 들어갔다고 한다. 그해 6월 호니그 박사가 제임스 피스크James B. Fisk 벨연구소 소장, 버트럼 토머스 Bertram D. Thomas 바텔기념연구소 소장 등과 함께 한국을 방문해

공업기술 및 응용과학연구소 설립에 관한 한·미 대통령 공동성명 발표 회견. 1965년 5월 18일.(출처, KIST 홈페이지)

원자력연구소와 금속연료종합연구소를 둘러보며 연구소 설립의 타당성 조사를 했다. 그때는 연구소라고 해 봐야 그것뿐이었다.

우리나라 연구소와 협력할 자매기관으로는 바텔기념연구소 Battelle Memorial Institute*가 선정되었다. 당시 벨연구소가 자타가 공인하는 세계 정상급 연구소였는데도 최형섭 소장이 바텔연구소를 협력기관으로 선정한 것은 수탁연구 중심으로 그때그때 필요한 연구 결과를 기업에 적용시켜 나가는 바텔연구소가 우리 실정에 맞다고 판단했기 때문이다. 이후 바텔연구소 전문가단이 연구소 설립의 기본계획 수립을 위한 조사를 하고 난 뒤에 1966년 2월 최형섭 박사(당시 원자력연구소장)가 KIST 초대 소장으로 임명되었다.

최형섭崔亨燮(1920-2004년) 소장은 집도 절도 없던 시절에 종로 2가의 기독교청년회(YMCA) 사무실에서 업무를 시작해 바텔연구소를 본떠서 위탁연구를 하는 비영리독립기관 형태의 연구소로서 KIST의 토대를 닦는 데 심혈을 기울였다. KIST의 설립 목적은 학문을 추구하는 것이 아니고 학문을 토대로 우리나라 산업 발전, 특히 공업화와 관련된 기술을 연구하는 것이었다. 따라서 기업이 적극적으로 참여하는 것이 중요했고, 그렇게 하려면 연구 프로젝트를 따오는 것과 그 프로젝트를 수행할 연구 인력을 확보하는 것이 필요했다.

설립 초기의 첫 번째 과제는 어떻게 하면 산업계와 연계를 갖도록 할 것인가였다. 지금은 상상할 수 없는 일이지만, 초창기에는 연구소를 소개하는 책자를 만들어 상공회의소 등지로 연구 프로젝트를 팔러 다녀야 했다. 그런 끝에 KIST가 처음으로 위탁받은 프로젝트가 당시 일본 도요타자동차와 제휴해 자동차를 조립생산하던 신진자동차의 윤활유 문제를 해결해 준 것이었다. 특히 초창기 연

---

* 1929년 고든 바텔Gordon Battelle의 유산 170만 달러를 기금으로 미국 오하이오주 콜럼버스에 설립한 연구개발 기관이다. 이 연구소의 대표적인 기술로는 제록스Xerox라 불리는 복사기, 콤팩트 디스크의 디지털 레코드 기술, 미국 재무성의 동전 제조술, 바코드, 은행의 전자상거래 등이 있다.

구용역을 수탁하는 데 돌파구 역할을 해 준 것은 폐결핵 치료제인 에탐부톨Ethambutol을 국산화한 정밀화학연구팀이었다.

당시 KIST는 각 연구실 별로 돈을 벌어 운영하도록 했다. 다만 연구소가 연구실 별로 수익을 낼 때까지 3년간 비용을 대 주고 나중에 그 돈을 갚도록 하는 연구원가제도에 따른 독립채산제였다. KIST는 설립 6년째 되던 해에 연구계약고가 1천만 달러를 넘겨 본 궤도에 올랐고, 내가 KIST에 온 1970년대 중반부터는 2천만 달러가 되어 정부에서 돈을 한 푼도 대 주지 않아도 먹고 살 수 있을 정도가 되었다.

설립 초기의 두 번째 과제는 연구과제를 수행할 유능한 인재를 확보하는 것이었다. 계약연구를 하려면 경험 있는 연구자가 필요하지만, 대학교수를 빼 오면 대학 교육이 지장을 받을 수밖에 없었다. 그래서 생각한 것이 해외의 과학기술 두뇌를 유치하는 것이었다. 문제는 유치 조건이었다.

최형섭 소장은 몇 가지 원칙을 세웠다. 그 중 하나가 미국에서 유치한 연구원의 경우, 한국 물가를 감안해 미국에서 받던 급여의 1/4에서 1/3 정도로 급여를 책정하는 것이었다. 그래도 당시 한국은 국민소득이 워낙 낮아서 국립대학 교수 급여의 세 배 가까이 되었다. 그 대신 연구원들에게 집(사택)을 마련해 주고 당시에는 국내에 도입되지 않은 의료보험 혜택을 주었다. 최형섭 소장은 그 무엇보다도 연구의 자율성과 지속성을 보장해 연구에만 전념할 수 있는 연구 환경을 조성하는 데 심혈을 기울였다.

최형섭 소장은 이런 방안을 박 대통령에게 보고해 승인을 받았다. 하지만 당시 KIST 급여가 너무 많다는 진정이 청와대까지 들어간 모양이었다. 하루는 "KIST 봉급표를 갖고 들어오라"는 전갈이 와서 최 소장이 급여표를 제시하니 박 대통령이 보고 "과연 나보다 봉급이 많은 사람이 수두룩하군" 하고 웃었다는 이야기를, 나중에 최 소장한테서 들었다.

최 소장은 연구소의 자율적인 운영을 법적으로 보장받기 위해 'KIST 육성법안'을 마련해 대통령의 재가를 받았다. 또 연구소 부지로 홍릉 임업시험장 자리의 15만 평을 농림부로부터 넘겨받아 1966년 10월에 기공식을 갖고 1969년에 동양 최대의 종합기술연

한국과학기술연구소 준공식에서 테이프 커팅을 하는 박정희 대통령과 육영수 여사.

구소 건물을 준공했다. 이후 1970년대에 표준연구소를 시작으로 해서 중화학공업 육성을 뒷받침하기 위해, 기계, 조선, 금속, 화학, 전자 분야의 5대 전략산업 연구소가 설립되고 대덕연구학원도시 건설계획을 발표하게 된다.

KIST는 초기에 바텔연구소의 협조를 받아 KIST 안내서를 만들어 해외 800여 기관에 근무하는 과학기술자들에게 배포했다. 그렇게 해서 최초로 18명의 해외 과학자를 유치했고, 2차로 35명을 추가 유치하는 등 10년 동안 수백 명의 해외 과학기술 두뇌를 유치했다. 나는 KIST 초기 10년사에서, 수탁연구활동 준비기(1967-1969년)와 수탁연구활동 정착기(1970-1973년)를 거쳐, 종합연구활동기(1974-1976년)로 막 들어섰을 때, KIST에 부임했다.

미국에서 KIST로의 이직을 결심하면서 연구시설과 자율성 등 연구 환경은 감안했지만 대우나 급여는 따지지 않았다. 연구자가 먹고 살 수 있으면 되지, 처우를 따지기 시작하면 한이 없다고 생각했기 때문이다. 당시는 국내에 대기업이 막 생기던 시기였는데, 그래도 연구원 보수는 대기업보다 높은 수준이었다.

미국 생활과는 비교할 바 아니지만, 홍릉연구단지 사택을 제공받아 아이들도 좋은 환경에서 키웠다. 딸(영란, 1965년생)은 처음 왔을 때 우리 말을 못해 아내가 서너 달은 경희초등학교에 함께 다니면서 통역 노릇을 했다. 홍릉연구단지 사택에서 자란 딸은 거기에서 대학 시험을 봤고, 다섯 살 터울인 아들(종진, 1970년생)도 거기서 경희초등학교와 중학교를 다녔다.

딸아이는 서울대 화학과를 졸업하고, 미국 시카고대학교에서 생화학 박사학위를 받았다. 딸은 나중에 내가 샌디에이고에 있을 때, 뉴욕주립대 버펄로Buffalo 캠퍼스에서 법대를 졸업하고 뉴욕 변호사 시험에도 합격해 귀국해서 김앤장법률사무소에서 변호사로 일하고 있다. 사위 김진영은 서울대 경제학과를 졸업하고 시카코대학교에서 경제학 박사학위를 받고 귀국해 고려대 경제학과 교수로 재직중이다.

내 아들은 미국 오하이오주립대 경제학과를 졸업하고 코네티컷 에트나Aetna에서 10여 년 일했으며 지금은 삼성생명에서 근무하고 있다. 이화여대 식품공학과를 졸업한 며느리(김유리)는 미국 터프츠

딸 영란, 아들 종진과 함께 KIST 잔디밭에서.

대학교Tufts University에서 생명공학 박사를 받고 현재 이화여대 부교수로 재직중이다.

폴리에스터 중합과 '600만불의 사나이'

나는 KIST 화학공학연구부 생물고분자 연구실장으로 부임해 연구를 시작했다. KIST에 재직하는 동안 지속성 살충제, 지속성 비료, 필름용 폴리에스터 중합 등 다양한 프로젝트를 수행했다. 그런데 이 모든 연구개발 프로젝트가 외부에서 연구비를 지원받아 수행하는 것이기 때문에 나 자신의 아이디어라기보다는 위탁자의 희망사항이 더 컸다. 위탁연구는 한계점도 있으나 장점도 있었다.

예를 들면 필름용 폴리에스터의 경우, 실제로 중합 그 자체의 어려움보다는 정치적 싸움에 휘말려 겪는 어려움이 더 컸다. 이 프로젝트는 크게 두 가지 과제로 분류되었는 바, 폴리에스터 그 자체를 생산하는 중합 공정인 화학적 공정과 폴리에스터 필름을 만드는 기계적인 제조 공정으로 나뉘었다. 이 가운데 화학적 공정에서의 문제점은 어안효과魚眼效果(Fish Eye Effect)를 어떻게 해서 없애거나 줄이느냐의 문제였다.

볼록렌즈로 통해 보는 것처럼 가운데가 가장자리보다 두꺼워지는 어안효과에 관한 문제를 나는 사전에 어느 정도 알고 있었다. 허만 마크 밑에서 일할 때 어안효과에 대한 공부를 한 경험이 있었기에 해결 방법도 어느 정도 알고 있었다. 보통의 촉매로는 반응속도가 느려 새로 나온 촉매를 사용해 어안효과를 줄이는 방법과 금속 필터를 사용하는 방법 등이었다.

그런데 프로젝트를 진행하는 과정에서 뜻밖에도 연구와 관계없는 정치적 싸움에 휘말리게 되어 애를 먹었다. 기술도입 방식으로 외국 기술을 들여오려는 측과 국내 자체 개발을 통해 기술을 확보하려는 위탁자의 싸움으로 변질하게 된 것이다. 이는 우리나라 과학기술 정책을 총괄하는 정부 부처와 경제정책 및 실물경제를 총괄하는 힘센 정부 부처와의 알력에서 비롯되었다.

우리나라에서 과학기술처*가 발족한 것은 KIST 설립 이듬해인 1967년이다. 최형섭 박사는 KIST 초대 소장(1966-1971년)을 지내다가 과기처장관(1971-1978년)으로 부임하자, 이듬해 기술개발촉진법(법률 제2399호)을 제정·시행했다. 또한 1973년에 특정연구기관육성법(법률 제2671호)을 제정해 우리나라 연구개발의 기반을 구축했다. 특정연구기관에 대한 정부 출연금과 국유재산의 무상 양여 등은 모두 이때부터 시작된 것이다.

기술개발촉진법을 제정한 목적은 "산업기술의 자주적 개발과 도입기술의 소화·개량을 촉진하여 그 성과를 보급하게 함으로써 기업의 국제경쟁력을 강화하고 국민경제 발전에 기여하게 함"이었다.

* 과학기술처는 박정희 정부 때부터 김영삼 정부 때까지 유지되다가 김대중 정부 때부터 과학기술부로 승격했으며, 이명박 정부 때는 교육부와 통합해 교육과학기술부로 되었다가 박근혜 정부 때는 다시 교육부와 분리되어 미래창조과학부가 되었다. 문재인 정부 출범 이후 과학기술정보통신부로 바뀌었다.

정부는 국내 개발 기술을 촉진·보호하기 위해 국내 민간 기업이 기술개발에 투자하고 상품화하는 데 지원과 세제 혜택을 주도록 했다. 지금은 폐지되고 없는 이 법에서 관련 조항(제5조와 10조)을 인용하면 다음과 같다.

"제5조 (수입업자의 기술개발) ①정부는 무역거래법의 규정에 의하여 수입하는 물품중 국내기술에 의한 국산화가 가능한 물품을 수입한 자가 그 수입액의 일정률을 수입물품의 국산화를 위한 기술개발에 사용하였을 때에는 제6조 및 제7조의 규정에 의한 지원을 한다. ②전항의 규정에 의한 국산화가 가능한 물품 및 기술개발에 사용할 수입액의 일정률은 대통령령으로 정한다.

제10조 (정부의 공업소유권 등의 사용 특례) ①정부가 위탁하는 연구용역 계약에 의한 연구개발의 성과로서 정부에 귀속한 공업소유권 중 산업발전에 특히 필요하다고 인정된 것에 대하여는 국유재산법의 규정에도 불구하고 주무부장관은 재무부장관과 협의하여 당해 용역의 수행자에 대하여 무상으로 그 공업소유권을 양여하거나, 실시권자에 대하여 실시료의 전부 또는 일부를 면제할 수 있다.

②정부가 위탁하는 연구용역계약에 의하여 연구개발을 수행하는 자에 대하여 특히 필요하다고 인정된 때에는 물품관리법의 규정에 불구하고 주무부장관은 재무부장관과 협의하여 당해 용역에 사용된 것으로서 정부에 귀속된 연구기기, 설비 및 시작품 등을 무상으로 양여할 수 있다."

쉽게 말해 국내에서 개발된 기술을 갖고 상품화하는 업종에 대해서는 그 기업의 수지가 맞는 수준에 도달할 때까지 다른 기업이 유사한 제품을 수입할 수 없고 유사한 기술도 도입할 수 없도록 하는 규제였다. 반면에 정부가 위탁하는 연구용역 계약에 의한 연구개발의 성과는 국유재산법 규정에도 불구하고 국내 민간 기업에 양여할 수 있도록 특혜를 보장했다. 이렇게 하다 보니 국내 기업들끼리 업종을 둘러싸고 마찰을 빚곤 했는데, 국내 굴지의 대기업인 삼성三星과 선경鮮京 사이의 싸움의 불똥이 우리 연구팀에 튄 것이다.

1970년대 중반 삼성과 선경은 비디오테이프를 생산하기 위해 외국에서 그 중간재인 폴리에스터 필름을 만드는 기술을 도입하려고 애를 썼으나 여의치가 않았다. 폴리에스터 필름 기술의 본원인 영국의 ICI(Imperial Chemical Industries), 미국의 3M과 듀폰이 카르텔을 맺어 외국에 기술을 제공하지 않았기 때문이다. 그런데 일본의 도레이(東洋레이온) 등 몇몇 회사에는 이 기술이 오래 전에 이전되어 이미 필름을 양산하고 있었다. 당시 삼성은 물론 선경도 일본 도레이에서 기술을 도입하려고 애를 썼다. 그러나 기술을 내줄 뜻이 없는 도레이는 엄청난 로열티를 요구했고, 삼성은 채산이 맞지 않아 포기했다.

그런데 1976년경 선경화학의 강석웅 사장이 KIST를 찾아와 현재 전량 수입에 의존하고 있는 폴리에스터 필름을 국내기술로 연구개발할 수 있는지를 의논해 왔다. 그렇게 해서 내가 자진해서 연구개발을 맡기로 해 공동 개발에 착수해 화학적 중합 공정에서 문제가 된 어안효과를 1년 만에 해결해 성공했다. 당시 선경과 계약한 용역 프로젝트는 1천500만 원짜리였다. 당시 급여가 20만 원이던 시절이므로 지금 시세로는 1억5,000만 원에 해당하는 프로젝트였다. 그리고 착수 2년 만에 총 5억 원의 개발비를 투입해 국내 처음으로 폴리에스터 필름 제조기술 개발에 성공했다.

그런데 중간재를 만들어 내기는 했지만 필름으로 가공하려면 또 생산 장치가 필요했다. 국내에서 그것을 만들 수가 없어 외국에 발주할 수밖에 없었다. 선경에서는 일본 도시바(東芝)에 의뢰했다. 그러자 도시바의 자매회사였던 도레이는 한국에서 폴리에스터 필름을 만들었다는 사실은 물론, 그 제품이 우수하다는 사실까지 알게 되었다.

당시 선경합섬은 녹음 테이프 제조업체인 수원전자를 설립해 화학공업의 종합 체제를 갖추고 있었는데, 이 PET필름은 녹음 테이프, 비디오테이프, 컴퓨터 테이프, 콘덴서용 유전誘電 재료, 베이스필름, 전기 절연용 진공포장, 사진 및 X레이 필름 등으로 용도가 다양했다. 선경그룹은 1978년 1월 11일 보도자료를 내고 PET필름 제조기술 개발 성공 사실을 알렸다. 3월부터는 파일럿 플랜트에서 본격적인 생산을 개시하기로 돼 있었다.

그런데 그전에 도레이는 부랴부랴 삼성과 접촉해 기술사용료를 대폭 인하해 기술이전 제안을 했다. 이에 삼성그룹의 제일합섬은 PET필름 제조기술 도입 계약을 서둘러 맺고 1월 12일자로 경제기획원과 상공부에 기술도입 인가 신청을 냈다. 당시 제일합섬이 경제

기획원에 신청한 바에 의하면, 기술사용료를 일본 돈 15억 엔으로 하고 10년간 균등분할상환(연 1.5억 엔)한다는 조건으로, 그때까지로서는 우리나라 기술도입 사상 최대 규모였다. 당시 15억 엔은 현재 가치로 따지면 150억 엔, 곧, 우리 돈 1천500억 원에 상당하는 거액이다.

당시 도레이가 제시한 기술사용료는 달러로 약 600만 달러로 산정되었다. 그러자 동아일보 등 언론 만평에서는 기술료 600만 달러에 빗대어 '600만 불의 사나이'라는 별명으로 풍자할 정도로 논란이 되었다. 재계에서는 폴리에스터 필름 제조기술은 지금까지 미국과 영국, 일본 등 선진 5개국이 독점해 오면서 대외 공여를 거절해왔는데 일본측이 입장을 바꿔 삼성측에 기술 공여를 제의하고 나선 데에는 멀지 않아 기술 독점 체제가 무너질 것을 내다본 일본측의 상술이 뒷받침되었을 것이라고 지적했다.

PE필름 제조기술 도입을 둘러싼 선경 vs 삼성의 갈등을 보도한 신문 기사(매일경제, 1978년 1월 14일자).

그런데 기술을 도입하기 위해서는 기술개발촉진법 때문에 반드시 과기처 장관의 허가를 받아야 했다. 담당 회사 사장이 최형섭 장관을 찾아가 간청했으나 최 장관은 애써 개발한 기술을 사장시켜 버릴 순 없다고 거절했다. 중앙일보와 동양방송(TBS)을 거느린 대기업이 막강한 힘으로 밀어붙이는데도 과기처 장관이 들어주지 않자, 언론 매체에서도 관심을 갖고 비중 있게 다루었다. 당시 언론은 "선경합섬이 KIST와 공동연구로 폴리에스터 필름을 개발해 파일럿 플랜트를 건설한 후 삼성그룹 계열의 제일합섬이 일본과의 기술도입을 신청함으로써 '자주개발'이냐 '외국기술 도입'이냐의 정책적 문제로 확대되고 있다"고 보도했다.

삼성-상공부-경제기획원 vs 선경-KIST-과기처의 대리전 양상

삼성(제일합섬)과 선경(선경합섬)의 싸움은 상공부-경제기획원 vs KIST-과기처의 대리전 양상으로 비화했다. 삼성이 논점을 '국내 개발 기술의 보호 vs 수출 산업의 육성' 대결 구도로 가져가자, 정부에서는 어느 한 편의 손을 들어주지 않은 채 열 달이 흘러갔다.

그런 가운데 1978년 10월 2일 과학기술처에서 기술개발심의위원회(위원장 이창석 과기처 차관)가 열려 PET필름 제조기술 건을 포함해 세 건의 안건이 상정되어 심의되었다. 여기서 다른 두 건은 과기처 안대로 4년 동안 국내 개발 기술을 보호하기로 심의를 통과했으나, PET필름 제조기술 건은 상공부 등 관계 부처가 수출용 원자재 확보 등을 이유로 이의를 제기해 유산됐으며 사흘 뒤인 5일에 소위원회를 열어 논의를 재개하기로 했다. 삼성이 여건이 불리해지자, 앞으로의 수요 증대에 대비해 국내 기업들도 경쟁 체제를 갖추어야 하며, 기술도입을 하면 생산품을 전량 수출을 하겠다는 조건으로 다시 기술도입 허용을 요청한 것이었다.

선경 측은 최남석 박사팀이 개발에 성공해 현재 월 900톤의 베이스필름을 생산하고 있고, 1979년 상반기까지 4천500톤 규모로 시설을 늘릴 예정이나 1981년 PET필름의 수요가 연 5천 톤으로 추정되며 국제경쟁력을 갖추려면 1만 톤은 되어야 하기 때문에 이 단계에서 또 다른 업체의 참여는 두 회사의 도산을 자초할 것이라는 주장을 폈다. 반면에, 삼성 측은 국내에서 개발된 기술로는 정교한 제품을 만들기가 불가능하며 수출 경쟁력도 갖추기 어렵다면서 수출용 원자재 확보라는 측면에서도 일본 기술의 도입을 허용해 줄 것을 요구했다.

이에 대해 상공부 등 경제부처 측은 국내 수요 충족과 수출에 대비한 원자재 확보라는 측면에서 제일합섬 측 주장에 긍정적인 것으로 알려졌다. 삼성의 치열한 로비와 정치적 논란 속에서 KIST의 자체 개발이냐 기술도입이냐가 쟁점화된 가운데 나도 모르는 사이에 내 자신이 이 싸움의 정점에 서 있음을 알게 되었다. 심지어 KIST 내의 의견조차도 두 갈래로 나뉘게 되어, 우리는 일한 것만 책임지는 소극적인 태도를 유지해야 한다는 측과 끝까지 위탁자를 옹호하는 적극적인 태도를 견지해야 한다는 측으로 갈렸다. 결과에 따라서는 KIST의 존폐가 달린 문제로까지 비화할 수 있는 사안이었다.

내가 생각하기에 이 문제의 해결은 오직 한길밖에 없었다. 그것은 '자체 개발'로 결론을 내는 것이었다. 그것이 KIST의 설립 목적에 부합하고 국익에 도움이 되는 길이기 때문이었다. 고민이 깊어 가는 가운데 다행히 아내도 나와 같은 생각을 했다. 부언하자면, 사실 내가 망설이지 않고 이런 주장을 적극적으로 한 데는 아내의 꿋꿋하고 정의로운 성격도 큰 힘이 되었다. 언론과 여론도 힘이 되었다.

동아일보는, PET필름 제조기술 건을 심의하는 제1차 기술개발 심의위원회가 열리는 날, '업자 이해利害에 눌린 기술개발법'(1978년 10월 5일자)이란 제목으로 정부의 태도를 비판적으로 보도했다. 관련 기사를 일부 인용하면 다음과 같다.

"국내기술의 개발촉진과 보호를 위한 기술개발촉진법이 업자들의 이해관계에 얽혀 실효를 못보고 있다. 정부는 지난 4월28일 기술개발촉진법을 개정, 국산 신기술을 보호키 위해 동종 또는 이와 유사한 기술도입을 일정기간 규제키로 명문화했으나 이 법 발표 이후 처음으로 상정된 폴리에스테르 필름 제조기술을 둘러싸고 이를 국내개발한 선경합섬과 같은 기술을 일본서 도입하려는 삼성그룹 산하 제일합섬 간의 이해 대립에 관계부처들이 말려들어 법 제정 이후 첫 케이스부터 법의 취지마저 살리지 못하고 있다."

최종 결정은 청와대 비서실에서 했다. 당시 청와대 경제1수석비서관은 오원철, 경제2수석비서관은 이희일이었다. 청와대에서 논의한 끝에 관련 수석비서관이 기술도입에 관한 사항을 토의하는 기술개발촉진위원회 위원장인 과기처 차관에게 "소신대로 일을 진행시키세요"라고 전했다. 결국 삼성의 기술도입은 무효가 되고 우리가 개발한 기술이 살아남을 수 있게 되었다.

나는 정의로운 길을 선택했으며 결과적으로 위탁자가 원하던 승리를 안겨 주었다. 이것이 내가 KIST에서 내 인생에서 두 번째로 경험한 '고뇌와 희열'의 순간이다. 나는 조국에 필요한 과학기술자가 되어 돌아와 KIST에서 자기기록용 폴리에스터 필름을 개발(1978년 6월)함으로써 우리나라 산업화의 싱크탱크(1960-1970년대) 역할을 수행한 KIST 역사의 한 페이지를 장식할 수 있었다.

기술도입을 놓고 팽팽히 맞서 왔던 폴리에스터 필름 등 세 건의 국산 신기술에 대해 보호조치를 내린 제1차 기술개발심의위원회의 결정은 외국 기술에 의존하고 있는 산업계의 풍토를 수술하는 새로운 전기를 마련한 것으로 평가되었다. 우리나라에서 처음 내려진 국산 기술의 보호조치는 앞으로 산업계의 저조한 연구개발과 산학협동에 활성제가 될 것으로 기대를 모았다.

사실 국내 기업들의 기술 개발 용역 과제를 수행해 온 KIST의 입장에서는 국산 기술에 대한 보호 대책이 없어 실패하거나 고전한 경우가 허다했다. KIST 연구팀이 개발한 폐결핵 치료제인 에탐부톨의 경우도 다른 제약회사들의 방해를 받아 개발이 지연되었다. 중간원료를 도입했던 라이벌 기업이 국내 개발 방해 작전으로 중간원료의 덤핑, 이의신청 등을 펴 고전을 치러야 했던 것이다. 그런데 제1차 기술개발심의위원회에서 처음으로 국내 개발 기술 세 건이 4년 동안 보호조치를 받았는데, 그 가운데 두 건이 KIST가 개발한 기술이었고, 그중 한 건은 바로 내가 개발한 폴리에스터 필름 제조 기술이었다.

각종 오디오·비디오 테이프의 기초 소재인 폴리에스터 필름 개발은 매년 수천억 원대의 수입 대체효과와 수출 실적으로 이어졌다. 선경의 후신인 ㈜SK는 세계 4위 생산업체로 세계 폴리에스터 필름 시장의 약 10퍼센트를 점유하게 되었다. 최종현 회장은 나와 우리 팀의 노고에 대한 고마움의 표시로 KIST에 흔쾌히 10억 원이라는 거액을 기부했다. 당시 민간 기업의 10억 원 출연은 KIST 사상 처음 있는 일이었고, 현재의 가치로 환산하면 100억 원에 해당하는 큰 돈이다. 당시 경향신문(1979년 2월 15일)은 이렇게 보도했다.

"지난해 폴리에스테르필름 국산화에 성공을 거둔 선경그룹(회장 최종현)은 산업기술개발과 보급에 쓰일 10억원의 연구기금을 KIST에 출연하기로 했다. 이같은 민간기업의 거액연구기금 출연은 KIST 사상 처음 있는 일이다. 선경 측이 이 같은 기금을 출연하게 된 것은 지난해 KIST 최남석 박사팀에 의해 세계적인 기술과 노하우로 알려진 PET필름 제조기술을 개발, 국산화에 성공한 데 대한 보답인 것으로 알려졌다."

당시 KIST에서는 로열티가 들어오면 발명자에게 10퍼센트 정도를 인센티브로 보상해 주기로 돼 있었다. 그러나 '고뇌와 희열'의 결과로 내가 경제적으로 득을 본 것은 한 푼도 없다. 물론 그때는 내가 럭키중앙연구소로 옮긴 뒤였다. 나는 내심으로 서운했지만, 다행히 아내가 "그런 공돈은 오래 못 간다"며 대수롭지 않게 말해 위로가 되었다. 다만 내가 책임자였다면 연구 성과에 따라 공평하게 나누었을 것이다.

나는 이런 불공평한 경험을 겪었기 때문에 럭키중앙연구소(현 LG화학 기술연구원)에 가서는 발명이나 특허의 실용화 및 상품화 단계별로 연구원들의 연구 참여 및 기여도에 따라 그 성과를 공평하게 나누도록 하는 보상 방침을 세워 이를 시행하도록 했다.

KIST, 18명으로 시작해 2천여 명의 과학기술 메카로

나는 KIST에 처음 화학공학연구부 생물고분자 연구실장으로 부임했다가 화공연구부장(1976년)과 고분자연구부장(1977년)을 역임했다. 그리고 폴리에스터 필름 개발로 경제적 이득은 보지 못했지만, 1979년 4월 21일 제12회 과학의 날에 정부로부터 국민훈장 목련장을 수상해 돈 대신에 명예를 얻었다.

2016년에 창설 50주년을 맞이한 KIST는 연구소의 50년 역사를 3기로 구분하였으니, 제1기 산업화의 싱크탱크(1960-1970년대), 제2기 선진기술 추격 연구(1980-1990년대), 제3기 원천기술 선도 연구(2000년대 이후)가 그것이었다. 내가 수행한 폴리에스터 필름 개발 프로젝트는 포항제철 종합계획 수립(1969. 10), 천연색 TV수상기 개발(1972. 7) 등과 함께 제1기인 산업화의 싱크 탱크 기간의 주요 연구 성과로 기록되어 있다. 그 기록을 인용하면 다음과 같다.

프로젝트명: 오디오·비디오 테이프의 기초 소재 폴리에스터 필름 개발
연도: 1978
연구책임자: 최남석

폴리에스터 필름은 KIST 연구진(최남석)의 노력 끝에 개발된 독자기술이다. 이 기술과 제품은 VTR 테이프, 녹음 테이프, 포장재료, 음료수병, 의류 등 생활 전반에 이용되는 첨단재료 기술의 결정체로 폴리에스터 제품 다양화에 커다란 영향을 주었다. 폴리에스터 필름 기술을 이전 받은 ㈜SK는 1978년부터 폴리에스터 필름 제품을 양산하기 시작했고, 이는 매년 수천억 원대의 수입 대체효과와 수출실적으로 이어져왔다. 현재 ㈜SK는 세계 4위 생산업체로 세계 폴리에스터 필름 시장의 약 10%를 점유하고 있다.[*]

KIST는 대한민국의 조선, 자동차, 화학공업 육성과 포항제철 건설 계획을 주도하고, 컬러TV, PC, 폴리에스터 필름, 광섬유 등의 원천기술을 개발했다. 간·폐 디스토마와 결핵 치료제, 항생제 개발

---

[*] http://www.kist.re.kr/kist_web/?sub_num=47&state=view&idx=-96629, KIST 홈페이지, 검색일 2018년 1월 18일.

등 국민 건강에도 크게 기여했다. 대한민국 산업기술 발전은 KIST 로부터 시작되었다고 해도 과언이 아니다. 해외에서 유치해 온 과학기술자 열여덟 명으로 시작한 KIST는 이제 2천여 명의 과학자들이 모인 종합연구소로 발전했다.

KIST의 역할과 산업계에 끼친 영향을 내 나름으로 정리해 보면, 첫째, 최초로 공업 연구를 국가적인 차원에서 조직화했다는 것, 둘째로 다양한 재능의 인재를 유치, 축적, 배출했다는 것, 셋째로 다양한 선진 기술을 소화해 산업계로의 이전을 유도했다는 것, 넷째로 산업계에 기술 개발 동기를 부여한 것 등이라고 하겠다.

현재 KIST의 중점 연구 분야는, 첫째로 4차 산업혁명 선도 기술 개발로, 차세대 반도체 선도 기술 개발, 암·혈관 질환 조기진단 마커, 치료제 및 테라그노시스 융합 기술 개발, 양자컴퓨팅 기술 개발, 첨단 센서 시스템 기술 개발, 둘째로 지능형 데이터 기반 신산업 창출기술 개발로서 지능형 인터랙션 및 로봇 기술 개발, 데이터 기반 신개념 나노 소재 개발, 빅데이터 기반 스마트팜 기술 개발, 셋째로 초고령화 사회 대응 기술 개발로, 뇌 회로 분석 기술 개발 및 뇌 기능 기전 규명, 난치성 뇌 질환 대응 기술 개발, 고령자 질환 치료기술 개발, 넷째로 지속가능 에너지/환경 기술 개발로, 고효율 에너지 변환 기술 개발, 탄소 자원 고도화 기술 개발, 지속가능 대기/수질 관리 기술 개발 등이다.

이에 따라 연구 조직도 ▪뇌과학연구소(신경과학연구단, 기능커넥토믹스연구단, 뇌의약연구단, 신경교세포연구단, 이온채널연구단), ▪의공학

연구소(바이오닉스연구단, 생체재료연구단, 테라그노시스연구단, 복잡계적
응항암전략연구단), ▪ 녹색도시기술연구소(물자원순환연구단, 환경복지
연구단, 도시에너지시스템연구단, 에너지융합연구단, 적정기술사업단, 친환
경에너지사업단), ▪ 차세대반도체연구소(전자재료연구단, 스핀융합연구
단, 광전소재연구단, 양자정보연구단), ▪ 로봇·미디어연구소(영상미디어
연구단, 로봇연구단, 로봇기술플랫폼사업단, 달탐사연구사업추진단, 헬스
케어로보틱스연구그룹), ▪ 국가기반기술연구본부(연료전지연구센터, 청
정에너지연구센터, 센서시스템연구센터, 광전하이브리드연구센터), ▪ 미래
융합기술연구본부(물질구조제어연구센터, 고온에너지재료연구센터, 나
노포토닉스연구센터, 분자인식연구센터, 화학키노믹스연구센터, 계산과학
연구센터, 나노소재기술개발센터, 전통과학문화기술연구단) 등으로 분화
되었다.

우리나라 초기 연구개발 체제에서 주목할 만한 특징은 특정연구
기관 육성법(법률 제2671호)에 의해 육성된 정부 출연 연구기관이
다. 산産·학學·연硏 협력과 정부의 연구개발 사업 수행을 출연 연
구소의 중심 기능으로 정한 것이다.

앞에서 언급했지만, 이에 따라 KIST(1966년)를 시작으로 해서
1970년대에 6대 전략 산업 분야별로 연구소를 신설했다. 이렇게 해
서 KIST를 필두로 해 조성된 홍릉연구단지는 연구소의 집적화集積
化로 연구소들끼리 연구시설을 공동 활용하고 협력 체제를 원활히
할 수 있는 일종의 클러스터cluster 기능을 하는 이점이 있었다. 이
후 대덕연구단지가 조성되어 생산을 담당하는 기업뿐만 아니라 연

구개발을 담당하는 대학 및 연구소와 각종 지원을 담당하는 벤처 캐피털, 컨설팅 등의 기관이 한 곳에 모여 있어 정보와 지식 공유를 통한 시너지 효과를 노릴 수 있는 본격적인 클러스터 단지가 만들어졌다.

또 홍릉연구단지에는 연구원들이 연구에 전념하도록 연구단지 안에 직주근접職住近接으로 사택을 제공하다 보니, 연구원들끼리 어울리는 시간이 많았다. 나도 오후의 한가로운 시간에는 평생 친구이자 이웃사촌인 한국과학원의 조의환 교수와 고분자화학에 관한 토론과 잡담으로 소일하는 날이 많았다. 학부 때부터 고분자화학을 공부하기로 의기투합했던 우리는 자연스럽게 고분자학회를 창립하는 문제를 거론했다. 학교에 있어서 상대적으로 여유가 있는 조 박사는 심혈을 기울여 학회 창립과 발전에 크게 기여했다. 평생 친구인 조 박사는 당뇨가 있어 안타깝게도 나보다 먼저 세상을 떠났다.

홍릉연구단지에 모여 있다 보니 다른 동료들과도 자주 어울렸다. 미국에서 같은 직장에서 일한 어홍선 박사, 브루클린 공대 후배인 김광웅 박사, 자연대 화학과 출신인 양재현, 권태웅, 채영복 박사 등이 그들이다. 독일에서 공부한 채영복蔡永福 박사는 KIST 유기합성 연구실장으로 폐결핵 치료제인 에탐부톨Ethambutol을 국산화해 초창기 연구용역을 수탁하는 데 돌파구 역할을 했다는 평가를 받았다. 채 박사는 과학기술부 장관과 한국과학기술단체총연합회(과총) 회장을 지냈다. 또 KIST의 문상흡, 이정희, 고영찬, 박재명 박사 등 같은 연구실 동료들과 동석하는 날도 많았다.

홍릉 시절에 과기처 장관이던 최형섭 박사와 일주일에 한 번 꼴로 바둑을 둔 것도 잊히지 않는 추억이다. 초대 KIST 소장을 지낸 최형섭 박사는 장관직에 있으면서도 취미인 바둑과 테니스에는 짬을 냈던 것 같다. 공군 소령 출신인 최형섭 장관은 바둑판 앞에 앉으면 호전적인 '싸움바둑'을 즐기는 스타일이어서 자주 맞상대를 해야 했다. 당시 최 장관은 자칭 3급인 데에 견주어 내 바둑은 5급이었지만 나 또한 나름 호전적인 스타일이어서, 싸움바둑을 즐기던 최 장관의 '링 파트너'가 된 셈이었다.

최 장관은 와세다대학 이공대학 채광야금과를 졸업하고 공군항공수리창장으로 재직하다가 유학을 결심해 1958년 미국 미네소타대에서 화학야금학으로 박사학위를 받았는데, 한국 과학기술 행정의 기틀을 세운 과학자이다. 특히 KIST 소장직에 있을 때 연구 관리자로서의 역량을 발휘하여 연구의 자율성과 연구 환경의 조성, 해외 인재 영입 등을 바탕으로 국내 과학기술 발전의 계기를 마련했다. 또한 과학기술처 장관으로서도 기술개발 촉진법, 기술용역 육성법, 특정 연구기관 육성법 등 관계 법령을 제정하여 과학기술 개발의 기반을 다졌다.

그런 공로를 인정받아 국민훈장 무궁화장, 제1회 한국공학기술상 대상, 프랑스 국가공로훈장, 일본 닛케이 아시아상 등을 수상하였으며, 2003년에는 국립서울과학관의 '과학기술인 명예의 전당'에 과학 위인으로 등록되었다.

KIST라는 온실에서 럭키라는 연구 황무지로

1979년이 저물어 갈 무렵 시국이 어수선하고 KIST에서의 직장 생활에도 변화를 가져올 때라고 생각하고 있었다. 그러던 차에 10·26과 12·12사태가 일어났다. 정정이 불안한 가운데 해외에서 초빙한 원자력연구소장이 미국으로 다시 돌아가는 일도 있었다. 때마침 서울사대부고와 서울대 화공과(7회) 선배였던 홍도정 과기처 기술개발국장이 시내에서 보자는 연락이 왔다. 약속 장소에 가니 홍 선배와 화공과 입학 동기인 남상빈 ㈜럭키 전무이사도 동석한 자리였다. 남 전무는 거의 단도직입으로 내게 럭키에 와서 연구소를 맡아 일해 보지 않겠냐고 제안했다.

선배의 제안을 쉽게 거절할 수도 없어서 나는 고민해 보겠다고 한 뒤에 집에 돌아와서 이 문제를 심사숙고했다. 당시에는 국공립 연구소에서 기업체에 가는 것을 극히 꺼리는 것이 통례였다. 그러나 내 생각은 달랐다. 다음 세대의 R&D 결전장은 기업체가 될 것이라고 내다봤기 때문이다. 40대 후반의 젊음이 나의 이런 결정을 하게 한 것이라고 믿는다.

새로운 산업혁명이 일어나고 있었다. 사회는 농경사회에서 공업화 사회로 변모한 데 이어, 정보화사회로 이동하고 있었다. 전자공업의 예를 들면, 1947년에 트랜지스터를 시작으로 IC(집적회로), LSI(고밀도집적회로), 초LSI(초고밀도집적회로, VLSI), 인공지능에 이르기까지 일련의 마이크로전자공학Microelectronics의 발달을 볼 수 있으며,

칩chip의 고밀도화, 모듈Module을 생각할 수 있었다.

한편으로 생명공학의 발전을 보면, 1953년에 왓슨James D. Watson 과 크릭Francis Crick이 DNA X선 회절 연구를 통해 밝혀낸 DNA분 자의 3차원적 입체구조(Watson-Crick model)*의 규명을 시작으로, 1960년대의 마샬 니런버그Marshall Nirenberg**의 유암호 코돈 Codon*** 및 안티코돈Anticodon 해독, 1973년 코헨Stanley N. Cohen과 보이어Herbert W. Boyer의 유전자 재조립 기술의 확립, 그리고 1975 년 밀스타인Cesar Milstein과 쾰러Georges Köhler의 세포융합법에 의 한 단일 클론 항체Monoclonal Antibody 생산 등 빠른 진전이 일어나 고 있었다.

이러한 신산업혁명에 따라 국내 연구소도 이에 걸맞게 나아가고 있었다. 국내 최초 종합과학연구소인 국방과학연구소(국방부 산하) 와 중앙공업연구소(상공부 산하), 중앙화학연구소(보사부 산하), 원자 력연구소 등 국공립 연구소가 산재하던 1960년대 전반의 상황에 서, 1966년 한국과학기술연구소KIST의 탄생으로 처음으로 연구소 다운 연구소를 갖게 되었다.

KIST는 1970년대에 이르러 분권화가 정착하는 듯 보였다. 그러

---

* 유전자의 본체인 DNA가 2중나선구조를 띤다는 것과, 골격인 2개의 당인산사슬로부터 서로 돌출한 염기 사이에서 아데닌(A)에는 티민(T)이, 구아닌(G)에는 시토신(C)이 상보적으 로 결합한다는 것을 밝힌 DNA구조 모델.
** 20세기 유전자 코드를 해석한 미국의 생화학자로 1968년 노벨생리의학상을 수상했다.
*** DNA에서 전사된 mRNA의 3염기 조합, 즉 mRNA의 유전암호의 단위를 말하는데, 이것 에 의하여 세포 내에서 합성되는 아미노산의 종류가 결정된다.

나 대덕연구단지의 설립 취지와 위배되는 유사 기능과 유사 분야의 전문 연구소 난립(1980년 당시 19개)으로 중복 투자와 능률 저하로 이어졌다. 결국 1980년대에 이르러 국가보위비상대책위원회는 정부 출연 연구기관의 통폐합을 골자로 한 '연구개발체제 정비와 운영개선방안'을 통해 체제를 일원화했다. 모든 이공계 정부 출연 연구기관은 과학기술처 산하로 편입되어, 국방과학연구소와 한국과학기술정보센터, 그리고 한국과학재단 등 3개 기관을 제외한 16개 연구기관이 9개로 통폐합된 것이다.

한편 정부 주도로 이룩해 놓은 계획경제가 기업 주도형 시장경제로 변화할 시점에 도달한 것과 맞물려, 1970년대 정부 주도형 기술 개발에서 기업 주도형 기술혁신으로 옮아 가려는 전조가 보이기 시작했다. 이제 기업은 의식구조의 변혁이 필요한 시점에 이르렀던 것이다. 즉, 기업은 R&D에 대한 인식을 제고해, 그동안 기술 도입에만 의존했던 의타성을 탈피하여 스스로 개척하려는 의지를 보여야 했다. 또한 단기적인 안목에서 벗어나 장기적인 안목과 지속적인 투자가 필요함을 깨닫고 고급 인력 확보에 나서야 할 시기라고 생각했다.

정부는 홍릉연구단지만으로는 신설 정부 출연 연구소를 수용하기 어려운 지경이 되자, 대덕에 새로운 대형 연구단지를 조성했다. 한국 경제를 선도하는 세계적인 두뇌 도시로의 발전을 목표로 시작된 대덕연구단지 조성 사업은 1978년에 이르러 본격화되었다. 1978년 3월 한국표준연구소가 대덕연구단지에 입주한 것으로 시작으로 한국선박연구소, 한국화학연구소가 입주하였다. 민간 연구소인 럭키중앙연구소, 쌍용 중앙연구소, 한양화학 중앙연구소 등도 대덕연구단지에 입주했다.

나는 이제 정부도 민간 연구소 육성에 나서야 한다고 생각했다. 우선 R&D 정책을 전환해 국공립 연구소 위주의 정책에서 민간 기업 연구소 중심으로 활성화하는 방안을 모색하고, 세제 및 업무상의 절차 간소화 등 일련의 혜택을 모색해야 할 시점이었다. 이렇게 해서 신산업혁명을 민간 연구소 중심으로 이끌어 가야 한다고 생각했다. 내가 정부가 키운 KIST라는 온실에서 과감히 독립해 그때로서는 연구의 황무지였던 럭키라는 민간 기업으로 옮기기로 결심한 것은 이런 배경에서였다.

KIST 초대 소장을 지낸 최형섭 과기처 장관과 필자.

럭키 중앙연구소 앞에서.

고분자연구동 준공식을 기념하여.

5

무無에서 유有를 창조하다

국공립 연구소에서 민간 연구소로

우리나라 경제는 1973년에 사상 초유의 최고 경제성장률(14.8%)을 달성한 데 이어 1976년에도 경이적인 경제성장률(13.1%)을 기록했다. 이어서 1977년에서 1978년에 걸친 중동 건설 붐에 힘입어 1978년에는 1인당 국민소득 1천 달러를 돌파했다. 그러나 이러한 고도성장이 경기과열을 불러온 가운데 내우외환이 겹쳤다. 1979년 이란 사태를 계기로 촉발된 제2차 세계 석유파동과 박정희 대통령이 시해를 당한 10·26 및 12·12 사태가 그것이다.

그리하여 1979년 경제성장률은 8.6퍼센트로 떨어졌고, 정정政情 불안이 지속된 1980년에는 사상 초유의 마이너스 성장(-1.7%)을 초래했다. 참고로 한국은행이 통계조사를 시작한 1954년부터 2018년 1월 현재까지, 외환위기로 마이너스 5.5퍼센트를 기록한 1998년을 빼곤, 마이너스 경제성장률을 기록한 것은 이때가 유일했다. 이런 정치적 혼란과 경기 침체로 인해 해외에서 유치한 연구 인력의 일부가 한국을 떠나는 현상까지 발생했다.

이런 상황에서 나는 서울대 화공과 선배인 남상빈 ㈜럭키 전무의 권유로 안정적인 국공립 연구소에서 민간 연구소로 자리를 옮겼다. 내가 미국 ALZA에서 KIST로 옮겨 올 때 그랬던 것처럼, 럭키로 이직하기로 결정할 때도 나는 보수나 직급보다 연구 환경을 더 중시했다.

럭키중앙연구소는 연구 분야별로 최신 설비를 도입해 박사급 연구원들이 새로운 기술을 개발할 수 있는 분위기를 뒷받침했다. 럭키는 대덕연구단지 1만 평 대지에 30억 원을 투입해 행정동 470평, 연구동 640평, 파일럿 플랜트 300평 등 연건평 1천410평의 연구 설비와 고분자연구실, 유기합성연구실, 공업화학연구실, 화학공정연구실 및 분석실 등의 조직에 핵자기공명核磁氣共鳴 분석기, 열분석기, 액체 크로마토그래피, 가스 크로마토그래피 등 최신 시험기기를 갖추었다.

럭키가 중앙연구소를 설립해 첨단산업에 도전하기로 한 것은 정부의 기술혁신 정책과도 관련이 있다. 정부는 사상 초유의 최고 경제성장률을 기록한 1973년 이후 기술의 획기적인 발전을 위해서는 제도적 지원책과 민간 기업의 R&D 투자를 적극 유도하는 장치가 필요하다고 보고, 처음으로 무역진흥확대회의와 동등한 기술진흥확대회의를 신설했다. 이로써 정책적 차원에서 기술혁신을 뒷받침한 것이다.

기술진흥확대회의는 기술혁신의 실천 방안으로 세제·금융 상의 지원, 기술도입 절차의 개선과 해외 첨단산업의 기술 개발을 위한 국책 연구 사업을 적극 지원하기로 했다. 또한 정부와 기업이 연구비를 공동 부담하고, 정부, 산업계, 연구소와 대학이 거국적인 협동연구개발 체제를 구축해 핵심 기술을 집중 개발해 나가기로 했다. 이렇게 해서 1982년 정부 출연금 133억 원과 85개 기업이 참여한 기업 부담금 64억 원을 합친 197억 원으로 연구개발비를 쓰기로 하고 125개 과제를 선정한 것이다.*

한편, 정부는 선진국과 기술 격차를 줄이기 위한 중간거점 핵심 기술을 집중 개발하는 기술 약진 전략을 수립했다. 이에 따라 유전 공학, 반도체 등 7개 핵심 전략 부문에 대해서는 특정 연구개발 계획을 마련하여 이 기술의 토착화와 민간 기업의 기술혁신을 꾀했다. 이런 정책 지원에 힘입어 각 기업들은 당시의 첨단기술 분야인 반도체산업, 유전공학, 신소재산업 분야에 진출하게 되었다. 이런 첨단기술 분야는 선진국에서도 시작한 지 얼마 안 된 분야여서 기술 기반이 조성된다면 도전해 볼 만한 가치가 있었다.

이런 분위기 속에서 1981년 51개이던 기업 연구소가 1985년경에는 83개로 늘었고 11개의 새로운 연구조합이 결성되는 등 기업의 자주적인 기술 개발 체제가 강화되었다. 이어 88서울올림픽을 성공적으로 치르고 난 직후인 1988년 말에 이르러서는 기업 부설 연구소가 604개로 크게 늘어났고, 연구원 수 역시 1만8천여 명으로 크게 늘어나는 등 1980년대에 기업들은 미래를 대비한 연구개발에 본격적으로 눈을 뜨게 되었다.

그런데도 당시는 해외 박사들이 민간 연구소로 가는 일은 극히 드물었다. 또 국공립 연구소에서 민간 연구소로 옮기는 것도 드물었다. 이와 관련된 객관적인 자료로는 당시 매일경제가 "해외서 배운 기술 고국에 바쳐…재외 과학자 국내유치 총553명"(1981년 4월 1

* 「LG화학 50년사」, 1997년, 224쪽.

일자)라는 제목으로 보도한 해외 과학자 국내 유치 실태 조사 기사가 있다.

이 기사에 따르면 1968년에 정부가 해외 과학자 유치 사업을 개시한 이래 1980년 말까지 553명이 귀국했는데, 이 가운데서 1년에서 2년간의 일시 유치가 277명이고, 영구 유치는 276명으로 각각 절반쯤이었다. 이 가운데 영구 유치 276명의 실태를 조사한 바에 따르면, 서울대, 연세대, 고려대 등 교수가 139명이었고, 연구기관 연구원이 130명으로 그 뒤를 이었다. 이 신문은 이 같은 실태 조사를 근거로 영구 유치 과학자 276명은 대부분 후진 양성과 신기술 개발에 헌신하고 있는 것에 대해 만족하고 있다고 보도했다.

해외 두뇌를 가장 많이 유치한 기관은 한국과학기술원(KAIST, 당시는 KAIS와 KIST 합병 시절)이 65명으로 가장 많았고, 학계에서는 서울대가 56명으로 가장 많았다. 하지만 정부에 몸담은 과학기술 인력은 4명이었고, 산업계로 간 인력은 불과 3명뿐이었다. 나는 해외 두뇌를 가장 많이 유치한 KIST에서 해외 두뇌가 가장 적은 민간 연구소로 옮긴 셈이었다.

이런 가운데서 그나마 직급이 상무나 이사 보직의 임원이 아니고 부장으로 이직하다 보니 주위

해외 과학자 국내 유치 실태(매일경제 1981년 4월 1일자).

에서 걱정하는 사람들이 있었다. 직장 생활하는 사람이면 누구나 높은 직급을 받기를 원하겠지만 나는 직급에 연연하지 않았다. 나는 1980년에 부장 직급으로 럭키중앙연구소에 부임했으나, 이듬해부터 연구소장을 맡아 해마다 승진을 거듭해 1982년에 이사, 1983년 상무이사, 1986년 전무이사에 이어 1988년부터 1995년 12월 퇴임할 때까지 부사장으로 재직했다.

재외 과학자 영구유치 실적*

연도	정부	학계	산업계	연구소	계
1968		3		2	5
1969	1	6		1	8
1970	1	4	1	2	8
1971		11		1	12
1972		8		5	13
1973		9		9	18
1974		8		11	19
1975		5		4	9
1976	2	9		12	23
1977		10		22	32
1978		15	1	22	37
1979		26		28	54
1980		26	1	11	38
계	4	139	3	130	276

* 매일경제, 1981년 4월 1일

크림 제조업에서 '한국의 듀폰DuPont 연구소'가 되기까지

LG그룹의 모기업 격인 럭키(현 LG화학)의 모태는 고故 구인회具仁會 (1907-1969) 회장이 1947년 1월 5일 화장품 크림 제조업으로 시작한 락희화학공업사樂喜化學工業社다. 별도의 공장도 없이 부산시 서대신동의 자택 한 구석에 '구인회상회'(포목상)를 매각해 마련한 볼품없는 사업장이었다. 하지만, LG화학 사사社史에 의하면 1950년 그 시절에도 서울에 화장품연구실을 개설하고 투명 크림이나 플라스틱 용기 개선에 대한 연구를 시행할 만큼 연구개발 정신으로 충만했다. 기업의 역사가 일천하고 연구개발에 대한 인식이 없었던 당시의 환경에 비추어 매우 획기적인 경영철학이었다.

락희화학의 연구개발 경영철학은 1953년 자체 기술로 튜브 타입의 국산 치약을 개발하는 데 성공한 것으로 빛을 발했다. 당시 수입품인 콜게이트 치약이 시장을 석권한 가운데서 '락희'는 치약 개발에 매진해 제품 개발 3년 만에 국내 시장을 석권하는 기염을 토했다. 당시 락희치약의 개발과 시장 정착의 성공은 우리나라 공산품 생산 역사에서 최초로 수입 공산품을 물리친 쾌거로 기록되어 있다.

1952년 국내 최초로 플라스틱 가공 제품을 생산하며 국내에 플라스틱 시대를 연 락희화학은 전쟁이 끝나자 우리나라에 본격적으로 플라스틱 가공산업의 씨를 뿌려 오늘날까지 우리나라 화학공업의 발전을 선도해 왔다. 비교적 간단한 시설과 기술을 요하는 열가소성 수지를 원료로 우리나라에서 처음으로 가정용 플라스틱 제품을 사출 및 압출 성형 방식으로 생산하기 시작한 것이다.

고분자 재료는 크게 열가소성 수지thermoplastics와 열경화성 수지thermoset로 나뉜다. 열가소성 수지는 고분자를 가열하여 분자 간 인력을 이길 수 있는 열에너지를 가하여 분자쇄가 유동성을 갖도록 한 다음에 금형에 사출하거나, 일정한 단면적을 가진 다이die를 통해 압출한 다음 냉각시켜 고화固化시키는 고분자 재료를 말한다. 주로 석유화학공업에서 제조되는 폴리에틸렌PE, 폴리프로필렌PP, 염화비닐수지PVC, 폴리스티렌PS이 대표적 제품이고, 합성섬유공업에서 생산되는 나일론, 폴리에스테르, 아크릴 섬유 등이 열가소성 고분자이다.

열경화성 수지는 열가소성 수지와 달리 성형·가공 공정 중에 가열하게 될 때 화학반응이 수반되고, 이 화학반응의 결과로 가교결합crosslinking이 일어나 불용·불융의 상태가 되어 고화되는 수지를 말한다. 일반적으로 고분자 제품의 내약품성, 내용제성, 내열성을 향상시키기 위해서는 가교 구조를 갖도록 하는 것이 유리하나 가공이 어려운 단점이 있다. 열경화성 수지의 대표적 예는 요소수지, 페놀수지, 멜라민수지, 폴리우레탄, 불포화 폴리에스테르, 에폭시수지 등이 있다.

락희화학이 연구소 체제를 갖추고 발전하기 시작한 것은 1970년대 중반부터다. 1974년 회사 이름을 ㈜럭키로 바꾸고 종합화학회사로 성장한다는 목표를 명확히 하게 됨에 따라 그해 9월 중앙연구소 설립 계획을 수립해 추진한 것이다.

중앙연구소 설립 계획은 3차에 걸쳐 5년 가까운 산고 끝에 진행되었다. 1974년에 계획한 원안(1차 설립계획)은 성남시 판교 인근에 중앙연구소를 설립하는 것이었다. 그런데 정부가 1976년 7월 충남 대덕군에 첨단과학 전문 연구단지를 조성키로 결정하고 한국화학연구소를 설립함에 따라, 럭키는 정부의 권유와 연구소간 협조 관계를 고려해 연구소 입지를 변경하기로 했다. 이에 따라 럭키는 1977년 7월 2차 설립 계획을 수립했다.

2차 계획의 골자는 5억 원을 투입해 대덕연구단지에 대지 1만 평, 건평 800평 규모의 연구소를 1978년 10월까지 건설하는 것이었다. 이 계획에 따르면, 중앙연구소 조직은 분석실, 엔지니어링실, 유기합성연구실, 고분자연구실 등 4개 연구실을 1978년까지 설치하고, 이어 1982년까지 석유화학연구실 등을 추가로 설치해 6개 연구실을 운영하기로 했다.

제4대 허신구(1929-2017) 사장은 1977년 12월 한국화학연구소 위성연구소 운영관리규정에 의거해 럭키중앙연구소 입주신청서를 내 이듬해 1월 한국화학연구소 성좌경成佐慶(1920-1986) 소장과 입주계약을 체결함으로써 화학연구소 위성연구소로 입주가 확정되었다. 이에 럭키는 1978년 3월 중앙연구소를 조직상으로 설립하고, 이어 설립 계획을 3차로 수정해 최종 확정했다.

럭키중앙연구소 초대 소장은 해외에서 초빙한 임용성林龍成 박사였다. 임 소장은 1979년 12월 중앙연구소가 대덕연구단지에 설립되었을 때 초대 소장으로 부임했다. 연세대 화학과를 졸업하고 미국 텍사스대에서 유기화학을 전공하고 미국 굴지의 합성고무 및 고무약품업체인 유니로열사의 연구부장으로 재직하다가 럭키중앙연구소장(상무이사 직급)으로 초빙되었다. 그런데 임 박사가 1년도 채 못 채우고 사임하는 바람에 내가 2대 연구소장을 맡게 되었다. 미국의 좋은 시설과 연구 환경 속에서만 연구해 온 임 박사로서는 모든 것이 부족한 한국에서 초창기의 민간 기업 연구소를 운영해 나갈 엄두가 나지 않았던 것이다.

내가 KIST에서 럭키중앙연구소로 옮길 때도 주위에서는 돈에 팔려간다고 질시하는 사람도 있었지만, 임용성 박사의 전철을 밟을 것을 우려해 만류하는 사람도 있었다. KIST처럼 설립 초기부터 정부의 막대한 지원을 받는 것이 아니고, 민간 연구소가 자리를 잡으려면 상당한 시일이 소요되었으니 그렇게 우려할 만도 했다. 실제로 럭키중앙연구소에 가 보니, 인력이라곤 공장 현장에서 소외된 인력들을 패잔병처럼 끌어모은 50명이 전부였다.

처음에는 막막하기 그지 없었다. 당시만 해도 대전 중심가에서 떨어진 대덕은 변두리였다. 연구원들은 저녁만 되면 대전시로 나가서 회식이나 술자리를 가졌다. 나는 연구소에 지붕이 있는 퍼걸러 pergola(덩굴 식물이 타고 올라가도록 만들어 놓은 아치형 구조물)를 지어 거기에 바비큐 시설을 설치하고, 바비큐용 고기를 사 주면서 연구소가 있는 대덕단지 안에서 회식할 것을 권장했다. 미국에 있을 때에도 연구소 정원에 퍼걸러를 설치해 연구원들이 이곳에서 통돼지 바비큐 구이를 하도록 한 적이 있었다.

당시 연구원들은 회식을 하러 나가면 대개 1차는 대전 시내에서 하고 2차는 유성에 와서 했는데, 숙소에 들어가기 전에 'OB 비어킹'이라는 생맥주 가게에 모이곤 했다. 그걸 알기에, 나는 가끔 비어킹 가게에 가서 주인한테 럭키 연구원들이 달아 놓은 외상값이 얼마나 되는지 물어 봐서 현금으로 갚아 주곤 했다. 그래서 연구원들 사이에 "외상을 해도 소장이 갚아 주니 마음 놓고 마실 수 있다"는 소문이 돌았다. 그때는 신용카드를 사용하기 전이었고, 나는 월급에서 1할은 개인 용도로 쓸 수 있도록 아내와 약조가 돼 있어서 큰 무리 없이 연구원들의 술값을 대신 갚아 줄 수 있었다.

나는 연구원이나 직원들끼리 회식을 하다 보면 상사를 안주 삼아 씹기도 하지만 회사나 연구소 이야기를 하면서 연구 주제도 화제에 올리기 마련이라고 생각해 그런 자리를 권장했다. 또한 때때로 서울에서 유명 강사를 초빙해 침체된 연구소에 바람을 불어넣었다. 서울 본사에서는 가끔 구자학 사장과 최근선 부사장이 내려와 지원사격을 해주었다. 이런 저런 일화를 계기로, 연구소를 나간 사람들이 외부에서 중앙연구소를 '연구사관학교'(나중에는 '바이오텍 사관학교')라는 별칭으로 부르다 보니 나도 덩달아 '연구사관학교장'이라는 별칭을 얻게 되었다.

1979년 12월 럭키가 민간 기업으로는 처음으로 대덕전문연구단지에 중앙연구소를 설립한 것은, 럭키의 연구개발 역사에서 중요한 한 획을 그은 일대 사건이었다. 그 뒤로 쌍용, 대림, 한화 그룹의 연구소들이 2차로 대덕에 터를 잡았다. 대망의 1980년대와 장차 21

세기를 앞둔 첨단기술 시대의 문턱에서 럭키가 종합연구소를 개소한 것은 시기적으로나 회사의 경영과제 해결을 위해서 매우 시의적절한 사건이었다.

1980년 2월 그룹 차원에서 럭키의 최고경영자를 교체해 창업주의 3남이자 구자경具滋暻 회장의 친동생인 구자학具滋學 사장이 5대 사장으로 취임했다. 구자학 사장은 1981년 7월 유럽과 미국, 일본 등 선진 기술산업 시설을 시찰하고 돌아와 신제품 개발을 최우선으로 하는 기술 주도형 '5각 경영'을 강조하며, 회사의 슬로건을 '화학공업을 선도하는 주식회사 럭키'로 바꾸었다. 구자학 사장이 강조한 '5각 경영' 체제란 석유화학산업, 플라스틱가공산업, 생활용품산업, 정밀화학산업 등 럭키의 기존 사업 영역을 더욱 심화하여 발전시키는 한편, 연구개발을 통한 미래 산업 도전에 강한 의지를 표현한 경영 체제였다.

나는 미국의 벤처기업에서 ALZAMER 개발에 성공한 경험과, 귀국해서 정부 출연 연구기관에서 PET필름 개발에 성공하고 부서장으로서 다양한 연구 프로젝트를 수행한 경험을 토대로 사실상 민간 기업 최초의 종합연구소를 맡아 어떻게 운영해 나갈지 고민에 고민을 거듭했다.

그때의 고민은 1981년 12월에 매일경제가 기획한 '81년 산업기술개발—민간 연구소 올해 개발과제와 성과 (1)'*이라는 연재 기사

---

* 매일경제, 1981년 12월 3일자 기사.

에 잘 드러나 있다. 우리나라 민간 연구소의 한 해 개발 전략과 성과를 결산해 보는 기획연재의 첫 순서로 나에게 지면을 할애한 것은, 럭키중앙연구소가 우리나라의 민간 연구개발을 선도하는 선구적인 연구소라는 위상을 반영한 것이었다.

우리는 1980년대에 들어서서 기술 집약형 산업으로의 질적 고도화를 강요당하는 형편이었다. 그런데 선진국의 우수한 기술은 도입 자체가 더욱 어려워져 자체 기술개발을 통한 국제경쟁력 강화가 절실한 상황이었다. 이에 럭키는 1974년부터 각 공장에 분산되어 있던 연구개발 부문을 통합해 국내 제일의 종합화학연구소를 목표로 한 연구소 설립을 추진해 럭키중앙연구소를 설립한 것이다. 내가 정식으로 소장에 부임한 1981년 당시 연구소 현황은 대지 1만여 평에 건물 1천 500평, 연구 인력 90명(총인원 110명)이었다.

나는 운영 부문을 크게 네 분야로 나누었다. 제1연구 부문은 기초 소재와 장치산업 성격이 강한 벌크 bulk 화학과 대비되는 정밀 화학 분

민간 연구소인 럭키중앙연구소 소장으로서 필자의 고민을 담은 기고문(매일경제 1981년 12월 3일자).

야였다. 중심 테마는 파인 케미칼Fine Chemical로 염료, 중간체, 식품첨가물 등 합성이 주된 연구분야였다. 제2연구 부문은 유지油脂 분야로 중심 테마는 생산 품목에 대한 품질 향상과 신제품 개발 및 기술 지원이었다. 제3연구 부문은 고분자 및 화학공업 분야였다. 고분자 분야의 엔지니어링 플라스틱 등 새로운 레진Resin의 개발 사업과 화학공정 분야의 신제품 파일럿 테스트 등이 중심 연구 테마였다. 제4연구 부문은 지원 파트로서 분석실, 물성실험실, 공무·공작실, 행정 부문 등이었다. 각 프로젝트팀이 연구 업무를 차질없이 수행하도록 지원 업무를 담당했다.

나는 우리 연구소가 앞으로 기존 제품의 품질 제고 및 다양화, 신제품의 지속적 개발, 정밀화학 및 고분자 분야의 집중 개발, 중화학공업의 선별적 연구를 주된 테마로 하여 연구개발 활동에 주력해야 한다고 생각했다. 그래서 이런 연구 활동을 기존 제품 관련 분야와 기초 탐색 분야로 구분해 집중적인 연구 업무를 추진하되, 기존 제품의 품질 제고 및 다양화 같은 단기성 연구도 병행하여 추진했다.

통상적으로 연구 활동은 최소 10년 앞을 내다보고 수행해야 한다. 나 역시 1981년부터 1989년까지 시기별로 3단계로 구분하여 계획을 짜서 연구개발 활동을 추진했다.

제1기는 1981년부터 1983년까지로, 연구개발에 관한 기본 체제를 수립하는 모방적 연구개발 단계로 잡았다. 이 기간 중에는 기술 정보 시스템의 개선 및 데이터베이스 시스템을 확립하고, 기존 공정

럭키중앙연구소 개소 당시의 모습.

의 개선 및 기존 제품의 품질 개선과 다양화를 추진했다.

제2기는 1984년부터 1986년까지로, 독자적인 연구개발 체제의 구축 시기로 설정했다. 1984년부터 본격적 연구개발 단계에 돌입하여 연구 능률을 극대화시키고 독자적 공정 및 제품 개발에 착수하여 명실상부한 '국내 제1의 산업기술연구소,' '한국의 듀폰(DuPont)연구소'로 발전시키는 체제 구축 기간으로 정했다.

제3기는 1987년부터 1989년까지로, 럭키중앙연구소를 국제적인 연구개발 수준으로까지 끌어올리는 것으로 설정했다. 제1기, 2기를 목표대로 추진하면 1980년대 말에는 신공정, 신제품 개발을 위주로 한 연구 라이센싱licensing을 위한 기술개발에 역점을 두어 국내 기술을 세계 수준으로 끌어올린다는 계획이었다.

이와 같은 계획과 목표를 어느 정도 달성했는지는 객관적 지표와 성과로 평가받을 수밖에 없다. 이에 대한 종합적 평가는 후술하는 바이다.

LG에서 유전공학이 싹트기까지: 4인방과 유진텍

냉장고나 텔레비전 그리고 휴대폰 같은 가전제품이나 전자통신 제품을 제외하고, 기업에 대한 연상 이미지를 물으면, 많은 사람들이 삼성 하면 반도체를 떠올리고, LG 하면 생명공학을 떠올린다. LG 화학의 전신인 럭키가 1980년대에 들어서면서 도전의 대상으로 삼은 첨단기술 분야 중의 하나가 유전공학이었다. 그렇다면 LG는 어떻게 해서 바이오테크biotech를 시작하게 되었을까? 그에 앞서 유전공학의 약사略史를 설명하면 다음과 같다.

생명공학 기술은 생명체의 형질, 기능, 형태 등을 결정하는 유전자를 인공적으로 조작해 생명체를 개조하거나 새로 만들 수 있는 기술을 뜻한다. 생명공학 기술의 기원은 잡종 옥수수를 비롯한 농작물이나 인슐린 및 페니실린과 같은 의약품 등에서 찾을 수 있다. 하지만 오늘날과 같은 새로운 의미의 생명공학 기술은 1973년에 미국 스탠포드 대학의 스탠리 코헨Stanley N. Cohen과 UCSF(캘리포니아 대학 샌프란시스코 분교)의 허버트 보이어Herbert W. Boyer가

DNA 재조합 실험에 성공함으로써 가시화되기 시작됐다. 1953년에 제임스 왓슨James D. Watson과 프랜시스 크릭Francis Crick이 DNA의 이중 나선 구조를 밝혀 낸 지 20년 만이었다.

허버트 보이어와 스탠리 코헨.

보이어와 코헨은 곧 유전자재조합 기술에 관한 특허를 출원했다. 유전자재조합 기술은 종전의 교잡에 의한 형질 변환에 비해 여러 세대를 거칠 필요가 없고 교잡의 범위에 제한이 없다는 특징을 가지고 있다. 유전자재조합 기술이 개발되자 많은 사람들은 식량 증산, 질병 치료, 폐기물 처리 등의 영역에서 새로운 경제활동이 출현할 것으로 예상했다. 문제는 유전자재조합 기술이 유발할 수 있는 결과를 누구도 확실히 알 수 없다는 점이었다. 유전자재조합으로 나타날 잡종 바이러스가 새로운 암이나 유행병을 유발할지는 누구도 알 수 없었다.

이에 스탠포드 대학의 분자생물학자인 폴 버그Paul Berg는 1974년에 유전자재조합의 위험성이 정확히 밝혀질 때까지 실험의 일부를 일시적으로 중지하자는 선언을 제안했다. 이어 1975년에는 미국 캘리포니아주 아실로마에서 유전자공학 연구 규제에 관한 국제적인 과학자회의Asilomar conference가 열려 DNA 재조합의 위험성을 최소화하기 위한 구체적인 방안을 논의하고, DNA 재조합에 대한 모라토리엄Moratorium(유예 조치)을 채택하게 된다. 이로 인해 재조합 DNA를 만들어서 이것을 생체 내에서 복제하려는 연구는 지연될 수밖에 없었다.

1년 남짓한 유예기간을 거쳐 모라토리엄이 해제되자 MIT 출신의 젊은 벤처 투자가인 로버트 스완슨Robert Swanson이 보이어를 찾아가 유전자재조합 기술 특허에 기반한 회사 설립을 제안했다. 이들은 각자 500달러씩 내서 1976년 제넨텍Genentech이라는 첫 바이오테크 벤처회사를 창업하게 된다.

보이어는 유전공학 기술을 바탕으로 인슐린을 제조하는 데 성공해, 1980년 제넨텍은 월스트리트 주식시장에 상장되었다. 상장하자마자 돈방석에 앉은 보이어는 생명공학 분야 종사자 가운데 처음으로 백만장자 명단에 이름을 올렸다. 그 뒤로 많은 과학기술자들이 유전자재조합을 매개로 산업 활동에 진출해 바이오젠Biogen, 칼진Calgene 등과 같은 유전공학 벤처기업들이 우후죽순처럼 등장했다. 1981년 당시 미국은 유전공학 연구 인력만도 3, 4천 명(일본은 4, 5백 명)이 넘고, 연간 연구개발비만도 20억에서 30억 달러를 상회하는 수준이었다.

1980년대 초반 미국에 불어 닥친 유전공학 붐은 우리 기업들한테도 적지 않은 영향을 미쳤다. 그러나 국내의 사정은 유전공학 정보 부족, 노하우 결핍, 그리고 무엇보다도 전문 인력의 부족 등으로 참담한 실정이었다. 당시 한국에서 유전공학에 관심을 가진 과학자는 강현삼姜炫三(서울대 자연대 미생물학), 노현모盧賢模(서울대 자연대 동물학), 이세영李世永(고려대 농대 유전공학) 교수와 이성규李聖圭(한국과학기술원 세포생물연구실장) 박사 정도였다. 신문지상에 '유전공학 4인방幇'으로 알려진 이들 가운데서 실제로 미국에서 유전자재조합 실험을 해 본 사람은 노현모 박사가 유일했는데, 이세영 교수를 제외하곤 외국에서 유전공학이나 분자생물학을 연구하다가 귀국한 과학자들이었다. 나는 이분들을 모시고 유전공학에 관한 조언을 들었다.

당시 강현삼, 노현모, 이세영 교수는 대우문화복지재단의 연구비 지원을 받아 인체에 필요한 필수아미노산의 하나인 트립토판을 세균을 이용해 생산하도록 하는 트립토판 생합성生合成 연구를 추진하고 있었다. 합성 능력을 1천 배나 늘릴 수 있는 트립토판 연구는 크기가 옹스트롬angstrom(1억분의 1cm)* 단위인 유전자를 떼어 붙이는 초정밀 작업이었다. 이 연구 외에도 강현삼 박사는 유전자조작 기술을 이용해 페니실린 G효소, 유산 제조 능력이 큰 유산균 개발에서 거의 성공 단계에 와 있었고, 이성규 박사는 T바이러스를 이용해 유전공학에서 칼로 이용되는 제한制限 효소를 개발하는 중이었다.

그러나 뭐니뭐니 해도 당시 우리나라 유전공학의 조직 정착을 위해 실질적인 노력을 기울인 사람은 이상희李祥羲 의원이었다. 서울대

---

* 빛의 파장이나 결정의 원자 배열 등을 측정할 때 쓰이는 길이의 단위로 기호는 Å로 표기한다.

약학과를 졸업한 이 의원은 동아제약 출신으로 국회의원으로 재직하는 동안 유전공학에 관한 법률적인 기반과 제도적 절차를 마련하는 데 많은 노력을 기울였다. 그뿐만 아니라 우리나라 사람에게 발병률이 높은 B형 간염을 법정전염병으로 지정하는 데도 중추적 역할을 했다. 이 의원은 과학기술처 장관을 역임했다.

생활용품과 석유화학을 기반으로 성장해 온 럭키와 연구소의 환경은 더 열악했다. 다행스러운 사실은 럭키가 이미 1961년에 의약품 제조업의 허가를 받은 데 이어 1974년에는 의약품 수출입업 허가를 받아 의약품 사업에 착수할 태세를 갖추고 있었다는 점이다. 그러나 당시 회사 내에는 의약 부문에 대한 지식 기반이 전혀 없었고 연구소에도 전문 인력이 한 사람도 없었다.

게다가 중앙연구소가 개소한 지도 1, 2년밖에 되지 않아 실험 시설도 다 갖춰지지 않은 상태에서 유전공학과 같은 새로운 분야에 뛰어들기는 극히 어려운 실정이었다. 다른 기업에서도 CEO들이 관심은 있으나 유전공학에 대한 이해가 부족해 선뜻 뛰어들려고 하지 않았다.

그러나 유전공학은 부존자원이 빈약한 국내에서 비교 우위를 확보할 수 있는 고도의 기술 집약 산업으로서 제3의 산업혁명을 주도할 유망 산업인 동시에 기술 주도형 경영전략에 적합한 산업이었다. 다행인 것은 유전공학은 '머리'만 있으면 큰 시설이 없어도 선진국과 어깨를 겨룰 수 있는 분야였다. 유전공학 연구에는 원심분리기, 세균 배양 시설, 전기영동泳動 시설 따위만 갖추면, 나머지는 옹스트롬 단위의 미세한 유전자를 어떻게 다루느냐의 '두뇌 싸움'이었다.

또한 선진국에서는 유전공학 기술이 잇달아 기업화되고 있지만, 아직 연구개발 단계여서 국제적으로 비밀이 없고 기술정보 획득에도 큰 장벽이 없는 상태였다. 그러나 앞으로 유전공학 산업이 더 발전할 경우, 특허나 기업 비밀 장벽 때문에 노하우를 획득하기가 어려워질 수밖에 없었다. 그래서 유전공학자들은 기술 장벽이 생기기 전에 빨리 선진국의 유전공학 기술을 따라가야 한다는 의견을 제시했다.

이런 관점에서 1981년 1월 나는 중앙연구소 장기계획의 일환으로 유전공학 연구 분야를 선정했다. 이어 2월에는 선진국의 연구 동향을 파악해 산업화 가능성을 검토하기 위한 유전공학 기술정보 조사팀을 구성했다. 6월에는 이성규李聖圭 박사를 초빙해 첫 유전공학 세미나를 개최했다.

그런 가운데 1981년 가을 어느 날, 연구소장이던 나는 회장과 그룹 계열사 사장들이 참석하는 그룹 최고경영자회의에 출석하라는 호출을 받고 대덕 중앙연구소에서 하던 일을 접고 서울로 급히 올라갔다. 나는 최고경영자들의 심각한 회의인 줄 알고 긴장했는데 막상 출석하고 보니 분위기가 화기애애한 가운데 유전공학에 관한 잡담이 오가는 자리였다. 유전공학 기술을 이용하면 앞으로 코끼리만한 돼지가 나온다느니, 200살까지는 거뜬히 사느니 하는 농담 섞인 말들이 두서없이 오갔다.

그런데 구자경具滋暻 회장이 느닷없이 "최 박사"하고 구석에 앉아 있는 나를 부르는 것이었다. 그러고는 거두절미하고 "유전공학 분야는 럭키연구소에서 최 박사가 맡아서 하지!" 하는 것이었다. 구자경 회장은 사범학교를 나와 젊은 시절에 원예과목 교사를 해서 그 분야에 관심이 많았다. 갑작스럽게 유전공학을 떠맡은 나와 구자학 사장은 별다른 말도 없이 서로 멀뚱멀뚱 얼굴만 쳐다보다가 그 자리에서 나왔다.

민간 연구소에서는 보기 드물게 내가 그 뒤로도 연구소와 연구원의 책임자로 오래 일할 수 있었던 것은 구자경 회장이 나를 신뢰해 주었기 때문이다. 나 또한 그런 회장의 신임을 바탕으로 연구원들은 연구개발만 하게 하는 것이 내 역할이라고 생각해 '방패막이' 역할을 자임했다. 이를 계기로 중앙연구소에 유전공학연구부를 12월 1일 정식으로 발족시켰다. 이렇게 해서 나는 유전공학 사업을 맡게 되었다. 선진국의 연구 동향을 파악해 산업화 가능성을 준비하는 과정에서 최고 경영자가 시대의 흐름을 파악해 결단해 준 덕분에 나는 추진력을 갖고 실행할 수 있었다. 그리고 그 다음은 모두가 역사였다.

불가능에 도전장을 내밀다

1980년대 초, 우리나라 기업에서 유전공학이 '뿌리는 감자, 열매는 토마토'가 열리는 가상도로 소개될 때였다. 실제로 럭키중앙연구소

㈜럭키의 "땅속에는 마늘, 땅위에는 고추"라는 '마고추' 기업광고.

도 초창기에 유전공학 연구 인력을 뽑을 때 "땅속에는 마늘, 땅위에는 고추"라는 '마고추'를 유전공학으로 만드는 연구를 한다는 홍보 광고를 내던 시절이었다.

당시 유전공학 분야에 대한 국내 기업의 관심은 1982년 3월 한국유전공학연구조합이 설립되고 럭키를 비롯한 13개 회사가 이에 가입함으로써 본격화되었다. 당시 조합의 임원진으로는 이사장에 정주영 현대그룹 회장이, 부이사장에는 구자학 럭키 사장 등이 선임되었다. 일본의 유수한 화학기업들이 1970년대 초에 벌써 생명공학 분야에 기술 투자를 시작한 것과 비교하면 10여 년이 뒤졌지만, 기술이 발전 단계의 초기에 있었기 때문이 큰 문제가 되지 않았다.

이어 그해 4월에는 한국유전공학학술연구회가 대학교수를 중심으로 발족했고, 이듬해인 1983년 12월에는 유전공학육성법*이 제정되었다. 그리고 1984년 9월에 동법 시행령이 제정되어 비로소 정부 차원에서 산업화 준비 태세를 갖추어 나갔다. 기업 중에서는 럭키를 필두로 대기업들이 신소재산업 분야에 대한 연구와 투자를 확대해 나갔고, 1985년 2월에는 한국과학기술원 부설 유전공학센터가 설립되었다.

KIST에 유전공학센터가 설립되기 4년 전에 유전공학 사업 참여를 결정한 우리는 무無에서 유有를 창조하기 위해 우선 해외로 눈을 돌렸다. 마침 미국 뉴욕 주변에 재미 한인 유전공학자들의 모임인 '유진텍Eugentech'이라는 친목 단체 성격의 생명공학 연구 그룹이 있었다. 이들은 자신이 공부한 생명공학으로 고국에 기여하고 싶은 생각에서 유진텍을 만들었던 것이다.

대표인 신승일辛承一(알버트 아인슈타인의대) 교수를 비롯해 김윤범金允範(시카고의대), 김광수金洸洙·조동협趙東俠(코넬대 의대), 김영태金永泰(코넬대 의대), 문홍모文洪模(뉴욕주립대 연구소) 교수 등 한인 과학자 여섯 명이 만든 친목 연구 단체인 유진텍이 럭키의 유전공학 자문 그룹으로 나섰다. 나는 이들을 초빙해 구자학 사장과 최근선 부

---

* 1995년부터 '생명공학육성법'으로 바뀐 이 법에서 "유전공학"이라 함은 유전자재조립, 세포 융합, 핵 치환 등의 기술과 발효 기술, 세포 배양 기술 등을 사용하여 생명과학 분야 산업 발전을 도모하기 위한 학문과 기술을 말한다고 정의되었다.

사장 및 관련 임원들이 참석한 가운데 프로젝트 아이디어와 유진 텍의 구상을 들어 보았다.

그런데 준비 부족 탓도 있었겠지만 참여 인원들의 시각은 부정적 이었다. 누구 한 사람도 유진텍과의 결연을 주장하는 사람이 없었 다. 당시 국내에서 유전공학 분야에 관심을 갖고 참여를 모색하던 기업은 럭키와 삼성그룹의 제일제당第一製糖, 화장품 제조업체인 태 평양화학 정도였다. 자문을 자처한 럭키와의 결연이 성사되지 않자 유진텍은 제일제당과 손잡고 사업을 모색하게 된다.

삼성그룹 최초의 제조업체인 제일제당은 1950년대 설탕, 밀가루 로 성장 기반을 다졌고, 1960년대는 조미료, 1970년대는 사료와 식용유, 그리고 1980년대는 육가공, 아스파탐, 의약 분야 등으로 변 신을 거듭해 왔다. 제일제당은 미래에 대비해 '탈식품'을 모색하면 서 1978년에 유전공학에 뛰어들어 1982년에 인터페론을 개발하 는 첫 결실을 거두었다.

이런 가운데 제일제당은 유진텍과 손잡고 1984년에 뉴욕에 '유 진텍인터내셔널'이라는 현지 연구법인을 설립해 신승일 교수가 현 지법인 사장을 맡게 된다. 이후 1987년에 제일제당이 탈식품 및 제 약, 정밀화학에 주력할 것이라고 선언할 때 신 교수가 귀국해 제일 제당의 연구총괄을 맡고 다른 유진텍 멤버들도 참여하게 된다.

유진텍과의 결연이 어긋나자 그밖에 내가 접촉할 수 있는 재 미 과학자는 캘리포니아대학교 버클리캠퍼스UC Berkeley 화학과 교수인 김성호金聖浩 박사뿐이었다. 김성호 박사는 서울대 화학과를 졸업하고 미국 피츠버그Pittsburgh 대학에서 X선 결정학X-ray Crystallography을 전공했다. 후술하겠지만, 김성호 박사는 나중에 럭키와 고문 계약을 맺고 미국 진출의 교두보 역할을 해 주었다. 미국 국립과학아카데미의 첫 한국인 회원으로 구조 생물학의 권위자인 김 박사는 나중에 MIT의 알렉산더 리치Alexander Rich 박사와 s-RNA(전달 RNA; transfer RNA)의 X선 구조를 밝혀 냄으로써 노벨상 후보로 거론되기도 했다.

럭키의 유전공학을 떠맡은 나는 대학에서 화학공학을 전공하고 대학원에서 유기화학, 고분자화학을 전공해 생물학과는 전혀 인연이 없었다. 굳이 인연이라고 한다면, 부친이 생물학자였다는 점을 들 수 있으나, 부친은 동물 생태학자여서 유전공학과는 거리가 멀었다. 그런데 이런 상황에서 고분자화학을 전공한 내가 책임지고 유전공학팀을 이끌고 가는 쪽으로 최종 결정이 난 것이다.

운명의 주사위는 던져졌고 불가능에의 도전은 시작되었다. 사장단 회의에서 럭키 그룹이 유전공학 분야에 진출해 사업을 시작하고, 그 사업의 주체는 럭키가 맡는다는 것, 다시 말해 ㈜럭키중앙연구소를 중심으로 유전공학의 연구에서 사업화까지 추진한다는 것을 공식화한 것이다. 아울러 여기에 소요되는 자금은 그룹 차원에서 조달하기로 하되, 구자학 럭키 사장이 모든 신규 사업을 추진하기로 결정을 내린 것이다.

나는 유전공학 사업 추진 계획부터 세웠다. 1982년부터 약 2년 동안 연구동 등 기본 시설과 이를 운용할 연구 인력을 갖추고, 유전자 조작에 필요한 효소 및 벡터vector(DNA 운반체) 생산과 연구 과제를 정하는 기간으로 삼아 연구의 토대를 마련하기로 했다. 이후 1983년 하반기부터 일부 우리 생활에 필요한 유전자 생산을 개시해 1985년까지는 단일 유전자 제품 생산과 각종 식물의 신품종 개발, 면역학 분야, 화공 기초원료 분야 등의 기술을 자체 개발한다는 계획을 세웠다.

이렇게 해서 1982년 6월 중앙연구소 내에 유전공학 전문연구동과 제2파일럿을 착공해 이듬해인 1983년 2월 22일 국내 최초로 세계적인 규모의 유전공학 연구동을 준공함으로써 국내 유전공학 연구의 신기원의 첫발을 내딛었다. 우리나라에 처음으로 민간 유전공학연구소가 탄생한 것이다.

총공사비 20억 원이 투입된, 지상 3층, 지하 1층에 연건평 500평 규모의 초현대식 연구동은 미국 국립보건원(NIH)이 규정한 시험시설 P3 기준대로 설계하고 건립하여 유전공학실험에 완벽을 기하도록 했다. 특히 이 연구소에 헤파 필터HEPA Filter 및 생체 보호 후드Biohazard Hood를 설치해 생물학적 오염을 방지하고 실내 공기 청정도를 유지할 수 있게 설계했다.

초창기 인원은 한국과학원KAIST, 서울대와 서강대 대학원 출신 연구 인력 9명으로 구성되었다. 물론, 그 중에서 유전자재조합을 해본 사람은 한 사람도 없었다. 한 마디로 무無에서 유有를 창조해 내는 유전공학 연구를 책임진 나로서는 극단적이고 독단적인 조치를 취할 수밖에 없었다.

나는 최단시일 안에 럭키에 유전공학 연구를 정착시키고 신제품 개발 능력을 배양하기 위해 다음과 같은 목표를 설정하고 행동지침을 작성해 실행에 옮기는 조치를 취했다. 당시 업무일지에 기록한 메모를 정리하면 다음과 같다.

- 단기 목표: 유전공학 연구 체제 구축과 전문 인력 양성
- 프로젝트의 실질적 목표: B형 간염 백신 개발 및 인터페론 등 당시의 관심 품목 개발
- 해외 인력 확보: 목적을 달성하기 위해서는 해외 인력 확보가 시급
- 김성호 박사와의 고문 계약 체결(후술함)
- 현지 연구소 설립 및 연구소장 발탁: 조중명 박사 영입(후술함)
- 유전공학 전문회사(Chiron) 선정 및 협력 관계 설정(후술함)
- 리더로서 KIST의 이성규 박사 영입
- 유전공학연구동(구 연구동) 보강 및 신축
- 현지 연구소와의 역할 분담: LBC(현지 연구소)-Upstream (GeneCloning, 유전자 복제), 대덕연구소-Downstream(발효 및 정제)

이러한 계획에 따라 1982년 6월 유전공학연구부는 출범 6개월 만에 유전공학에 필수적으로 사용되며 막대한 로열티를 지불하고도 획득하기 어려운 균주와 효소의 개발에 성공해 럭키 생명공학

사업의 첫 개가를 울렸다. 그리하여 1983년 1월부터 미국의 유전
공학 벤처기업인 카이론Chiron사와 접촉을 개시해 1984년 1월 기
술도입 계약을 체결하게 된다.

이를 계기로 럭키는 의약품사업을 본격화하기 위해 그해 5월에
유전공학 및 의약품사업 추진을 위한 전담 사업부로서 의약품사업
부를 발족시켰다. 당시만 해도 국내 제약회사는 약국으로 돈을 번
일부 약사들이 막대한 리베이트를 기반으로 한 병원 영업으로 복제
약을 팔아 돈을 벌 때였는데, 의약품과 무관한 대기업인 럭키가 유
전공학을 기반으로 신약 개발에 뛰어든 것이다.

그러자 당시 일부 농민들이 "뿌리는 감자, 열매는 토마토"인 토감
자와 "땅속에는 마늘, 땅위에는 고추"인 마고추의 종자를 구할 수

유전공학 벤처기업 카이론Chiron사 멤버들의 한국 방문. 왼쪽부터 이정호 상무, 에드워드 펜
호트 박사, 윌리엄 러터, 구자학 사장, 필자.

없냐고 우리 연구소에 전화로 문의하고, 일부 암 환자들은 인터페론 암 치료제가 언제 개발되어 시판되느냐고 문의하곤 했다.

또한 카이론사와 유전공학 제품의 개발 생산 및 판매를 위한 미국 현지법인인 럭키 바이오테크Lucky Biotech Corporation, LBC를 설립했다. 이렇게 해서 럭키는 1986년에 LBC와 중앙연구소 유전공학 연구팀이 합동으로 동물성장 호르몬 개발에 성공하는 등 유전공학 연구에서 착실한 성장을 해 나갈 수 있었다.

물론 거기까지 가는 데는 김성호 교수와 조중명 박사, 그리고 많은 연구진의 땀과 열정이 있었다.

김성호 박사와 카이론Chiron

앞에서 말했지만, 뉴욕의 한인 유전공학자 그룹인 유진텍과의 결연이 이루어지지 않자 나는 각종 자문을 얻고 선진 기술을 보유한 업체와 접촉하기 위해 다른 길을 찾아야 했다. 그러던 차에 우연히 미국 서부의 UC버클리 대학의 김성호 박사와의 만남이 이루어졌다. 그리고 김성호 박사의 소개로 카이론Chiron이라는 생명공학 벤처회사를 알게 되어 럭키가 본격적으로 유전공학을 시작하게 되었다.

지금 와서 생각하면 이런 만남과 일련의 사건들이 모두 럭키의 유전공학 역사를 만드는 요소였다. 내가 만난 김성호 박사는 미국

서부의 명문대인 캘리포니아 대학교 버클리 캠퍼스에서 교편을 잡고 한창 자기의 앞길을 개척해 나가려는 의지와 열정으로 충만해 있었다. 그때 그는 X-ray 결정을 하다가 생물고분자 DNA 구조 결정을 처음 했다.

그러한 김 박사에게 유전공학은 하나의 좋은 기회였다. 그런데 마침 LG(당시는 럭키)라는 대기업이 유전공학 기술과 노하우를 얻고자 찾아왔으니, 럭키뿐만 아니라 그에게도 더할 나위 없이 좋은 기회였다. 상호간에 이해득실이 맞아떨어진 셈이다. 그러나 나는 이런 기회를 이해득실을 떠나서 같은 과학을 공부한 사람들끼리 좋은 친교의 기회로 삼았다.

김 박사와 나는 인간적으로 가까워져 서로 허물없는 사이가 되었고, 1982년 6월 럭키는 김 박사와 기술고문 계약을 맺었다. 그리고 김 박사의 소개로 당시로서는 유전공학 연구에서 세계 최고 수준인 카이론Chiron사와의 기술협력 계약 건은 빠른 진전을 보게 되었다.

Chiron은 1981년 UC 샌프란시스코(UCSF)의 윌리엄 러터 William Rutter 교수와 UC 버클리의 에드워드 펜호트Edward Penhoet 교수, UC 샌프란시스코의 파블로 밸렌주엘라Pablo Valenzuela 박사가 UC 버클리 인근인 에머리빌Emeryville에서 창업한 회사다. 러터 교수는 UCSF의 생화학과에서 보이어Herbert W. Boyer와 같이 근무하면서 유전공학에 일찌감치 눈을 떴다. 러터는 같은 캘리포니아 대학교의 펜호트 등 동료들과 함께 카이론을 창업한 것이다.

카이론은 그리스 신화에 나오는 반인반마伴人半馬의 이름이다. 유전자재조합 기술을 기반으로 창업했다는 상징으로 회사 이름을 카이론Chiron으로 지은 것이다. 카이론은 대형 제약회사 머크의 지원을 받아 B형 간염 백신의 개발에 성공하면서 소위 '대박' 생명공학 기업의 길에 합류하게 된다. 1986년 카이론이 개발한 간염 백신은 유전자재조합 백신으로는 처음으로 FDA의 판매 허가를 받았다. 카이론은 2005년 말 스위스의 대형 제약회사 노바티스가 51억 달러에 인수했다.

러터와 펜호트는 동업자 관계였고, 펜호트와 김성호 박사는 같은 대학 동료로서 서로 잘 아는 사이였다. 그런 관계로 나는 김 박사의 소개로 이들과 허물없이 대화를 나누는 사이가 되었다. 김 박사는 1983년 1월 두 차례에 걸쳐 카이론사를 방문해 펜호트 사장과 기술도입 가능성을 타진했다. 이어 6월에는 김성호 박사와 내가 함께 카이론사를 방문해 기술도입 문제를 집중 토의해 합작 연구소 설립에 원칙적 합의를 보게 되었다.

이런 과정을 거쳐서 우리는 비교적 단시일에 카이론과 기술협력 계약을 체결하게 되었다. 1984년 1월 20일 마침내 구자학 사장이 미국으로 건너가 펜호트 사장과 기술도입 계약을 체결했다. 계약의 내용은 베타·감마 인터페론Interferon Beta-Gamma과 B형간염 진단 시약 등으로 구성되었고, 아울러 우리 연구원에 대한 훈련 사항이 포함되었다. 특히 훈련 계획은 기대했던 것보다 훨씬 더 만족스러운 결실을 보게 되어 카이론 측의 불만 요인이 되기도 했다. 우리 연구원들이 밤낮을 가리지 않고 연구해 준 결과였다.

LG화학(LBC)이 카이론의 기술을 습득하는 데 교두보 역할을 해 준 김성호 박사는 이후 고문의 영역을 넘어 LG화학의 프로젝트에 깊숙이 관여하기도 했다. 그런 대표적인 사례 중의 하나가 모넬린Monellin이라는 인공 감미료 프로젝트였다.

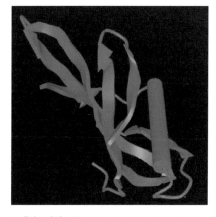

모넬린 3차원 구조. (출처 NCBI PDB ID: 1MOL)

모넬린은 서아프리카에서 자생하는 세렌디피티 베리Serendipity berry 열매의 감미 성분으로, 당도가 설탕의 1,500배에서 3,000배 사이나 되었다. 다만 단맛을 내는 단백질 성분이 A-Chain(44개의 아미노산)과 B-Chain(50개의 아미노산)이 따로 분리되어 비공유결합 형태로 존재하는 것이 문제였다. 그런데 김성호 박사의 단백질 공학 기술과 조중명 박사의 유전자재조합 기술로 이 두 개의 체인을 유전공학적으로 공유결합 형태로 만드는 데 성공한 것이다. 그 결과, 당도가 3천 배, 4천 배에 이르는 인공 감미료가 탄생했다.

이러한 성공을 바탕으로 특허에서도 독점적 지위를 확보해 우리는 모넬린의 사업화 연구에 착수했다. 사업화 하려면 몇 가지 문제를 해결해야 했다. 첫째, 감미를 느끼는 데 수 초의 시간이 소요되어 기술적으로 자극 개시 시점On-set Time을 앞당겨야 했다. 둘째,

지체 효과Lingering Effect를 줄이는 방안을 찾아야 했다. 셋째, 기타 열 안정성, pH 안정성, 저분자와 고분자간 상호작용 문제 등을 해결해야 했다.

이러한 문제를 해결하는 방안으로 김 박사와 조 박사, 그리고 나는 단백질공학에 의한 분자의 재설계 방식을 시도했다. 수천 개의 모넬린 유도체(Fused Monellin)를 만들어 그 당도와 제반 성질을 검사했다. 그런데 열 안정성과 pH 안정성은 해결했으나 가장 중요한 자극 개시 시점을 단축하고 링거링 효과를 줄이는 데는 실패했다.

우리 셋은 모넬린 프로젝트에 모든 정력을 쏟아부었으나 만족스런 결과를 얻지 못한 것을 아쉽게 생각한다. 이 문제를 해결하려면 단백질 감미료Protein Sweetener에 대한 기초적인 연구가 선행되어야 하리라고 믿는다.

그 외에도 식물 유전자공학 회사를 인수하는 문제 등 허다한 프로젝트를 시도했으나 이에 대한 언급은 생략하기로 한다. 세렌디피티 단백질 연구자인 김성호 박사는 나중에 '세렌Seren'이라는 생명공학 벤처회사를 세웠고, 이를 계기로 차츰 관계가 멀어졌다.

조중명 박사와 LBCLucky Biotech Corporation

럭키는 1984년 1월 카이론Chiron과 기술도입 계약을 체결하자 3월에 기술도입 인가신청서를 과학기술처에 제출해 4월에 인가를 받았다. 이제 남은 것은 카이론과의 기술협력을 바탕으로 유전공학 제품을 개발·생산·판매할 현지법인을 설립하고 그 현지법인을 운영할 책임자를 유치하는 것이었다.

과기처의 인가가 나오자 회사는 5월에 미국 현지법인 럭키바이오텍Lucky Biotech Corporation(LBC)의 설립 계획을 확정했다. 이어 6월에 유전공학 제품의 개발, 생산 및 판매를 위한 LBC를 미국 캘리포니아주 에머리빌Emeryville에 설립하고 연구개발을 시작함으로써 유전공학의 본격적인 산업화에 돌입했다.

현지법인 연구소를 에머리빌에 설립한 이유는 간단했다. 럭키가 현지법인 연구소를 만든 까닭은 협력사로부터 유전공학 기술을 습득하기 위해서인데 기술도입 협력사인 카이론사가 에머리빌에 있었기 때문이다. 또한 럭키가 카이론사에 프로젝트 투자를 하고 같은 건물 안에 설치한 현지법인 연구소(LBC) 근처에는 유전공학의 메카인 UC 버클리와 UCSF 같은 캘리포니아 대학교 캠퍼스가 있어 신기술 습득에 유리했다.

1984년 6월, 현지법인 연구소를 열었을 당시, LBC는 현지에서 연구소장으로 채용한 조중명 박사를 비롯해 연구원 여섯 명과 사무원 두 명으로 시작했다. 서울대 자연대 동물학과 출신인 조중명曹重明 박사는 미국 휴스턴Houston 대학교 생화학과에서 박사학위를 마치고 휴스턴에 있는 명문 사립대학인 베일러Baylor 의과대학교에서 연구 생활을 하고 있었다.

LBC 현지 연구소장을 채용할 때 조중명 박사 말고도 응모자가 여럿 있었다. 내 친척 중에도 생명공학을 공부해 카이론사에서 일하는 조카가 있었지만 오히려 응모하려는 것을 말렸다. 연구원장으로 있는 동안 연구원들과 격의 없이 지냈지만, 업무에서는 공사 구분에 엄격해야 한다는 것이 나의 소신이었다.

조 박사를 처음 만났을 때는 휴스턴 시내의 한 음식점에서 인터뷰를 했다. 나는 당시 연구실 경영에 경험이 있고 유전공학에 훈련된 사람을 미국 현지 연구소의 소장 후보로 찾고 있었는데, 솔직히 말해 조 박사는 두 조건에 맞지 않은 후보였다. 그런데 인터뷰를 하면서 생각이 바뀌었다.

나는 사람을 뽑을 때 무엇보다도 일에 대한 성의와 하려는 의지를 중시한다. 그는 유전공학이 앞으로 세상을 어떻게 바꿀 것인지에 대한 불굴의 신념과 열정에 불타고 있었다. 인터뷰하면서 느낀 내 판단은 적중했다. 그 뒤에 소장으로 부임한 그와 같이 일하면서 나는 일에 대한 뜨겁고도 순수한 그의 열정을 높이 평가하게 되었다. C형 간염(HCV) 진단 시약 개발에서 보여 준 열정이 그 좋은 사례이다.

조중명 박사는, 비록 당시에 카이론이 C-간염 진단 시약 개발을 리드하고 있었지만, 우리가 적극적으로 뛰어들어 카이론과 협력하거나 독자적으로 개발한다면 충분히 앞설 수 있다고 믿었다. 조 박사는 경쟁자로서 결코 물러설 수 없는 처지였다. 그러나 협소한 국내 시장의 현실을 감안해야 했다. 이 때문에 그를 설득하느라 무척 힘들었다. C-간염 백신 연구도 비슷하게 경쟁이 심한 프로젝트였다.

조 박사가 여기에 쏟은 정성과 노력은 영원히 잊지 못할 것이다.

앞에서 말했듯이, 조 박사와 김성호 박사, 그리고 나는 모넬린을 단백질 감미료로 개발하려고 온갖 노력을 기울였다. 조 박사는 그 중에서도 실제로 단백질 설계를 실천으로 옮기는 일을 도맡았기에 그 노력은 대단했다. 7천 개가 넘는 돌연변이Mutant를 만들어 일일이 당도를 체크하는 일을 반복했으니 그 노력은 가히 상찬을 받을 만했다.

조 박사와 김 박사는 서로 긴밀히 소통하지 않으면 성과를 낼 수 없을 만큼 상호 협조 관계를 유지해야 했기에, 함께 성공의 희열도 맛보았지만, 때로는 상호간에 알력도 있었다. 나는 그럴 때마다 때로는 중재자가 되기도 하고 때로는 설득자의 역할을 맡기도 했다. 연구소장으로서 그것이 내게 주어진 임무라고 생각해 기꺼이 수행했다.

조중명 박사는 중앙연구소가 수행한 대부분의 초기 유전공학 제품의 출시에 기여했다. 알파·베타·감마 인터페론, 인간 성장 호르몬, 소 성장 호르몬 GM-CSF(과립구 대식세포 콜로니 자극 인자), B-간염 백신(HBV Pre S2 sAg), 한국형 C-간염 백신 등이다. 그 외에 에리트로포이에틴Erythropoietin, 신경 생장 인자Nerve Growth Factor, 뱀장어 성장 호르몬Eel Growth Hormone, 스트렙토키나아제Streptokinase, TGF-beta(형질전환 생장 인자 베타Transforming Growth Factor-beta) 등의 체세포 복제cloning도 조 박사와 그 팀이 이룬 빛나는 업적들이다. 누가 뭐라고 해도 나는 조 박사가 이루어

놓은 업적과 LBC를 위해 쏟은 열정을 잊지 못한다.

지금은 다른 대기업에서도 현지 연구소 설립을 벤치마킹해 운영하고 있지만, 당시만 해도 외국에 현지법인 연구소를 만드는 것은 쉽지 않은 결정이었다. 유전공학 현지 연구소 LBC는 유전공학 연구의 본거지인 샌프란시스코 근교의 유전자 계곡DNA Valley에다 세계 진출의 거점을 확보하고서, 선진 첨단기술을 신속하고 지속적으로 습득해 국내에 이전시키는 역할을 해냈다. 이는 국제적 기술 선진 대열에 동참해 한국의 유전공학 기술이 세계 수준으로 도약할 수 있는 획기적 계기를 마련했다는 데 의의가 컸다. 조중명 박사는 나중에 LG화학 생명공학연구소 초대 소장이 되었다.

LBC는 선진 유전공학 기술의 습득 창구이자 현지에서 유전공학을 공부한 두뇌를 유치하는 창구 역할을 했다. 나는 능력 있는 인재를 소개받으면 어디든 가서 인터뷰를 했다. 박순재, 정혜신 박사 부부 채용도 그런 경우였다. 두 사람은 연세대 생화학과 출신으로 인디애나주의 퍼듀 대학교Purdue University에서 박사학위를 했다. 나는 1년에 몇 번씩 해외에서 인재를 스카우트하기 위해 출국했는데, 두 사람 모두 나의 '인재 쇼핑 리스트'에 있는 인물이었다.

LBC에 가서 조중명 소장과 함께 인터뷰를 해 보니 똑똑한 친구들이어서 둘 다 욕심이 났다. 게다가 부부가 서로 떨어져서 살고 싶지 않다고 했다. 결국 나는 두 사람을 다 채용하기로 했다. 일부 반대가 있었지만 밀어붙였다. 연구소에 부부 박사가 함께 근무하기는 이들이 처음이었다. 다행히 두 사람은 능력 본위라는 내 기대에 어굿나지 않게 성공적으로 업무를 수행했다.

결과적으로, 이렇게 해서, 무에서 유를 창조하는 불가능에의 도전이 시작되었고, 나는 김성호, 조중명 박사와의 협력과 카이론 기술과의 융합으로 이루어 낸 결실로써 LG의 유전공학 꿈을 이루게 했다. LG그룹이 유전공학에 뛰어든 것이 옳은 결정이었는지에 대해 논란이 그치지 않았지만, 이것은 미래의 화학회사가 가야 할 신산업 분야로의 진입을 의미하는 것이었다. 이 대장정에 함께한 연구 인력은 30명이 넘고, 연구 도중에 학위를 마친 사람도 10명이 넘는다. LBC의 상주 인력은 적을 때는 8명, 많을 때는 12명 수준이었다.

중앙연구소 조직 개편과 바이오텍연구소의 신설

1979년 12월에 국내 민간 기업으로서는 최초로 대규모 중앙연구소를 설립하여 기업 연구의 질적 성장을 주도해 온 럭키는 1990년대에 들어서서 연구개발의 질적 전환을 위한 새로운 계기를 맞이했다. 당시 전 그룹 차원에서 전개된 '21세기를 향한 경영구상' 전략에 따라 럭키의 비전과 장래상이 제시되고, 회사가 각 사업 부문별로 세계적인 수준으로 도약하기 위한 액션 플랜을 가동함에 따라, 연구개발 부문 역시 이에 발맞추어 변신이 요구되었던 것이다.

그에 앞서 새로운 변신을 요구하는 외형의 변화와 개인적인 신분 변화도 있었다. 1986년 2월 주총에서 허신구 6대 사장 체제가 재

출범하면서 나는 상무이사에서 전무이사로 승진했고, 중앙연구소 장을 맡으면서 프로젝트실과 의약품사업부를 관장했다. 허신구 대 표는 전임 구자학 사장이 주창한 'IDEAL 21세기 운동'의 전개 전 략과 추진방안을 수립했다.

'IDEAL'은 Innovation(전부문 혁신), Dynamic Marketing(적 극적 시장 창조), Efficient Management(효율적 관리), Advanced Technology(선진 첨단기술), Lucky, Future World Leader(세계 제1의 럭키)의 앞글자를 따온 것으로, 럭키가 21세기 화학공업을 선 도하겠다는 경영 혁신 전략이었다. 이 운동의 핵심 목표는 2000년 에 정밀화학, 고기능소재, 유전공학 분야의 매출 비중을 선진 기업 수준으로 높이고, 그러기 위해 연구개발 분야에서 '럭키 하이테크 밸리Lucky Hi-Tech Vally'를 건설하는 것이었다.*

이듬해 럭키 그룹이 창립 40주년을 맞이해 건설한 새 사옥인 여 의도 럭키금성 트윈타워 빌딩이 준공됨에 따라 ㈜럭키는 1987년 7월 트윈타워에 입주했다. 이어 1988년에는 허신구 사장이 그룹 부회장에 선임되고, 나는 부사장으로 승진했다. 1989년부터 추진 한 '21세기를 향한 경영구상' 전략에 따라 이 전략의 핵심 이념인 '고객을 위한 가치창조'와 '인간존중의 경영'을 효율적으로 달성하기 위한 방안으로 종래의 그룹사별 경영 체제를 사업문화단위Culture Unit(CU)별 경영 체제로 개편했다. 즉, 사업 영역에 따라 업무 시스

---

* 「LG 50년사」 1997년, 230쪽.

템, 고객관, 조직 풍토 같은 경영 특성(문화)이 다른 점을 감안해, 사별 경계를 초월해 문화가 같은 사업을 동일 CU로 묶어 CU장長에 대폭적인 의사 결정권을 부여한 것이다.

CU제 운영의 골간은 자율 경영이었다. 회장 혼자의 의사 결정으로 기업을 운영해 나가기에는 사업 규모가 너무 방대해졌고, 제반 변수가 복잡하게 얽혀 상황이 시시각각 변화하고 있기 때문에, 현장에서의 의사 결정은 현장 책임자가 내릴 수 있도록 하는 조직의 재정비가 필요했던 것이다. 다른 말로 CU는 자율 경영을 담기 위한 새로운 경영 시스템인 셈이었다. 이에 따라 럭키금성 그룹은 1990년에 57개 계열사를 22개 CU로 구획지어 운영했다. 그룹 회장실의 기능도 대폭 축소되어 기획조정실이 폐지되고 회장의 역할은 CU장과의 대화를 통한 지원 활동으로 국한했다.

㈜럭키의 경우, 원료를 생산해 생산자인 기업에 판매하는 석유화학 원료사업 부문과 최종 소비자가 사용하는 생활용품 및 플라스틱 가공 부문이 모든 화학산업의 범주에 들기는 하지만, 서로 다른 사업문화적 특성을 지닌 채 단일한 경영구조 속에서 존재해 왔다. 이러한 경영구조는 기업 규모가 작고 세계화가 덜 진전되었던 1980년대까지는 나름대로 경쟁력을 갖고 있었으나, 세계화가 진행될 1990년대와 21세기 경영 환경에는 부합하지 못한다고 판단해 경영 구조를 화성化成CU와 생활산재CU 체제로 개편하게 된 것이다.

이처럼 회사 경영 조직이 CU체제로 개편됨에 따라 나는 중앙연구소를 비롯한 연구 조직의 일대 개편을 단행했다. 럭키의 연구개발 기능을 총괄할 연구개발본부를 신설하고, 중앙연구소 산하에 있던 고분자연구부, 정밀화학연구부, 바이오텍연구부, 물리화학연구부, 공정개발연구부 중 4개 연구 부문을 화성CU 소속의 고분자연구소와 고분자응용기술센터, 생활산재CU 소속의 정밀화학연구소, 바이오텍연구소로 확대 개편했다.

나는 연구소 조직은 최소 10년 단위로 앞을 내다보고 연구 활동을 수행해야 한다고 생각했다. 기업 연구소의 역할은 최소한 10년 후에 기업이 먹고 살 것을 마련해야 한다는 책임 아래 앞으로 가야 할 분야를 고민하고 개척함으로써 다른 기업보다 먼저 선점하는 것이다. 나는 1990년대를 앞두고 럭키의 연구개발 발전 단계가 선진

럭키의 연구개발 발전과정*

구분	태동기	발전기	도약기
시기	1980-1984	1985-1989	1990-1992
R&D 전략	모방형	자립형: 특허기술 개발 주력	국제경쟁형: 신물질/독자기술 개발
연구소 체계	중앙연구소	전문연구소	
연구인력	60명	486명	788명
연구특성	Single Project 소규모 독립 Project팀 위주 연구	Multi Project 분야별로 프로젝트의 집단화 및 연계 강화	Multi Technology 핵심기술 중심의 대형 프로젝트화와 개발시스템 구축

* 「LG 50년사」, 1997년, 326쪽.

기술 모방기(1980-1984)와 자립기(1985-1989)를 거쳐, 이제는 국제적인 기업과 신기술, 신물질 연구에서도 경쟁할 수 있는 국제경쟁기(1990-1992)로 진입해야 하는 시점이 되었다고 판단했다.

이와 같은 상황 변화에 따라, 연구개발 부문이 추구해야 할 기본 방향으로 연구개발력의 국제화, 선진 기업과 비교 우위의 연구개발력 확보, 고객 지향의 연구개발 추진 등을 제시하고, 럭키의 연구개발 조직과 방향에 대한 일대 혁신을 추진해 나갔다. 또한 연구개발 체제를 기초연구소와 전문연구소의 병립 체제로 개편하기로 하고 그 첫단계로 연구개발에 대한 총괄관리는 연구개발본부에서 하되, 전문연구소별 연구 내용의 독자성을 보장할 수 있도록 했다.

럭키 그룹이 CU체제로 개편됨에 따라 중앙연구소를 설립한 이후 초창기부터 논란이 되어 온 유전공학연구부의 개편 문제도 다시 거론되었다. 그래서 나는 연구소의 적정 인원은 몇 명 정도가 좋을지를 고민해 보았다. 연구소 관리를 책임진 소장으로서 연구원들의 이름과 장단점을 다 파악해야 한다고 생각했다.

나는 그때까지 연구원들의 이름을 다 기억했지만 내가 어느 선까지 기억할 수 있을지를 생각해 보았다. "천재는 200명의 이름을 다 기억할 수 있고, 둔재라도 150명 선까지는 기억할 수 있다"는 말이 있듯이, 선진국에서도 연구소의 분할은 대개 150명에서 200명 정도를 기준으로 이루어진다. 나는 결과적으로 대규모의 수술을 단행하게 되었다.

개편의 기본적인 구상은 ■고분자연구소, ■정밀화학연구소, ■바이오텍연구소의 세 개 연구소와 ▪ 안전성/분석센터, ▪ 화학공정센터의 두 개 센터를 묶어 연구원의 체제를 갖추고자 함이었다.

개편 과정에서 가장 진통을 겪은 것은 바이오텍연구소의 신설이었다. 나는 유전공학연구부의 독립 필요성과 중앙연구소가 여러 전문 분야에 걸친(multidisciplinary) 연구소로 변신할 필요성을 절감했기 때문에 이 연구소의 신설을 감행했다. 개편을 앞두고 해외연구소 100여개 , 특히 바이오테크 벤처기업과 거대 기업 연구소를 중점적으로 둘러보고서 우리 연구소와 비교해 본 결과, 우리는 정반대 방향으로 가고 있었기 때문이다. 그래서 어떠한 어려움이 있더라도 바이오텍연구소를 신설하기로 했다.

우선 인력 면에서 내가 구상했던, 여러 전문 분야에 걸친 연구소로 확대 개편하는 방안은 다음과 같았다.

- 정밀화학연구부의 의약합성 부문(주로 화학 전공자)
- 유전공학연구부의 생물 관련 부문(주로 생물학 전공자)
- 화학공정연구부의 생물공학 관련 부문(주로 화학공학 전공자)
- 안전성연구부의 약학 관련 부문(주로 약학 전공자)
- 지속성 약제 관련 연구 부문(주로 화학공학/약학 전공자)

이렇게 개편을 단행하고 보니, 바이오텍연구소는 수퍼 연구소가 된 반면에 화학공정 및 정밀화학연구소는 초라해졌다. 자연히 정밀화학연구소장은 내게 큰 불만을 갖게 되었다. 나는 사전에 정밀화학연구소장에게 이렇게 바뀐다는 점을 수 차례에 걸쳐 설득했고, 그와 같은 개편의 필요성에 대해 납득할 만한 논리를 제시했다. 하지만 전문 연구소를 책임진 당사자로서는 막상 개편 뒤에 줄어든 규모를 실감하고 불만이 커졌을 것으로 생각한다.

나는 지금도 정밀화학연구소 오헌승 소장에게 당시의 결정을 마음 아프게 생각한다. 하지만 내 결정에는 조금도 사심이 없었다. 이 조직 개편이 럭키중앙연구소 소장을 있는 동안 가장 어려웠던 순간이었고, 동시에 가장 용기 있는 결단의 순간이었다고 생각한다.

나는 이 조직 개편을 기점으로 고분자연구소와 정밀화학연구소 R&D 경영에서 손을 떼다시피 했다. 고분자연구소 여종기 소장과 정밀화학연구소 오헌승 소장이 충분히 자기 연구소의 R&D 경영을 잘해 나갈 수 있으리라 믿었을뿐더러, 그렇게 함으로써 자기 연구소에 대한 자신감과 독립심으로 무장할 계기를 마련하고 더욱 더 발전하는 모습을 보고자 함이었다. 그것이 럭키 그룹이 전 계열사를 CU체제로 개편한 근본적인 배경이기도 했다.

그러나 말로만 독립이지 말처럼 그리 쉽지는 않았다. 마치 집안 살림의 인수인계를 앞둔 시어머니와 며느리의 관계라고나 할까? 처음에는 나의 노력에도 불구하고 인수와 독립이 매끄럽지 못했다. 그러나 이 문제는 시간이 가면서 자연적으로 해소되었다. 물론 고분자연구소는 아무래도 내 전공 분야여서 그쪽에 간섭하는 일이 많았을 것이다. 서울대 화공과 후배인 여종기(1946-2012년) 소장은 내가 퇴임한 뒤에 내 후임으로 LG화학 기술연구원장을 지냈으나 안타깝게도 뇌종양으로 먼저 타계했다.

　내가 중앙연구소 산하의 다른 전문연구소의 R&D 경영에서 손을 떼기로 한 것은 신생 바이오텍연구소의 R&D 경영에 시간을 더 할애하려는 목적도 있었다. 미국 현지 연구소(LBC)에서 연구 인력을 데리고 바이오텍연구소로 귀국한 조중명 박사가 한국 사정에 적응할 때까지 시간이 필요했을뿐더러, 신생 연구소로서의 위상을 확립하기까지에도 시간이 필요했다. 조중명 박사는 LG화학 기술연구원 바이오텍연구소 소장(1996-2000, 전무이사)을 지낸 뒤에 '크리스탈 지노믹스'라는 제약회사를 창업해 독립했다.

　당시 내가 수행한 연구소 분할이 가져다 준 경험과 교훈을 장단점으로 요약해 정리하면 다음과 같다.

- 분할의 목적이 뚜렷해야 한다.
- 분할은 적절한 시기에 이루어져야 한다.
- 분할은 한 연구소 인력이 150명에서 200명 사이가 될 때 하는 것이 좋다.
- 분할은 (한국인에게는) 어려운 일이긴 하나, 구획/분류화Compartmentalization를 막는 데도 기여할 수 있다.
- 2, 3년에 한번은 비교적 소규모로 조직 개편을 하는 것이 좋다. 그렇게 함으로써 연구소에 활력을 불어넣고 연구 인력 가운데서 옥석을 가려냄과 동시에 동기를 부여할 수 있는 승진의 기회도 마련할 수 있다.

원래 통폐합은 연구소만의 문제가 아니라서 그 파장이 회사 전체의 문제로 확대될 수도 있으며, 조직원들간의 인간관계에도 지대한 영향을 주는 것이므로, 심사숙고해서 하는 것이 좋다. 다행스럽게도 연구소 통폐합으로 바이오텍연구소는 국내 최고의 인력과 최신식 신축 건물, 그리고 국내 최신의 시설을 갖춘, 국제무대에 내놓아도 손색이 없는 '여러 전문 분야에 걸친 Interdisciplinary' 연구소로 탈바꿈하게 되었다. 이로써 내가 원했던 하나의 오케스트라가 완성된 셈이었다.

오케스트라를 연주할 연구개발 인력도 획기적으로 확대했다. 연구개발 인력은 1988년 당시 423명이었으나 1990년에 683명으로 대폭 늘어났고, 1992년에는 788명으로 늘어나 종업원 100명당 연구 인력 비율도 1988년의 4.4명에서 1992년에는 6.8명으로 늘어났다. 연구 인력의 구성에서도 박사가 68명으로 12퍼센트를 차지했으며, 석사 및 학사급 연구원이 404명, 연구원보가 96명으로

연구개발 인력 및 투자비 추이(1989-1993, 단위 억원)*

구분	1989	1990	1991	1992	1993
총매출액	12,854	15,853	18,379	20,960	22,807
R&D 투자비	490	480	600	658	804
매출액 대비 R&D 투자비	3.8	3.0	3.1	3.1	3.4
연구인력(명)	486	683	770	788	925

* 「LG 50년사」 1997년, 327쪽.

가장 이상적인 인력 구조를 갖추었다.

연구개발 투자도 지속적으로 확대되어 1988년의 전체 매출액 대비 2.9퍼센트 수준인 349억 원에서 1992년에는 매출액 대비 3.1퍼센트인 658억 원으로 88퍼센트가 증가했다. 이러한 투자 비율은 세계적인 다국적 기업들의 연구개발 투자 비율에는 조금 못 미치는 액수이지만 국내 기업 평균에 비하면 상당히 높은 비율이었다.

나는 과학Science과 기술Engineering의 차이는 결국 '돈'이라고 생각했다. 돈을 벌기 위해서는 연구개발이 뒷받침되어야 한다는 것이 나의 지론이다.

신약 개발과 성장 동력의 싹, Mr. What's New?

오케스트라가 완성되었으니 이제 무엇을 연주할 것인가? 그 물음에 대한 답변은 자명한 것이었다. 그것은 신약 개발이었다. 당시는 제약회사들이 소위 '카피약' 또는 '복제약'이라고 부른 제네릭 의약품generic medicine과 리베이트를 통한 이윤 추구에 치중할 때였지만, 나는 LG가 글로벌 신약을 개발해야 한다는 기치를 내걸었다.

제네릭 의약품은 오리지널 화학합성 의약품에 대비되는 말로, 오리지널 약품의 특허가 만료됐거나, 특허가 만료되기 전이라도 물질 특허를 개량하거나 제형을 바꾸는 방식으로 모방하여 만든 의약품을 말한다. 예를 들어 '비아그라'와 '팔팔정'은 성분도 같고 제조

법, 효능 효과도 동등한데 약품 이름과 제조 회사명만 다르다. 비아그라는 '오리지널 의약품'이고 팔팔정은 '제네릭 의약품'이다. 식약처가 허가한 비아그라 제네릭은 팔팔정 외에도 누리그라정, 이디포스정, 해피그라정 등 70여 개 제품에 이르는데 가장 먼저 만들어진 것은 구분해서 '퍼스트 제네릭first generic'이라고 부른다.

또한 당시에는 화합물에 대한 복제약을 만들고 생산해서 판매하는 것이 가장 중요하였기에, 화합 물질의 효력과 독성을 평가하는 일은 국책 연구소와 대학 연구실에나 필요한 것으로 여기던 때였다. 그러나 신약을 개발하려면 효력과 독성을 평가하는 분야에도 투자를 해야 한다는 점을 구자경 그룹 회장과 구자학 럭키 사장 등 최고 경영진에게 역설해 중앙연구소에 안전성센터를 발족하게 되었다.

신약 개발의 불모지나 다름없던 한국 실정에서 나는 1984년에 미국에서 조중명 박사를 LBC 소장으로 현지 채용하여 바이오 신약bio drug 개발을 시작하고, 국내에선 한국과학기술원KAIST에서 유기화학으로 학위를 딴 국내 박사인 김용주金容柱 박사를 통해 합성신약 개발을 시작했다. LG가 신약 개발을 하지 못하면 한국에서는 신약을 개발할 능력을 갖춘 곳은 하나도 없었다는 나의 소신에는 그때나 지금이나 변함이 없다.

미국에서 연구원 시절에 나의 보스인 마이클스가 매일 마주칠 때마다 내게 "What's new?"라고 하면서 연구에 진전이 있는지 물었던 것처럼, 나 역시 매일 "What's New?"라고 연구원들을 독려하면서 우리가 대제약회사로 발돋움할 그날을 위하여 매진해

LG화학 기술연구원 리서치 파크(출처: LG화학 기술연구원 홈페이지).

줄 것을 당부했다. 그러다 보니, 나도 모르게 내게는 'Mr. What's new'라는 별명이 생겼다.

"What's New?"는 신약개발뿐만 아니라 2차전지 소재 같은 새로운 성장 동력의 싹이 되었다. 원래 리튬-이온 배터리 개발은 럭키금속에서 시작했으나 안타깝게도 3년 동안 적자 행진을 계속했다. 나는 학창 시절부터 개인적으로 전지에 관심이 많았는데 마침 유럽에서 2차전지 회사를 시찰하고 온 구본무 회장이 귀국해서 나를 부르는 것이었다. 유전공학을 준비해 온 내게 구자경 회장이 어느날 갑자기 유전공학 사업을 맡긴 것처럼, 구본무 회장도 내게 "럭키금속 리튬전지를 최 부사장이 맡아서 하시오"하는 것이었다. 이렇게 해서 LG화학이 2차전지 프로젝트를 맡게 되었다.

그러자 당시 다른 회사에서는 LG화학이 2차전지를 하다가 망할 것이라고 악담을 했다. 그러나 우리한테는 전지에만 매달린 인재들이 있었다. KAIST 출신의 김명환 박사와 정근창 박사가 2차전지에 매달려 세계적인 수준의 자동차용 배터리 제품을 만들어 낸 것이다. 현대자동차용 배터리로 상용화된 LG 리튬전지는 500킬로미터까지 주행할 수 있는 수준까지 발전했다.

김명환 박사는 원래 LG화학에서 근무하다가 휴직하고 자비로 유학을 갔는데, 박사학위를 마치고 유학에서 돌아오자 대한석유공사(유공)에서 그를 스카우트했다. 그런데 막상 김 박사가 유공에 가서 보니 별로 할 일이 없었다. 그러던 차에 대학 동기인 유진녕 박사가 LG화학 재입사를 권유했다. 그렇게 해서 LG화학으로 복귀했는데, 문제는 유공에서 사표 수리를 하지 않는 것이었다. 사표를 붙들고 있는 유공의 임원은 나와 화공과 동기였다. 그래서 그 임원에게 전화를 해서 "이 문제는 김명환 박사의 자유의사에 맡겨서 해결하도록 하자"고 해 매듭을 지었다.

사표 수리 거부로 마음을 졸이던 김명환 박사는 이직 문제가 매듭지어지자 2차전지 프로젝트에 강한 의욕을 보였다. 결과적으로 내가 김명환 박사의 사표 수리 건을 단호하게 결정했기에 그가 LG에 와서 2차전지 분야에서 실력 발휘를 한 셈이다.

물론 아쉬운 일도 있었다. 예를 들어, 이용범 박사의 경우, LBC

파견 근무 당시 내가 뇌 과학을 공부할 것을 권유해 캐나다에서 뇌 과학으로 박사학위를 하고 왔다. 그런데 내가 연구원장에서 물러나는 바람에 박사를 하고 오면 연구소에 뇌 과학 연구 파트를 마련해 주겠다던 약속을 지키지 못해 아쉬웠다. 또 더러는 박사학위를 하고 돌아와 나중에 대학이나 정부기관으로 간 사례도 있고, 약대 출신 중에는 박사학위를 하고 돌아왔다가 미국으로 간 사례도 있었다. 그러나 대부분은 유전공학 분야를 공부해 LG의 신약 개발에 기여했다.

물론 유전공학 제품만으로 굴지의 제약회사로 발전할 수 있는 것은 아니다. 대제약회사로 발전하기 위해서는 세계 시장에 진출 가능한 신약 개발이 필요했고, 국민들의 지식 수준이 향상되어 유전공학 제품에 대한 인식이 새로워져야 했고, 한국의 시장 및 유통 구조가 개선되어야 했고, OTC(Over-The-Counter), 즉 의사의 처방 없이 판매 가능한 제약과 처방 조제Prescription Drug와의 관계가 확립되어야 하는 등의 문제가 제기되었다.

그런 가운데에서도, 신약 개발의 로드 맵은 다음과 같이 두 갈래로 그려졌다.

1. 유전공학 제품/바이오 의약품

BST(Bovine Somatotropin, 소 성장호르몬)

PST(Porcine Somatotropin, 돼지 성장호르몬)

alpha-IFN(알파-인터페론), beta-IFN(베타-인터페론)

HBV(B형간염 백신)

gamma-INF(감마-인터페론)

GM-CSF(과립구 대식세포 콜로니 자극 인자)

EPO(적혈구 조혈 인자)

HGH(인간 성장호르몬)

의약용 히알루론산

2. 합성신약

퀴놀론계 항생제

항응혈제

AIDS 치료제

C형 간염 치료제

럭키에서 합성신약 개발의 역사는 1984년으로 거슬러 올라간다. 맨 처음 시작은 김용주金容柱 박사가 수행한 세파로스포린 Cephalosporin계의 연구였다. 김 박사팀은 밤을 새워 200만에서 300만 쪽에 이르는 연구 문헌을 조사해 가며 3년 반에 걸친 연구와 시행착오 끝에 마침내 한 가지 선도 화합물Lead Compound의 약효가 탁월하다는 것을 발견하게 되었다. 개발팀 중 한 사람은 합성 실험 과정에서 시약을 담아 둔 유리 플라스코가 터져 파편이 온몸에 박히는 큰 사고를 당하기도 했다.

김용주 박사팀은 이처럼 사고와 시행착오를 겪고서 개발을 거의 포기하기 직전에 새로운 화합물을 발견한 것이었다. 이 화합물은 당시는 제4세대 항생제라고 일컬을 만큼 우수한 약효 특성을 가진 물질이었다. 급기야는 1990년 초에 영국의 대제약회사인 글락소 GLAXO와 1천500만 달러에 기술 수출 계약을 했다. 이 일은 신문 지상에 널리 보도된 바 있다. 우리나라가 1987년에 물질특허 제도를 도입해 신물질 창출 연구를 국책 사업으로 추진해 온 이후 처음으로 국책 연구소도 아닌 기업 연구소에서 신물질 개발 기술을 창출했으니 그럴 만도 했다.

그러나 이 화합물이 세파로스포린계 화합물에서 흔히 볼 수 없는 심장 독성을 나타냄으로써 연구 성과는 하루아침에 물거품이 되고 말았다. 이 같은 냉혹한 현실에 부닥쳤을 때 우리 모두의 실망은 컸다. 김 박사의 실망은 더욱 깊었을 것이다. 나는 지금도 김 박사가 기나긴 세월 동안 쏟아부은 노고와, 특히 당시에 그가 보여준 꿋꿋한 의지를 높이 평가한다. "패전을 맛본 장수가 승승장구하는 장수보다 백 배 낫다"는 말이 이런 경우에 합당할지도 모르겠다. 아무튼 그 역경과 세파世波를 이겨낸 김 박사는 오늘도 세파Cepha계 화합물의 합성에 몰두하고 있다. 김 박사는 LG생명과학 신약연구소장을 거쳐 나중에 '레고켐바이오'를 창업했다.

연구위원 직제와 학위과정 파견 지원 제도

세파계 항생제와 거의 동시에 시작한 연구소의 또 다른 프로젝트는 퀴놀론Quinolone계 항생제의 개발이었다. 1990년 1월 미국의 피츠버그 대학교Pittsburgh University에서 이 분야의 학위를 마치고 귀국한 최수창崔洙昌 책임연구원이 '프로젝트' 리더(PL)를 맡아서 애썼다. 최 박사는 밤낮을 가리지 않고 노력하는 성격과 인품으로 모든 동료들의 존경을 받았다. 나도 최 박사 덕분에 퀴놀론계 항생제에 대해 많은 것을 알게 되었다. 그러나 1992년 3월 최 박사의 뜻하지 않은 위암 발병과 갑작스런 죽음으로 모든 동료들이 실의에 찼을뿐더러, 퀴놀론계 항생제 프로젝트는 중단 위기에 봉착하게 되었다.

이후 남두현南斗鉉 박사가 프로젝트 리더로서 바통을 이어받아 몇 개의 샘플을 유력 후보로 꼽고 임상 전 단계인 동물 실험을 추진했다. 그러나 임상실험에서 강한 독성이 발견되어 실패하는 바람에 연구는 다시 원점으로 돌아갔다. 엎친 데 덮친 격으로 1993년 2월 퀴놀론계 연구 분야에서 선두를 달리던 미국의 제약회사가 시판한 항생제를 투약한 환자가 사망했다. 국내에서도 퀴놀론계 항생제의 독성을 의심하게 되어 개발팀을 해체해야 한다는 사내 여론이 비등했다. 연구팀은 눈물을 머금고 프로젝트를 일시 중단했다.

그러나 연구팀은 포기하지 않고 개인 시간을 내서라도 연구를 하겠다며 연구열을 불태웠다. 그렇게 해서 중단한 지 7개월 만에 연구가 재개되었다. 그런 가운데 회사가 지원하는 학위과정 파견 지원 제도에 선발되어 하버드 대학교Harvard University에서 학위를 마치고 캘리포니아 주립대학교University of California at Irvine(UCI)에서 포스닥 과정을 하고 있던 홍창용洪昌容 박사가 연구소에 복귀해 퀴놀론계 프로젝트 리더를 맡게 되었다. 꼼꼼하고 틀림없는 성품의 홍 박사는 독성이 약한 새로운 컴파운드(합성물질) 개발에 매달려 마침내 'LB20304a'라는 선도 물질을 찾아냈다. 그리하여 3대代에 걸친 보물 찾기는 성공적으로 막을 내렸다.

그 뒤에는 실험 분야에 정통한 김인철金仁喆 연구위원과 추연성秋淵盛 책임연구원 등이 잇따라 프로젝트 리더를 맡아 국산 1호 신약 개발을 성공시켰다. 이것이 그 유명한 'FACTIVE(팩티브)' 탄생의 드라마이다. LG화학은 2003년에 'FACTIVE'의 미국 FDA 허가를 획득함으로써 한국이 세계에서 열 번째로 신약 개발국에 진입하는 쾌거를 달성하게 해 주었다. 이처럼 김용주 박사와 홍창용 박사가 연구에 전념할 수 있도록 한 데는 럭키가 도입한 연구위원 직제와 학위과정 파견 지원 제도가 큰 힘이 되었다.

연구위원 직제는 최근선 사장에게 건의해 1992년 초에 처음 도입했다. 럭키는 제4세대 항생제를 개발한 김용주 책임연구원, 그리고 1989년 LBC의 조중명 박사팀과 공동으로 감마 인터페론을 개발한 송지용宋志龍 박사, 이 두 사람을 1992년 3월에 연구위원으로 처음 선정했다. 연구위원 직제는 연구원을 대상으로 일반 임원과 동등한 처우를 하되 관리 업무는 맡지 않고 연구 활동에만 전념케 하는 제도이다. 럭키는 연구위원 직제가 연구소의 연구 풍토를 새롭게 조성하는 데 효과적이라고 판단해 계속 확대해 왔다.

나는 "우수한 박사들이 지원하는 연구소가 일류 연구소이다"라는 지론을 강조했다. 그러다 보니 내가 서울대, KAIST 출신과 박사만 선호한다는 소문이 돌았다. 하지만 실제로는 능력과 실력 본위로 인재를 선발하다 보니 서울대, KAIST 출신이 많았던 것이다. 아무튼 그런 소문 덕분(?)인지 몰라도 당시 럭키중앙연구소에는 우수한 학생들이 많이 지원했다. 그리고 박사를 우대하는 것은 결과적으로 잘한 인재 채용 방식이었다. 그밖의 다른 대안은 없었다.

나는 우리 연구소의 석사, 박사 비율을 3:1로 한다고 원칙을 세웠고, 대다수를 차지하는 석사 연구원의 사기 진작과 장기 근무 유인을 위해 해외 박사학위 파견 제도를 도입했다. 이에 지원한 우수 연구 인력 중에서 처음 선발된 인력이 홍창용, 고종성, 김충렬, 유진녕柳振寧 연구원 이었는데, 이들은 학위를 마치고 돌아와 학위과정 파견 1호 박사들로써 럭키중앙연구소와 그 후신인 LG화학 기술연구원의 핵심 동량이 되었다. 학위과정 파견 1호박사 가운데 유진녕 박사는 현재 LG화학 CTO(사장)이다 그리고 칼텍Caltech, 즉 캘리포니아 공과대학California Institute of Technology에서 학위를 했는데, 그리고 고종성 박사(현 제노스코 대표)는 당뇨약 제미글로를 개발해 지금도 LG화학 매출에 크게 기여하고 있다.

물론 그 뒤에도 럭키는 지속적으로 학위과정 파견을 통해 연구 인력을 양성했다. 기업의 조직문화에서는 대개의 상사가 능력 있고 똑똑한 부하를 자기 밑에 두고 일을 시키려고 하지, 장기 유학을 보내는 것을 싫어한다. 하지만 개인의 가까운 장래와 회사의 먼 미래를 위해서는 사람에 대한 이런 장기 투자가 필요하다는 것이 내 생각이었다.

학위과정 지원 제도의 도입 초기에는 주로 LBC에 파견 나간 연구 인력들이 카이론사 연구진과의 일대일 교육 훈련으로 선진 유전공학 기술을 조기에 습득하는 것이 목표였으므로, 해외 파견 인력을 중심으로 현지에서 학위과정을 하도록 했다. 그래서 나는 미국 LBC를 방문할 때마다 밤을 새워 배우면서 일하는 이태호, 정현호, 이태규 박사 등을 격려하는 것을 잊지 않았다. 해외 학위과정 파견 제도는 돈이 들어가기 때문에 쉬운 일은 아니었지만, 앞날을 멀리 내다보며 운용해야 한다고 역설함으로써 내가 중앙연구소장과 기술연구원장으로 있는 동안 이 제도로 박사를 딴 인원이 30명이 넘었다.

이들 가운데서 누군가가 내게 국내 박사보다 해외 박사를 선호하는 이유를 물어, 연구를 하다 보면 물어 볼 것도 많은데 국내보다는 해외에 아는 사람이 많으니 해외에서 공부하면 해외 네트워크를 통해 도움을 받을 수 있는 장점이 있다고 말했던 기억이 난다. 그러나 운명이란 아이러니한 것이어서, 학위과정 파견 1호로 어렵게 공부하고 들어와 퀴놀론계 항생제 연구개발 릴레이를 성공으로 이끈 홍창용 박사는 뇌 질환으로 뜻하지 않은 죽음을 맞이하였다. 나는 허탈한 심경을 금할 수 없었다.

이밖에도 연구원들이 집에서 좋은 아이디어가 떠오르면 즉시 연구소 실험실에서 증명할 수 있도록 하기 위해 유연근무시간제를 도입했다. 과음을 해서 늦게 출근한 경우를 제외하면, 사람마다 대개가 생활 패턴이 다른 점을 감안해, 밤을 새워 일하는 '올빼미 연구원'들은 아침에 늦잠을 잘 수 있고, 새벽에 총총한 '얼리 버드 연구원'들은 일찍 퇴근할 수 있게 함으로써 저마다 생활 리듬에 맞춰 연구 활동을 할 수 있게 했다.

이 모든 것을 되돌아보면, 우선 김용주 박사(현 레고켐바이오사이언스 대표)가 연구원들에게 "하면 된다"는, 연구에 임하는 마음가짐을 깊이 심어 주었고, 이어 최수창 박사가 헌신적으로 초기 연구를 주도했고, 마지막으로 홍창용 박사가 불굴의 개척 정신으로 끝까지 해냈다는 3위 일체의 결합이었다. 즉, '팩티브'는 이 프로젝트 리더들의 솔선수범하는 리더십과 끈기, 그리고 여기에 관여한 연구원들이 혼연일체가 되어 기울인 노력의 결실이라는 것이 움직일 수 없는 '팩트'이다.

동부단지 10만 평에 세운 '럭키 하이테크 리서치 파크'

㈜럭키와 그 후신인 ㈜LG화학의 연구개발 역사는 연구개발 공간 조성의 역사이기도 하다. LG는 정부가 유치한 대덕연구단지에 민간 기업으로서는 처음으로 입주한 서부단지 시기부터, 유전공학과 정밀화학 등 첨단기술산업에 참여하기로 한 뒤에 같은 대덕연구단지

내의 동부단지로 확장해 '럭키 하이테크 리서치 파크Lucky Hi-Tech Research Park'를 건립한 시기를 거쳐, 그룹 차원에서 연구개발 조직을 기초연구와 사업부 연구로 이원화하면서 중앙연구소를 럭키기술연구원으로 개칭하고 마곡 연구단지(LG 사이언스 파크)를 조성한 오늘날에 이른다. .

원래 대덕 서부단지 연구소는 초창기부터 공간 부족으로 신축 문제가 거론되었는데, 1984년에 'Lucky Hi-Tech Valley' 계획안이 입안되면서 동부단지로의 확장 이전 계획이 세상에 알려지게 되었다. 원래 계획은 대덕연구단지의 동부단지에 20만 평 규모의 부지를 매입해 고분자, 정밀화학, 생명공학, 정보소재 등의 연구 부문을 총괄하는 16개 연구소와 5개 센터로 구성된 제2연구단지를 건설하는 것을 골자로 한 대규모 사업이었다. 동부단지는 1987년에 규모가 절반으로 축소된 10만 평을 매입하고, 1991년부터 1996년까지 5년간 총 투자비 980억 원을 투입하는 대규모 공사였다.

당시만 해도 1등 제품은 삼성보다 금성을 꼽던 시절이었다. 삼성그룹의 경우 원래 삼성정밀화학에서 유전공학 연구소를 만들어 참여하려 했으나, 이건희 회장이 대덕 연구단지에 와서 럭키 연구단지의 규모를 보고선 도저히 승산이 없겠다고 판단해 사업 참여를 포기했다는 이야기도 들렸다. 삼성정밀화학은 당시 럭키 동부단지 건너편에 10분의 1 규모의 연구단지를 운영하고 있었다.

럭키는 동부단지 건설 기간인 1993년 10월 1일자로 연구개발 조직과 명칭을 크게 개편했다. 개편의 골자는 럭키의 연구개발 조직을 신사업, 신제품 창출을 위한 연구를 담당하는 럭키기술연구원과 현재 진행하고 있는 사업이나 생산중인 제품의 개량 연구를 수행하는 사업부 소속 연구소로 이원화한 것이다. 이와 함께 정밀화학연구소의 항생제, 심장질환계 항바이러스계 연구 부문과 바이오텍연구소를 합쳐 의약연구소로 개편했다. 이로써 기술연구원은 고분자연구소, 정밀화학연구소, 의약연구소 등 3개 연구소와 미국의 LBC 등 3개 부문 4개 전문연구소를 관장하게 되었다.

럭키는 이와 같이 기술연구원 체제로 전환하기 위해 1990년부터 '럭키 연구개발 10개년 계획'을 수립해 추진해 왔다. 이는 전 그룹 차원에서 추진한 21세기 경영구상, 즉 'V프로젝트'의 일환으로 럭키의 연구개발 수준을 2000년대까지 세계 20대 종합화학회사 수준으로 진입시킨다는 야심에 찬 목표 아래 전개되었다. 이를 위해 대덕연구단지의 동부단지에 10만 평 규모의 부지를 매입해 '럭키 하이테크 리서치 파크Lucky Hi-Tech Research Park' 건설을 계획한 것이다.

이러한 계획에 따라 럭키는 1991년 12월 18일 '럭키 하이테크 리서치 파크' 건설공사 기공식을 거행했다. 이어 1차 준공을 앞두고 럭키 하이테크 리서치 파크의 공식 명칭을 '럭키기술연구원'으로 확정함과 동시에, 앞에서 전술한 것처럼 연구개발 조직을 개편한 것이다. 유전공학연구동과 의약품연구동 등의 1차 준공은 계획보다 1년 늦어져 1994년 10월 27일 김시중 과기처 장관을 비롯한 외빈과 구자경 그룹 회장, 성재갑 CU장 등이 참석한 가운데 준공

1996년에 한국건축문화대상을 받은 LG화학 기술연구원 (Lucky High-Tech Research Park)전경.
(출처: LG화학 홈페이지)

식을 가졌다. 2단계 공사는 1996년에 완공되었다.

'럭키 하이테크 리서치 파크'의 마스터 플랜은 미국의 벡텔Bech-
tel사가 맡았고 기본설계는 재미 교포로 미국 코네티컷Connecticut
에서 설계사무소를 운영하는 건축가 김태수 사장이 맡았다. 럭키개
발의 전신인 '창조'의 소개로 알게 된 김태수 사장은 서울대 공대와
미국에서 나와 같은 시기에 공부한 재능 있는 건축가였다. 김태수
사장이 직접 설계한 연구소 건물은 중앙집중식 연구소 건물로는 최
대 규모였다.

한 건물의 준공이라는 것이 하나의 물리적 역사라고 하지만 나
는 이 건물에 내 모든 정성과 정열을 쏟아부었다. 미국 제3대 대통
령 토마스 제퍼슨Thomas Jefferson이 은퇴 후에 버지니아주 의사당
Virginia State Capitol*의 설계와 건설을 지휘했던 것에 비교할 수는
없을지 모르지만, 내가 가진 모든 지혜와 노력을 기울였다. 토머스
제퍼슨이 의사당 건물을 짓기 위해 당시 유럽의 여러 나라 수도를
둘러보았듯이, 나도 이상적인 연구소를 짓기 위해 미국, 일본, 유럽
등지의 유명한 연구소들을 2년 여에 걸쳐 둘러보았다.

나는 어떻게 하면 이상적인 연구 환경을 만들 수 있을지, 원형 실
험실도 구상해 보고 정방형의 모임터도 구상해 보고, 이것이 실험
시설과 어떻게 연계되어야 할지도 고민했다. 프로젝트 리더 중심에

---

* 미국 버지니아주 의사당 건물은 1960년에 미국 역사기념물(National Historic
Landmark)에 지정되었다. 2017년 영화 〈아이 캔 스피크〉에서 위안부 할머니 역할을 맡은
배우 나문희가 연설하는 장면의 실제 촬영이 이곳에서 이뤄져 화제가 되었다.

기계실, 냉동실, 항온실 등이 공존하는 여유 있는 공간에서 연구원들이 일할 수 있는 환경을 만들고자 노력했다. 그래서 연구소 설계에 관한 심포지엄에도 참석했고, 잘 지었다고 이름난 연구소도 수십 곳을 둘러보았다.

그런 고심 끝에 도시계획으로 유명한 백텔사에 연구소 설립의 기본계획을 맡겼다. 그리고 설계자인 김태수 사장과는 유명한 연구소들을 같이 둘러보는 기회를 마련했다. 그리하여 탄생한 것이 지금의 동부단지 연구동인 것이다. 이렇게 심혈을 기울여 지은 연구동의 몇 가지 특징은 다음과 같다.

첫째, 냉동실, 기계실, 세균실 등 연구 보조Lab Support 시설을 중앙에 배치했다.

둘째, 프로젝트 리더와 연구원들이 근접해서 일할 수 있도록 같은 공간 내에 배치했고, 연구원들이 창가의 쾌적한 공간에 위치할 수 있도록 했다. 기본 컨셉은 미국의 소크Salk연구소에서 따왔지만, 내용 면에서는 상당한 차이가 있다.

셋째, 우리나라 연구소의 고질적인 결함인 어두컴컴한 연구실 구조를 피하기 위해 건설비가 30퍼센트나 비싼 인터스티셜 빌딩 Interstitial Building 구조를 도입했다. 층 높이를 높이고 전기 및 용수 배선을 각층 사이에 위치시킴으로써 고장이나 앞으로의 용도 변경에도 쉽게 대처할 수 있도록 한 것이다.

그리고 하나를 더 추가한다면, 연구동과 일반 사무동을 완전히 분리해 연구원들이 연구에만 전념할 수 있도록 한 것도 특징이라고 할 수 있을 것이다.

이상과 같은 연구소 설계에 관한 기본 개념은 내가 오랜 세월 연구소에서 일하면서 터득한 경험에서 얻은 것이다. 물론 사용자의 니즈needs에 맞춰 심혈을 기울인 이런 기본 개념에도 불구하고, 건물을 지어 놓으면 장점보다는 단점이 먼저 눈에 띄기 십상이다. 그러나 이러한 일련의 아이디어를 만족시키기 위한 기본 개념을 도출하기도 그리 쉬운 일은 아니었다.

결론적으로 우리 연구소와 같은 건물은 세계 어디에도 없으며, 우리만이 갖는 독특한 디자인 설계라고 자부한다. 이로써 LG화학은 하드웨어 측면에서는 외국의 어떤 선진 연구소에도 뒤지지 않는 시설을 갖추게 되었고, 앞으로는 실험 장비도 선진국 수준을 따라잡게 될 것이다. 비록 규모 면에서는 세계 제일의 연구소는 아니지만 연구 환경만큼은 세계 어느 연구소와도 경쟁할 수 있다고 자부한다. 럭키기술연구원 건물은 1996년 8월에 '한국건축문화대상'(제6회 대상)을 수상했다.

이런 연구소를 건립하기까지에는 많은 분들이 물심양면으로 도움을 주었다. 우선 럭키 사장을 역임한 최근선崔根善 당시 부사장은 연구소 건설을 지원했을 뿐만 아니라, 내가 LG에 재직하는 동안 R&D 전반에 관해 가장 이해가 많은 경영자였다. 동부단지 연구소 건립이 당시로서는 럭키화학 매출 규모로서는 감당하기 어려운 투자였는데도 최근선 사장은 미래를 내다본 나의 의견을 존중해 지원을 아끼지 않았다.

상공부 화학공업국장 출신으로 소신대로 하고 싶은 일을 하려고 럭키로 왔다는 최근선 사장은 연구소 일이라면 나에게 무조건 협조해 준 고마운 분이었다. 또한 연구소 건설을 내 일처럼 챙긴 박두원 시설부장과 연구소 건설 기획에 참여한 기획팀 멤버들, 그 중에서 특히 지용봉, 안창수 부장과 박세진 과장(현 레고켐바이오사이언스 부사장), 그리고 이성만 과장(현 LG화학 상무) 등에게 감사를 드린다.

본사 임직원이 청심환 먹고 시찰한 '하이테크 리서치 파크'

내가 추진한 'LG 하이테크 리서치 파크'를 모두가 다 찬성하고 지원한 것은 아니었다. 내가 기술연구원장에서 퇴임한 뒤에 1990년대 말까지만 해도, 서울 여의도 본사에서 일부 경영진이 기술연구원을 방문할 때면 "같이 오는 부장들이 연구소 건물을 보고 놀라서 심장마비 걸릴까 봐 미리 우황청심환을 먹게 한다"고 우스갯소리를 할 만큼 다른 기업 연구소에 비해 규모가 컸다.

하지만 'LG 하이테크 리서치 파크'는 다른 회사들이 벤치마킹하는 연구소가 될 만큼 다른 기업들로부터 좋은 평가를 받았다. 국내 기업은 물론 외국에서도 우리 연구소를 벤치마킹 하기 위해 투어를 오는 경우가 많았는데, 사업부서 사람들에 따르면, 외국인들에게 연구소 투어를 시켜 주면 일단 기가 꺾였으니 투어 자체만으로도 비즈니스에 눈에 보이지 않는 기여를 했다고 말하곤 했다.

또한 그 무엇보다도 우리 연구소에서 이루어 낸 연구개발의 실적과 우리 연구소의 연구개발 능력을 평가한 다양한 수상 실적으로 객관적인 인정을 받았다. 내가 기술연구원장에서 퇴임할 때까지의 주요 개발 실적과 수상 실적은 다음과 같다.

우선 ㈜럭키는 우선 유전공학 분야에서 1989년 세계 최초의 유전공학적 암 치료제인 감마 인터페론 개발에 성공한 이후로, 한국형 C형 간염 바이러스의 염기서열 규명(1991년), 간염 진단시약 개발(1992년 승인), 인간 성장호르몬 유트로핀 개발(1993년 승인), 산유 촉진제 부스틴-S 개발(1994년 승인), 백혈구 생성 인자(GM-CSF) 개발(1995년 승인) 등의 성과를 거두었다. 우리가 바이오테크놀로지로 시장을 선점한 인간 성장호르몬은 그후 20년 동안 매출 규모가 1조 원에 이르렀다.

㈜럭키는 럭키바이오텍(LBC)과 중앙연구소 유전공학연구부가 공동개발에 성공한 세계 최초의 유전공학 암 치료제인 감마 인터페론

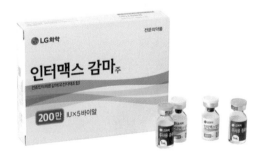

으로, 한국산업기술진흥협회와 매일경제가 우리나라 첨단기술 연구 능력의 선진화를 목적으로 제정해 1991년부터 시행한 'IR52 장영실상'을 처음 수상한 것을 위시하여 초기 3년 동안 여섯 건의 상을 받음으로써 화학기업으로서는 최다 수상 기록을 세웠다.

바이오텍연구소는 1994년에 젖소의 산유량을 최대 25퍼센트까지 증가시킬 수 있는 산유 촉진 단백질(부스틴-S)을 국내 최초로 유전자재조합 기법으로 개발해 정부의 승인을 받았다. 이는 유전공학에 의한 최초의 동물용 의약품 개발이라는 점에서 국내 유전공학 기술 수준을 한 단계 끌어올렸다는 평가를 받았다. LG화학은 1995년에 이집트에 500만 달러 상당의 수출계약을 체결해 세계에서 두 번째 부스틴-S 생산·수출국이 되었다. 1985년부터 100억

LG화학 익산 부스틴 공장 전경.

원의 연구비를 들인 이 프로젝트에는 바이오텍연구소 조중명 소장과 송지용 연구위원, 장병선 부장 등이 참여했고, 역시 장영실상을 수상(1995년)했다. 부스틴은 지금도 전세계에서 미국 몬산토사와 LG화학만이 생산할 수 있는 고도의 독창적인 바이오테크 생산기술이 적용된 동물용 의약품이며, 생산량의 96퍼센트를 수출하는 독특한 유전공학 제품이다.

정밀화학 분야에서는 앞서 밝힌 대로, 상품화에는 이르지 못했지만, 1991년 세계 최초로 제4대 세파계 항생제 개발에 성공해 영국의 글락소사에 기술수출을 하는 쾌거를 이룩했으며, 그 뒤에도 고급 분산염료(CID Red 343) 개발(1993년 장영실상 수상), 살균제 프로시미돈(PCD, 1994년) 등을 개발하는 데 성공했다.

프로미시돈은 '프로파'라는 제품으로 상품화했는데 비닐하우스 작물과 과수에서 생기는 병해충 예방, 치료제로 탁월한 효험을 나타내, 일본으로부터 수입에 의존해 오던 국내 원예작물 살균제 시장의 83.4퍼센트를 대체하는 성과를 거두었다. 정밀화학연구소 조진호 책임연구원이 총괄한 이 프로젝트 역시 1994년 4월에 장영실상을 수상했다.

고분자연구 분야에서는 1991년 내후성 충격보강재를 개발(1992년 장영실상 수상)한 것을 필두로 반응형 난연難燃 ABS 수지*, 범퍼

---

* 스타이렌, 아크릴로나이트릴, 뷰타다이엔의 세 성분으로 이루어진 ABS수지(Acrylonitrile Butadiene Styrene Copolymer)에 자기 소화성을 부여해 난연성을 높인 스타이렌수지이다. 인장 강도와 굴곡 강도가 뛰어나고, 광택성이 좋으며 충격과 약품에 견디는 성질이 우수하여, 전기, 전자 제품, 자동차 내외장재, 헬멧, 컴퓨터 모니터 내외장재 등에 쓰인다.

용 폴리에스터계 알로이 제품(1992년 장영실상 수상), 바이그라프트 ABS수지(1993년 장영실상 수상), 토너용 수지(1995년 장영실상 수상), 고기능성 플라스틱 표면처리제(1996년 장영실상 수상) 등 다양한 첨단 고기능 신소재 개발에 성공했다. 또한 플라스틱 표면에 흠집이 나는 것을 방지하고 내마모성을 크게 향상시킨 첨단 열경화형 실리콘계 코팅제를 자체기술로 개발해 1996년에 장영실상을 수상했다.

한편, LG화학은 과학기술처가 1993년부터 국산 신기술 개발을 독려하고 국산 기술의 우수성을 공인함으로써 제품에 대한 구매력과 신뢰성을 제고하기 위해 제정한 '국산 신기술 인정 마크Korea Good Technology,' 즉 KT마크도 다수 획득했다. LG화학은 시행 첫해인 1993년에 바이크라프트 ABS 제조기술 등 8건, 1994년에 농약원제 사이퍼메트린 제조기술 등 7건 등에 KT마크를 획득해 국내 기업 중 국산 신기술을 가장 많이 보유한 회사로 기록되었다.

이와 같은 대외 기술상의 수상과 함께 1991년 4월에는 정밀화학연구소의 김용주 책임연구원이 제4세대 세파계 항생제를 개발한 공로로 동탑산업훈장을 받은 데 이어, 1992년 5월에는 정밀화학연구소가 기업 연구소로서는 처음으로 5·16민족상 산업부문 본상을 수상했다. 그리고 나도 LG화학에서 연구개발에 기여한 공로로 1993년 4월 동탑산업훈장을 수상하는 영예를 안았다.

이러한 연구개발 및 수상 실적은 미래를 내다본 최고 경영진의 아낌없는 연구개발 투자, 미래 수익을 준비하는 연구소 책임자의

LG의 'IR52 장영실상' 역대 수상 실적*

연도	제품명
1991	인터맥스 감마(감마인터페론)
1992	내후성 충격보강재, 폴리에스테르계 범퍼용 소재
1993	유트로핀(재조합 인간성장 호르몬), 고급분산원료, Bi-Graft ABS
1994	살균제 PCD(Procymidone)
1995	부스틴-에스(소성장 호르몬), 토너용 수지
1996	류코젠Leucogen, 고기능성 실리콘계 표면처리제
1997	의약품(항생제) 중간체 DAMA 및 유도체 외 2종
1998	고활성 피레스로이드계 농약원제 델타메스린 외 2종
1999	메탈론센 폴리에틸렌 회전성형 그레이드 외 1종
2000	의약용 히알루론산 외 3종

중장기 발전계획 수립과 추진, 그리고 그 무엇보다도 신물질을 개발하기 위해 연구원들이 흘린 땀과 열정의 결과물일 것이다.

LG화학은 21세기 초우량 화학회사 진입을 위해 유전공학, 정밀화학, 신소재 분야를 미래의 3대 핵심 사업으로 설정하고, 특히 정밀화학 및 의약 부문의 매출 비중을 2000년까지 30퍼센트 이상 높인다는 전략을 수립했다. 그리고 나는 이를 뒷받침하기 위한 연구개발 중장기 발전계획을 수립했다. 오늘날 LG화학의 주력 사업이 된 2차전지, 편광판, OLED 등도 1990년 초에 화학제품, 농약, 염

---

* 「LG 50년사」, 1997년, 395쪽 및 IR52 장영실 사이트(www.ir52.com) 참조.

료, 화장품, 건축자재 중심이던 화학 분야에서 정보전자재료를 주력하겠다는 기치를 내걸고 씨앗을 뿌렸기 때문에 가능했던 것이다.

럭키기술연구원은, 내가 원장에서 퇴임하던 1995년에 회사 그룹의 최고 경영진이 구자경 회장 체제에서 구본무具本茂 3대 회장 체제로 바뀐 가운데, 럭키와 금성으로 혼재된 럭키금성 그룹 계열사의 CI(Corporate Identity)를 'LG'로 통일하면서 ㈜럭키가 LG화학으로 바뀜에 따라 기술연구원도 LG화학 기술연구원으로 개칭되었다. 결과적으로 나는 '럭키'로 입사해 'LG화학'으로 퇴직했다. LG화학은 뒤에 LG화학, LGCI(생명과학), LG생활건강으로 분할되었고 LGCI는 LG생명과학을 거쳐 다시 LG화학으로 통합되었다.

내가 미국에 현지법인 LBC(Lucky Biotech Corporation)를 설립할 당시 미국에서 생명공학 박사 과정에 있던 한국인은 20명쯤 되었다. 1984년 7월에 설립한 LBC는 내가 퇴임할 때까지 럭키의 생명과학 연구의 전진기지로서 소임을 다했다. 이후 1997년에 LG는 다시 미국 캘리포니아주 샌디에이고에 해외 연구법인 LG BMI(Biomedical Institute)를 설립했다. LBC가 다져 놓은 신약 개발을 위한 기초기술 연구를 토대로 본격적인 생명공학 전문 연구기관을 설립한 것이다.

나는 1995년 12월에 LG화학 기술연구원장에서 퇴임하고 1996년에서 1997년까지 이태 동안 LG화학 고문 겸 LG BMI의 현지 연구소장으로서 기술 개발 및 도입 업무를 하면서 샌디에이고에서 여유로운 생활을 누렸다. 그때는 내가 경제적으로 여유가 있는 가

LG화학 R&D 국내 사이트 현황(2017년 현재).

운데 내 은사이자 결혼식 때 아내의 대부代父였던 머레이 굿맨 교수
가 캘리포니아대 샌디에이고 캠퍼스UC San Diego 종신교수로 있을
때여서 그의 부인 젤다Zelda와 우리 부부는 가족끼리 아주 가깝게
지냈다.

　1979년 기업 부설 연구소로서는 처음으로 대덕연구단지에 입주
한 럭키중앙연구소는 초기에 40여 명의 연구 인력으로 출범했으
나, 내가 퇴임하던 1995년에는 연구개발 인력이 총 1,161명(기술연
구원 635명, 사업부연구소 526명)으로 무려 30배 가까이 늘어났다.
기술연구원의 인력 구성도, 1996년 현재, 박사 132명으로 초기보
다 20배나 늘었다. 종업원 100명당 연구원 수를 비교하더라도, 선
진국인 독일의 훽스트Hoechst가 9.4명 인 데에 견주어 7.9명으로

얼추 근접해 있었다. R&D 투자비도 1995년에 1천500억 원으로 늘었다.

LG는 "간부들이 우황청심환을 먹고 시찰했다"는 동부단지 10만 평에 세운 'LG Hi-Tech Research Park'로도 부족해 서울 마곡 산업단지에 'LG 사이언스 파크'를 건립했다. LG가 총 4조 원을 투자해 건설 중인 '마곡 LG 사이언스 파크'에는 2018년부터 2020년까지 LG전자, LG디스플레이, LG화학 등 8개 계열사의 R&D 인력 2만2천 명이 입주해 근무하게 된다.

LG 사이언스 파크는 국내 최대 규모의 융복합 R&D 단지로, 축구장 24개 크기인 17만여 평방미터에 이르는 용지에다 연면적 111만여 평방미터 규모로 연구시설 16개 동이 들어선다. LG 사이언스 파크는 전자, 화학, 통신 등 주력 사업과 에너지, 자동차 부품 등 성장사업 분야 연구인력들이 융복합 연구와 핵심 원천기술 개발을 통해 시장 선도 제품과 차세대 성장엔진을 발굴하는 'R&D 혁신의 장' 역할을 하게 된다.

연구소 운영에 대한 나의 소신

인재 발굴

- 채용에는 소장을 위시한 최고 간부 전원이 참가한다.
- 전문적 지식과 개인의 역량을 알아본다.

- 일에 대한 열성도를 중시한다. 혜택benefit부터 따지는 사람은 성과를 낼 수 없다.
- 항상 전체적 채용 기준을 높이 둔다. 능력만 있으면 국적을 가리지 않는다.
- 남녀, 지방을 차별하지 않는다.
- 핵심 연구원은 내가 직접 뽑는다.
- 보수적인 사고방식을 가진 사람은 채용을 극히 제한한다.
- Cultural Leader(Organizational Leader)를 찾는다.

연구 환경 조성

- 연구소 운영에서 중요한 것은 개인의 발견, 발명과 팀 워크Team Work의 구별이다. 나는 "발명은 개인의 발상에서, 일은 팀이 한다"라는 철칙을 고집해 왔다. 포상 제도에서도 이러한 점을 혼동하는 경우가 허다하다.
- "발명의 발상에는 팀이란 개념이 없다." 최고 관리자Top Manager가 발명의 영광을 차지해서는 안 된다.
- 나는 거의 날마다 (시간이 허용하는 한) 연구소를 순회하고, 연구원들과 대화를 나누는 기회를 가졌다. 이런 기회에 연구원들과 토론도 하고, 문제점을 파악하고, 애로 사항도 듣고, 상호간의 갈등도 알게 되었다. 결과적으로 나의 이런 노력은 연구소의 연구 환경을 개선해 나가는 데 큰 도움이 되었다.
- 필요한 기기가 없다고 하면(대개 불평불만의 대부분은 여기에서 비롯

된다), 가능한 범위 내에서 긍정적으로 받아들여 구매하려고 애
썼다.

- 나는 연구소 순회 중에 연구원을 만나면, "What's new?"라고 인
  사를 건넨다. 상대방이 "Nothing" 하고 대답하는 것이 보통이겠
  지만, 10번씩이나 매번 "Nothing" 하고 되풀이할 수는 없다. 무엇
  인가 새로운 것을 보여 주어야겠다는 마음이 한두 번쯤은 들 것
  이다. 이렇게 해서 이들과 친구가 되고 서로 대화를 나누다 보니
  자연히 연구원과 가까워졌다. 이런 태도는 내가 타고난 천성인 듯
  하다.

- 끝으로, 나는 계획 세우기Planning를 좋아한다. 아침에 잠에서 깨
  어나면 그날 할 일들을 차례로 생각하고, 틈만 있으면 주중 계획,
  연중 계획, 그리고 앞으로 과학Science과 기술Technology이 어떻
  게 변화할 것인가 하는 장기 전망도 생각해 본다.

고별사告別辭*

친애하는 연구원 여러분!

오늘 발표를 통해 여러 분들께서도 아셨겠지만 본인은 금년 말을 기하여 정년 퇴임하게 되었습니다. 1월 1일부터는 그동안 고분자연구소를 맡아 운영해 오신 여종기 소장께서 부사장으로 승진하시어 기술연구원을 맡게 되었습니다. 그동안 우리 CU의 주력 사업인 석유화학 분야의 연구개발을 성공적으로 수행해 왔으며, 앞으로도 기술연구원을 훌륭히 이끌어 갈 것이라고 확신합니다. 또한 여러분들께서도 신임 여종기 원장을 성심껏 도와주시고 새로운 정책에 적극적으로 참여해 줄 것으로 믿어 의심치 않습니다.

그러고 보니 제가 이곳에 몸담은 지도 벌써 15년이 넘었습니다. 흔히들 10년이면 강산도 변한다고 합니다만, 한국의 빠른 R&D 환경의 변화를 생각할 때 그동안 우리에게는 엄청난 변화가 있었습니다. 1979년에 기업 연구소로는 처음으로 대덕연구단지에 입주하여 50여 명의 연구 인력으로 시작한 이래 중앙연구소로서의 기틀을 잡았으며, 전문연구소 위주의 연구개발 본부 체제를 거쳐, 지금처럼

* 1995년 12월 LG화학 부사장 겸 기술연구원장 직에서 퇴임하면서 했던 고별사를 원문 그대로 싣는다.

650명에 이르는 연구 인력이 종사하고 있는 기술연구원 체제로 성장하기까지 우리의 연구개발은 짧은 시간 내에 엄청난 성장을 이룩했다고 믿습니다.

원래 저는 과거를 돌아보는 것을 즐기는 사람이 아닙니다. 제가 몇 년 전 신년사에서 말했듯이, 비행기 운전석에는 백 미러back mirror가 없습니다. 뒤를 돌아보는 것 자체가 제 성격에 맞지 않을 뿐더러 앞으로 해야 할 일들만 생각하기에도 저에게 주어진 시간은 항상 부족했던 것 같습니다. 과거를 돌이켜 보는 일은 인생의 마지막 순간에 하면 될 것이고, 평가는 먼 훗날에 받으면 될 것입니다.

15년 동안 저는 변하지 않는 신념 하나로 이 연구소를 운영해왔습니다. 그것은 "어떻게 하면 우리 연구소를 월드 클래스World Class의 연구소로 만들까" 하는 것이었습니다. 그래서 저는 저에게 주어진 일에 최선을 다하려고 노력해 왔고 항상 미래지향적 사고로 이 연구소를 이끌어 가고자 노력해 왔습니다. 쉽지 않은 과정이었지만 그 과정에 대해 한 점의 후회도 없습니다. 그리고 제 인생의 많은 부분을 보낸 이곳에서 생활한 것에 대해서도 만족합니다. 하지만, 혹시라도 저의 재임 기간 중 의도하지 않은 일로 피해를 입었던 분이 계시다면 너그러운 마음으로 용서하시기를 바랍니다.

지난달 이맘때쯤 저는 미국에 있었습니다. 미국 출장 기간 내내 저는 어떻게 하면 빠른 시간 내에 우리 연구소가 'World Class' 연구소로 성장할 수 있을까 하는 생각에 골몰하였습니다. 여러분도 아시다시피 우리 CU에서는 2000년에 세계 30대 화학회사로 발전하고, 창사 100주년이 되는 2047년에는 세계 10대 화학회사로 진입하겠다는 야심 찬 청사진을 가지고 있습니다. 그러나 저는 이 계획이 현재의 사업만 가지고는 달성하기가 어렵다고 생각합니다. 사업 영역의 재조정 없이는 발전의 한계에 도달했다고 봅니다.

제 생각에는 이를 달성하기 위한 방법은 크게 보아 두 가지라고 생각합니다. 하나는 전략적 제휴Strategic Alliance요, 또 하나는 R&D입니다. 그리고 이 두 가지 방법 모두가 Globalization을 통해서만 가능합니다. 여러분 중 혹시 전략적 제휴는 비지니스 측면의 이야기라고 생각하시는 분이 계실지 모르겠지만, 저는 그렇게 생각하지 않습니다.

전략적 제휴의 핵심은 그 기업의 기술 수준에 대한 평가입니다. 그 기업의 기술 수준에 대한 명확한 평가 없이는 제휴가 성공하기 어렵습니다. 따라서 제휴에 있어서 무엇보다 중요한 것은 그 기업의 기술 수준을 평가할 수 있는 정보의 원활한 제공과 획득, 그리고 평가입니다. 요즈음 인터넷을 적극적으로 활용한다든지, 정보 고속도로Information Highway를 건설한다든지, 인공위성을 띄운다든지 하는 것 모두가 어떻게든 필요한 정보를 남보다 빨리 얻고자 함입니다. 이제 PC 없는 연구 생활이란, 마치 장님이 코끼리를 어루만지는 식의 생활이 되어 버렸습니다. 정보의 습득이란 마치 우리 몸의 오감과 같은 것이어서, 보고 듣고 하는 기능이 제대로 돌아갈 때 건강하듯이 정보의 획득, 유통이 원활할 때 연구개발이나 사업의 제반 문제들이 잘 수행될 수 있습니다.

비전Vision 달성을 위한 또 하나의 방법인 R&D에 대하여 말씀드리자면, 우선 우리 R&D가 세계 수준이 되어야 한다는 것입니다. 앞서 말씀드렸듯 전략적 제휴나 아웃소싱outsourcing 추세는 연구개발에서도 예외가 아닙니다. 오히려, 연구개발 측면에서 이를 선도하고 있다는 느낌마저 듭니다. 따라서 이러한 추세에 부응하기 위해서는 일단 우리 자신이 세계 수준의 연구소로 성장하는 것이 무엇보다 급선무라고 생각합니다. 왜냐하면 서로 주고받는 관계가 성립되지 않으면 협력과 제휴란 불가능하기 때문입니다.

여기서 'World Class Research Institute'란 어떤 연구소를 지칭한다고 생각하십니까? 저 나름대로는 세계 수준의 연구 하드웨어를 갖추고, 세계 수준의 연구 인력들이 모여, 세계 수준의 연구 성과를 내는 곳이 'World Class'라고 생각합니다. 동부단지의 건설로 세계 무대에 내놓아도 부끄럽지 않은 연구소가 건립되었고, 여기에 걸맞은 기기들도 속속 갖추어지고 있습니다. 남은 것은 연구 인력을 어떻게 하면 세계 수준으로 확보하고 육성할 것인가 하는 점과, 어떻게 세계적 수준의 연구 성과가 창출될 수 있도록 연구소를 운영할 것인가 하는 점이라고 생각합니다.

우선 세계 수준의 연구 인력을 확보하기 위해서는 지금까지 추진해 온 연구인력 고도화 정책(유학 특혜 시책)을 지속적으로 시행해야 할 것이며, 앞으로는 외국 연구 인력도 적극적으로 유치해야 할 것이라고 생각합니다. 특기와 실력이 있는 연구원이면, 국적, 인종, 성性의 차별 없이 누구나가 일할 수 있는 오픈된 연구소가 되어야 할 것입니다. 실례로 지금 현재의 연립주택을 개조하여 외인 숙소로 만들려는 계획도 추진 중에 있습니다. 'Internal Globalization'(내부의 세계화)이 되어야만 세계를 무대로 당당히 경쟁을 하고 전략적 제휴를 할 수 있는 연구소가 될 수 있을 것입니다.

두 번째로, 연구소 운영과 관련된 점입니다. 연구소는 무엇보다도 능력 본위로 운영되어야 하며, 연구원이 스스로 자기의 일을 찾아서 실행할 수 있어야 합니다. 연구의 최대 적이라 할 수 있는 권위주의가 팽배한 조직, 상사에게 의존하는 조직, 권한은 없고 책임만 많은 조직이 되어서는 안 될 것입니다. 이를 위해서는 능력에 따른 평가와 보상이 공정하게 주어지도록 조직이 운영되어야만 하겠습니다. 결국은 능력주의에 기초를 둔 사회가 가장 공평하고 합리적인 사회라고 할 수 있습니다. 지금까지는 능력 위주의 평가를 해 왔다고 생각합니다마는 앞으로 더 능력 위주의 인사 정책을 펴 나가기를 부탁드립니다.

마지막으로, 가장 중요한 것은 여기 모이신 여러분의 마음가짐이라고 생각합니다. 여러분들이 세계적 수준의 연구소에서 일하고 있다는 자긍심을 갖지 않는다면 어떠한 노력도 수포로 돌아갈 것입니다. 나는 세계인이며, 내가 세계 최고 수준의 연구소에서 일하고 있다는 긍지를 가지고 연구에 전념해 주기를 부탁드립니다.

이제는 이 연구원을 퇴직하는 마당에서 제가 해 놓은 일들을 간추려봅니다.

연구소	구분	개발자
고분자	Acrylate	촉매: 이원호, 고동현
		공정: 박광호
	ABS/PS	이찬홍, 유진녕(난연-Grade)
	엔지니어링 플라스틱	여종기, 유진녕, 정규상
	OLED	손세환
	편광판	황인석, 윤석현, 김성현,
		장석기(접착제)
	감광제	김경준, 김성현
정밀화학	무공해 농약(피레트로이드계)	어홍선, 오헌승
	분산염료	최재홍, 윤천
	작물 보호제(농약원제)	조진호, 최종권
생명과학	팩티브(신약 개발 1호)	최수창, 홍창용(김용주, 양홍준)
	유전공학 초기 제품	조중명, LBC 연구팀, 송지용,
		바이오텍연구부
	인간성장호르몬(유트로핀)	조중명, LBC 연구팀
		송지용, 박순재, 원특연, 한규범
	B-형 간염 백신	조중명, LBC 연구팀, 송지용, 박순재,
		임국진
	의약용 히알루론산	박명규, 김진훈, 한규범
	소 성장호르몬(부스틴)	조중명, LBC 연구팀, 김천형, 송지용,
		발효 및 정제(권선훈, 이홍균, 한규범),
		제형(김남중, 이병건, 류제필),
		동물 임상 허가(장병선)
정보전자	리튬전지	김명환, 정근창

기타 연구소 경영에 공헌이 많은 사람들

- 정책적 및 재정적 장기 지원: 구자경 회장, 구자학 사장, 최근선 사장
- 연구원에게 "우리도 하면 된다"라는 긍정적 사고를 심어 준 원장, 소장
- 모든 관료적 간섭을 막고, 고무적 연구 분위기 조성: 원장, 소장의 역할
- 조직 개편을 통해 Multidisciplinary한 단일 조직으로 통합: 원장
- 어려운 여건 하에서도 한국에서 제일 가는 전문 인력을 모음: 원장
- 달성하고자 하는 목표가 뚜렷하고(예: 신약 개발 제1호), 거시적인 구상에서 세부적인 실천계획까지 조직적이고 치밀한 기획력이 있었음: 기획팀, 프로젝트 리더, 소장, 원장

이제는 1995년도 서서히 저물어 가고 있습니다. 한 해가 가고 한 해가 다시 시작되는 시점이면 여러분들이 느끼시는 감회도 각자 다르리라고 생각됩니다마는, 저로서는 금년 한 해가 유난히도 저의 기억에 남는 해였다고 생각합니다. 15년을 몸담고 있던 이 연구소를 퇴직하고 제2의 인생을 시작하게 됩니다. 우리가 World Class의 연구소로의 도약을 꿈꿀 수 있는 것도 바로 여러분이 있기 때문입니다. 긍지를 가지고 일하십시오. 여러분이야말로 대한민국 제1의 과학자요, 엔지니어입니다.

2018년 1월 현재, LG화학 R&D 파트는 기초소재, 정보전자소재, 재료, 전지, 기반기술/미래신사업, 생명과학의 6개 분야로 나뉘어 중앙연구소는 기반기술/미래신사업 분야를 관장하고, 생명과학연구소는 생명과학 분야를 관장하고 있다.

기초소재 분야는 1978년 국내에서 처음으로 연간 5천 톤 규모로 ABS 수지 사업을 시작한 이후로 내열, 투명, 난연, 고광택 ABS 등의 신제품 개발 및 지속적인 품질 향상을 통해 현재 연간 160만 톤 생산 규모로 성장해, 세계 시장점유율 1위를 확보하고 있다. 또한 LG화학은 기초소재 분야에서 신촉매, 신공정 개발을 통해 주력 제품의 가격 및 품질 경쟁력을 높이고, 지속적으로 고부가 가치 프리미엄 제품을 출시하고 있다. 최근에는 올레핀 블록 공중합체를 합성할 수 있는 신물질 단일 촉매를 세계 최초로 개발하여 상업화를 준비 중이다.

LG화학은 석유화학 분야 중심이던 것에서 벗어나 1990년대 중반에 새로운 성장 엔진으로 정보전자소재 사업을 기획하고서, 연구개발 및 사업화의 Master Plan을 수립하여 미래의 핵심 사업으로 육성하였다. 그리하여, 일본 기업이 전세계 시장을 장악하고 있던 주요 정보전자 소재/부품의 독자 개발에 성공해 LCD용 편광판은 세계 1위, 감광재는 세계 2위의 매출을 달성하였다. 그밖에도 다양한 광학필름/소재, 전자재료 소재, 2차전지 소재를 개발하여 사업화하였다.

이를 통해 우리나라의 디스플레이, 휴대폰 등 IT 산업이 세계 일등이 될 수 있는 기반을 제공하였으며, IT 제품의 성능 향상과 함께 원가 경쟁력 강화에도 크게 기여하고 있다. 특히 2010년에는 편광 안경 방식의 3D-TV를 구현할 수 있는 FPR(Film Patterned Retarder)을 세계 최초로 개발하여 값싸고 편리한 3D-TV 시장을 창출함으로써 TV 산업의 판도를 바꾸는 데 결정적인 기여를 하였고, 오랜 기간의 연구를 통해 축적된 OLED 물질 경쟁력을 기반으로 OLED 조명 사업도 적극 추진하고 있다.

재료 분야의 경우, Display 분야에서 지속적인 성과 창출을 위하여 요구되는 차별화된 소재 개발을 위하여 연구를 진행 중이며, 주요 연구 분야로는 LCD용 Color Filter, OLED 물질 및 Flexible 기판 소재 등이 있다. 그외 LED 및 OLED 조명용 소재 및 양극재 등의 전지 재료 분야에서도 기술적인 우위를 확보하였다. 차세대 디스플레이 소재인 OLED 핵심 물질을 확보함으로써 이 분야에서 세계적인 리더로 주목받고 있다.

전지 분야는 1996년 전지 관련 연구를 시작한 이후 Mobile 전지, 자동차 전지, 전력저장 전지 분야에서 기술적 우위를 바탕으로 뚜렷한 성과를 내고 있다. Mobile 전지는 2013년 IT 기기의 공간 사용을 극대화함으로써 배터리 용량을 높일 수 있는 Stepped Battery, 곡면 IT 기기에 최적화된 휘어진 배터리인 Curved Battery, 구부리고 감고 매듭을 묶어도 성능에 전혀 문제가 없는 Wearable 기기에 최적화된 Wire Battery를 개발하였다.

자동차 전지 분야는 소재부터 셀, Pack, BMS 개발에 이르기까지 세계적인 경쟁력을 갖추기 위해 꾸준히 노력했으니, 2009년 GM Volt용 배터리 공급업체로 LG화학을 선정한 것을 시작으로 2014년 현재 GM, 르노, 볼보, 현대·기아차 등 글로벌 유수의 20여 개 자동차 메이커와 장기 공급 계약을 맺어 기술적 우수성을 인정받고 있다. 전력저장전지는 2013년 북미 대형 전력망 과제 SCE 프로젝트 양산 공급을 시작으로 북미/유럽 지역의 대형 프로젝트를 수주하고 있다. 또한, 주택/산업용 Major 업체인 SMA 및 IBC Solar를 고객으로 확보하였고, UPS/IDC에서는 유플러스 및 일본 SoftBank의 공급업체로 선정되는 등 전력저장 전 분야에서 앞선 기술을 인정받고 있다.

중앙연구소는 핵심 기반기술의 육성과 융합을 통해 현 사업의 경쟁력 향상과 함께, 차세대 신사업 분야의 기술 확보 및 제품 개발을 통해 확고한 글로벌 리더십을 갖춘 세계 최고의 연구소가 되기 위해 노력하고 있다.

LCD의 핵심 부품인 편광판의 Black Box 기술인 점착 및 코팅 기술을 내재화하여 일본 기업들이 강세를 보이던 디스플레이 시장을 한국이 주도적으로 이끌게 되었다. 또한 석유화학 기초 유분의 다양한 공정에 분리벽형 증류탑을 적용함으로써, 한국의 공정 설계 기술의 자립화를 이루었으며, 특히 석유화학의 최대 에너지 소비 공정인 증류 공정의 에너지를 획기적으로 절감함으로써, 최소의 투자로 최대의 증설 효과를 낼 수 있는 기술적 토대를 마련하였다. 이와 같이 점·접착, 코팅, Simulation, 분석 기술 등 핵심 기반기술을 지속적으로 강화하여 현 사업의 경쟁력 확보를 위해 노력하고 있다.

OLED 소자의 성능 및 수명 확보를 위해서는 수분을 차단할 수 있는 기술이 필요하다. LG화학의 핵심 기반기술인 점·접착 기술에 수분 흡착제, 소자의 강성, 방열성을 동시에 구현할 수 있는 FSA(Face Seal Adhesive)를 세계 최초로 개발함으로써, 세계 최초로 55인치 OLED TV 출시에 기여했으며, 앞으로 Flexible OLED에도 적용할 예정이다. 중앙연구소는 이와 같이 신·재생 에너지, 친환경 소재, 차세대 디스플레이 소재 분야 등을 중심으로 적극적인 연구개발을 추진하여 미래 신사업 기회를 발굴/육성하고 있으며, 특히 지속적 경쟁 우위가 가능한 원천기술 확보를 위해 노력하고 있다.

LG화학 생명과학연구소는 1981년 한국 최초 기업 부설 '유전공학 전문 연구소'에서 출발한 이래로 국내 최고 수준의 연구개발 투자와 해외 유수 제약기업들과의 전략적 제휴를 지속함으로써 글로벌 수준의 전문 의약품 연구개발 조직으로 성장해 왔다. 그 결과, 유전공학 제품 '인터맥스 감마'(1984), 인간 성장호르몬 '유트로핀'(1993) 등 다수의 바이오 의약품을 국내 최초로 출시하였으며, 2003년에는 퀴놀론계 항생제 '팩티브'의 미국 FDA 허가를 획득함으로써 한국을 세계 10번째 신약 개발국에 진입하게 하는 쾌거를 달성하였다.

2012년에는 국내 최초 당뇨병 치료제 '제미글로'를 출시하였고, 최근에는 5가 혼합백신 '유펜타'의 세계보건기구(WHO)의 사전적격 심사 통과(2016)를 통해 글로벌 입찰 시장에 진출하는 등 30여 년 동안 국내 제약산업의 연구개발을 주도해 왔다. 이러한 의약품 연구개발 경험을 바탕으로, 생명과학연구소는 백신, 바이오시밀러 등 다수의 바이오 의약품을 글로벌 시장에 진출시킴과 더불어, 미래 성장을 위한 혁신적인 신약 개발을 가속화할 예정이다.

또한 현재까지 LG화학 출신의 대학교수가 170명이나 되며, 많은 바이오 기업들에 LG화학 출신들이 포진되어 연구개발 추진력과 해외 기술이전 및 공동연구 등 기업 비즈니스에서 놀라운 능력을 보여주고 있다. 특히 바이오 벤처 분야에서 LG화학 출신 CEO들은 두드러진 활약을 하고 있어, LG는 한국 바이오벤처 인재 사관학교로 국내 바이오 산업 발전에도 크게 기여하였다는 평가를 받고 있다.

먼저 오늘 상장이 이루어지기까지 열심히 일해 오신 레고켐바이오 LegochemBio의 임직원 여러분, 김용주 대표이사, 그리고 이 자리를 빛내 주기 위해 참석하신 모든 내빈 여러분들에게 축하의 말씀을 드리고자 합니다.

돌이켜 보면, 김용주 대표와의 인연은 LG화학 때부터 시작됩니다. 제가 LG화학의 연구소장이던 시절, 카이스트KAIST에서 학위를 마치고 첫 직장인 LG화학에 입사한 김 박사는 정밀화학 분야에 둥지를 틀고 일을 시작했습니다. 그후 우여곡절 끝에 정밀화학 분야와, LG가 우리나라에선 처음으로 시작한 유전공학연구부를 합병해 의약품연구부로 개편하고서, 이 새로운 연구부의 신약 개발의 총책임자로서 항생제 개발의 주역을 맡아 신약 개발의 연구 생활을 시작하게 됩니다.

여러분께서도 이미 아실 줄 믿습니다마는, 김 박사께서는 우리나라에서는 처음으로 1991년에 세파계 항생제를 영국 그락소Graxo

---

* 2013년 5월 10일 레고켐바이오LegochemBio의 주식 상장을 기념한 축사 전문이다.

사에 수출하는 금자탑을 탄생시킨 장본인이기도 합니다. 항생제 외에도 김 박사가 LG에 기여한 업적은 실로 다 말할 수가 없고, 신약 개발을 본인의 평생 숙원사업으로 알고 매진하여 온 것은 모두가 인정하는 사실입니다. 그후 LG의 의약품연구부는 이러한 연구 결과를 모체로 하여 사업부로 개편하게 되고, 급기야는 LG의 생명화학 회사로 발전하게 됩니다.

그후 2006년에 뜻한 바 있어, LG의 연구 생활을 청산하고 레고켐바이오LegochemBio을 설립하여 신약 개발의 제2의 인생을 시작했으니, 항생제, ADC 분야 등에서 눈부신 활동을 지속하고 있습니다. 특히 항생제 분야는 김 박사가 30여 년 동안 꾸준히 연구해 온 주특기 분야로서 레고켐의 기둥을 이루는 연구 분야이며, 이제 세계 어느 곳에 내놓더라도 손색이 없는 연구 결과를 내는 분야로 간주됩니다.

그리고 레고켐이 요즈음 역점을 두고 있는 ADC 연구 분야도 침체된 한국 신약 개발에 새 물꼬를 틀 새로운 기술로서 '암 퇴치의 신기술'로 평가받을 것으로 믿습니다. ADC(항체-약물접합)** 란 일종의 미사일 요법으로 표적을 정확히 찾아가 암의 근본 요인을 제거할 수 있는 신기술입니다.

이 프로젝트의 발안자이며 리더인 박태교 박사 또한 레고켐의 보배 같은 인물로서 앞으로의 활동에 큰 기대를 걸어 봅니다. 그런 의

** 항체Antibody와 합성의약품Chemical의 결합을 통해 높은 안정성과 탁월한 약효를 동시에 구현하는 치료제를 말한다.

미에서 박태교 박사뿐 아니라 레고켐의 많은 연구원들도 신약 개발의 베테랑이며 앞으로 우리나라 신약 개발의 중추적 역할을 할 것으로 믿습니다.

신약이 개발되면 이에 내성이 있는 병원균이 생기게 되고, 그 내성균을 퇴치하기 위해 또 신약 개발의 필요성이 대두됩니다. 암을 치료하려고 항암제를 개발하면 또 유전자의 변형이 생기게 되고, 결국은 변형된 유전자를 퇴치하려는 노력, 즉 신약 개발은 반복되어야 합니다. 참으로 재미있는 세상입니다. 모든 연구 생활이 그렇듯이 신약 개발도 투철한 도전 정신 없이는 이룩될 수 없고, 앞으로도 레고켐이 이 신약 개발의 대열에서 선도 기업의 역할을 해 줄 것으로 기대합니다.

끝으로, 오늘이 있기까지 뒤에서 노고를 아끼지 않고 묵묵히 일해 오신 박세진 부사장에게 아낌없는 찬사를 보냅니다. 감사합니다.

LG생명과학 OB모임에 부치는 글

LG생명과학의 OB모임을 시작한 지도 벌써 6년째가 됩니다. 잠시 후에 상세한 소개가 있으리라 믿습니다마는, 상장 기업과 비상장 기업을 합쳐서 예닐곱 개가 되는 것 같습니다. 세월이 참으로 빨리 흘러가는 것 같습니다.

인류가 진화를 거듭하여 오늘에 이르기까지 실로 많은 단계를 거쳐 지금의 모습이 되었습니다. 예를 들어 호모 에렉투스Homo Erectus(직립 인간)가 태어났을 때, 처음에는 적에 대한 단순 방어 목적으로 주위를 관찰하려 했을 겁니다. 그러던 것이 변화하여 "저 멀리에는 무엇이 있을까?" 하는 호기심으로 진전되었을 것입니다.

언젠가는, 알지 못하는 사이에, 이 호기심이 발전하는 뇌의 기능과 맞물려 비전vision으로 발전하게 되었을 것으로 믿습니다. 이렇게 하여 정보력과 모방하고 창조하려는 사고력을 갖춘 호모 사피엔스Homo Sapience로 발전하게 됩니다.

최근 생명과학의 발전은 실로 괄목할 만한 발전을 거듭하고 있습니다. 예를 들어 말씀 드린다면, 멸종된 동물을 복원하는 프로젝트의 경우, 뉴질랜드의 사라진 비둘기를 위시하여 여러 종의 새가

바이오 벤처 인재 사관학교로 우뚝 선 LG생명과학 OB모임.

복원되었고, 맘모스를 복원할 날도 눈앞에 두고 있습니다. 이제는 멸종권 동물을 복원하는 것이 문제가 아니라 비용 대 편익cost vs benefit을 따져봐야 할 듯합니다. 그리고 윤리적, 도덕적 문제도 생각해야만 합니다.

제약 부문에서는 암젠AMGEN이 개발한 항체 약인 'Rapatha' (PCSK9 Inhibitor)가 드디어 임상실험을 마치고 판매되기 시작했습니다. 원래 저밀도지단백 콜레스테롤(LDL Cholesterol) 강하제로 개발된 약이었으나, 심장병과 뇌졸중의 특효약으로서 차기 블록버스터 약이 될 전망입니다.

어찌 이뿐이겠습니까?

생명 그 자체를 연장하는 생명공학의 연구도 급속도로 진전하고 있습니다. 파라바이오시스Parabiosis(개체 병합), 대장 미생물Gut

Microbium, 칼로리 줄이기Caloric Reduction, 텔로머Telomer(짧은 사슬 중합체), 미토콘드리아mitochondria, 노화 세포 등 예닐곱 가지 분야의 연구가 동시다발적으로 급진전을 보여 "이제는 100살까지 산다는 것이 자랑스러운 일이 아니라 100살까지 못 산다는 것이 이상하다"고 할 정도가 되었습니다.

LG생명과학의 모임이 모방 단계를 넘어 창조하고 발전하는 모임이 되기를 바라면서 이만 마치도록 하겠습니다. LG생명과학 OB모임의 무궁한 발전을 빕니다.

국가기술자문회의. 1994년 6월 21일, LG트윈타워.

럭키화학 제30기 주주총회. 1992년 2월 28일.

국민훈장 목련장을 받고서, 아내와 함께.

채영복 박사와 함께 '운경상'을 수상하다. 1997년.

구자학 사장(오른쪽)과 함께.

건축가 김태수 사장과 함께, Pinehurst 골프장에서.

밀포드 트랙Milford Track에서. 앞줄 중앙에 필자와 아내가 앉았다.

6

사색과 편린[*]

사색과 편린[*]

* 이 장에는 평소 공학도로서 의문을 품었던 주제들과 취미 활동에 대한 상념과 메모를 에세이 형식으로 자유롭게 개진해 보았다. 이 가운데서 '몽고반점과 한민족韓民族의 시원始原' 등은 과학적으로 증명되지 않은 가설에 근거한 것임을 밝혀 둔다.

우주의 빅뱅Big Bang

내가 과학을 공부하게 되면서 늘 품었던 의문 중의 하나는 "우주는 어떻게 해서 형성되었나" 하는 것이었다. 설령 과학을 공부하지 않더라도 우주 생성에 관한 비밀은 누구나 한번쯤은 생각해 보았을 것이다. 우주 생성은 우리가 산다는 것에 대한 철학적인 의미를 부여하는 것이며 "무에서 유"로의 의구심을 품게 되는 근원적 요인이기도 하다. 내가 알고 있는 우주 생성에 대한 지식은 매우 천박淺薄하지만, 나름대로 종합해 보면 다음과 같다.

우주는 어느 한 순간에 '빅뱅Big Bang'에 의하여 시작되었다는 것이다. 이 이론은 1927년에 조지스 레마이트르(가톨릭 신부)에 의하여 처음으로 알려진 것으로, 아인슈타인Albert Einstein의 상대성이론에 근거를 두고 있다. 이 이론에 의하면, 138억 년 전에 우주는 하나의 단일 점에서 시작하여, 고온 상태의 핵 합성 단계Primordial Nucleo-synthesis에 이르렀다고 생각하고 있다. 첫 번째 냉각기를 거친 뒤에 양자, 전자, 중성자 등의 소립자들이 형성되었고, 이 소립자들은 수천 년에 걸쳐, 전기적으로 중성인 단순한 원소들, 즉 수소, 헬륨 및 극미량의 리튬을 생성하였을 것이라고 믿고 있다. 이렇게 생성된 원소들은 중력에 의해 유착되어 화합물이 되고 급기

야는 항성과 은하계를 이루게 되었다는 것이 빅뱅Big Bang 이론의
골자다.

Big Bang 이론이 물리학자들 사이에 널리 받아들여지게 된 동
기는, 이 이론이 광범위하게 관찰된 물리적 현상을 포괄적으로 설
명할 수 있다는 점이다. 즉, 수소, 헬륨, 리튬 등 가벼운 원소들이
비교적 풍부하게 존재한다는 점, 허블의 법칙Hubble's Law(우주 은
하게의 Red Shift)의 우주 팽창의 적법성, 우주의 초단파장의 발견
및 측정, 그리고 최근의 은하수 생성과 전개에 관한 관찰 등이라고
하겠다.

그러나 Big Bang 이론은 우주 생성 초기의 환경에 대한 설명은
건너뛴 채, 우주 생성 이후에 전개되는 환경에 대해서만 설명하고
있다. 창조론과 닮은 꼴이다. 한편 Big Bang 이론의 문제점은 크
게 나누어 세 가지로 요약할 수 있다.

그 첫째는 수평선에 대한 문제점Horizon Problem, 즉 "모든 정보
는 빛보다 빠를 수 없다"는 전제조건이고, 둘째는 평탄함에 대한
문제, 즉 "프리드만-로버트슨-워커Friedmann-Robertson-Walker의
메트릭"이고, 끝으로, 자기의 단극에 관한 문제Magnetic Monopole
Problem이다.

우리의 관심사는 앞으로 Big Bang 이론이 어떻게 전개될 것인
가 하는 문제일 것이다. 이 문제는 '암흑 에너지Dark Energy'가 알
려지기 전까지는 우주 연구가에 의하여 두 개의 시나리오로 압축
되어 왔다.

첫째는 우주의 질량 밀도가 임계밀도보다 클 경우에 우주는 최대 용량의 크기로 팽창하여, 그 후에 다시 붕괴될 것이며, 다시 밀집하여 원 상태와 비슷하게 될 것이다. 그러나, 만일 우주의 밀도가 임계밀도와 같거나 적으면 팽창은 완만하겠지만 결코 중단되지는 않을 것이다. 그렇게 되면 별들의 생성은 중단되겠지만 별들은 최종적으로 완전 연소되어 '백색 왜성White Dwarf' 또는 '중성자 별Neutron Star' 또는 블랙 홀Black Hole의 형태로 변할 것이다.

이와 같은 변화에는 여러 가지로 가설적인 부분이 존재한다. 그렇지만 Big Bang 모델은 잘 정리된 가설이고 앞으로도 더욱 더 정립된 이론으로 발전되리라고 믿는다. 창조론과 Big Bang의 공통점은 그 시작에서 단일 이벤트를 가상했다는 점이다. 창조론은 신이라는 절대적 존재를 인정하는 데서 시작되는 반면, Big Bang 설은 단일 점에서 우주의 핵 합성 단계인 '원시적 상태Primordial State'를 거쳐 소립자의 생성이 시작되는 것으로 되어 있다. 이 두 방식의 전개가 기독교적 창조론과 물리학을 갈라놓는 계기가 되었다고 보겠다.

요즈음 컴퓨터 소프트웨어를 이용한 인공 기술로, 실제와 유사하지만 실제가 아닌 어느 특정한 환경이나 상황을 표현할 때가 있다. 이것을 우리는 '가상현실Virtual Reality'이라고 칭한다. 우주의 생성 이론을 이야기할 때 생성 현상을 마치 '가상현실'처럼 논할 때가 많다. 수만 년 전에 일어났던 일을 마치 실제로 지금 여기에 일어난 일인 것처럼 간주해 상상의 세계를 논하곤 한다. 그러한 하나의 가상현실을 우리는 현존하는 세계에서 이론화하고, 어느 특정한 자연현상을 관찰해 보고, 계산해 보며, 증명해 보려는 시도를 반복해 오고 있는 것이다.

2014년 3월 24일 하버드 스미소니언 천체물리학 센터는 "남극에 설치한 바이셉 2BICEP 2(Background Imaging of Cosmic Extragalactic Polarization 2) 망원경으로 우주가 급팽창할 때 생긴 중력파Gravitational Wave의 패턴을 발명했다"고 발표했다. 좀 더 두고 보아야 하겠지만, 바이셉 망원경의 관찰은 Big Bang의 기본 개념이 옳았다는 것을 증명하는 계기가 될 것이다. 그리고 이와 같은 관찰 또는 실험들이 쌓여 가면서 Big Bang 이론은 더욱 더 발전해 나갈 것으로 보인다. '가상현실'의 현실화가 이루어져 가고 있는 것이다.

Big Bang 이론이 우리에게 가져다준 것은 무엇인가? 그것은 우리의 철학적 사고방식을 확 바꾸어 놓았다. 시작은 Big Bang이었다. Big Bang이 일어남으로써 우주가 팽창하기 시작했고, 우주가 팽창함으로써 비로소 세월이 흘러간다는 시간 개념이 생기게 된 것이다. 세월이 흘러간다는 것은 세상이 바뀌는 것이고, 즉 변화를 의미한다. 이러한 변화는 과연 무엇을 의미하는 것일까?

종말론終末論에 대하여

우주宇宙의 종말終末

시작이 있으면 종말이 있는 법이다. 빅뱅이 있었다는 것은 언젠가는 우주의 종말이 온다는 것을 암시한다. 그러나 현존하는 과학 지식의 한계 내에서는 이상하게도 종말은 보이지 않는다. 우주의 종말은 없을 것이라는 게 많은 과학자들의 통론이다. 원래 우주의 운명은 두 가지 경우를 생각할 수 있다. 즉, 끝없는 팽창Endless Expansion과 대함몰Big Crunch이다.

우주의 진화는 팽창하려는 힘과 중력의 끌어당기려는 힘(또는 밀어내려는 힘)의 싸움이라 할 수 있다. 현재의 팽창 속도는 '허블 상수Hubble's Constant'에 의해 측정되는 반면, 중력의 강도는 밀도와 우주에 존재하는 물질의 압력에 기인한다. 만일 물질의 압력이 미미하다면 우주의 운명은 밀도에 의하여 결정된다. 만일 우주의 밀도가 임계밀도보다 크다면 우주는 영원히 팽창할 것이고 그렇지 않을 경우 우주의 팽창은 중력에 의하여 정지되거나 서서히 역방향으로 반전된다. 만일 우주의 밀도가 임계밀도보다 크다면 중력이 궁극적으로 압도하여 우주는 붕괴되어 원점으로 돌아갈 것이다. 이 현상을 소위 대함몰Big Crunch이라고 일컫는다.

미 항공우주국의 관찰에 의하면, 90억 년 전 초신성超新星에서 나온 빛을 관측한 결과, 암흑 에너지Dark Energy가 우주를 팽창시키는 것으로 나타났다. 즉, 암흑 에너지는 우주에 널리 퍼져 있으며 두 물체가 서로 밀어내는 척력斥力(repulsive force)으로 작용해 우주를 가속 팽창시키는 역할을 한다. 우주 안에 있는 모든 물질들은 중력을 가지고 있기 때문에 만약 우주를 팽창시키는 암흑 에너지가 없다면 우주 자체가 물질들의 중력에 의하여 수축해야 한다. 그러나 지금 우주는 우주 안에서 물질들이 끊임없이 만들어지고 있으며 그 속도는 계속 가속화되고 있다.

현재 양성자와 중성자로 구성된 보통물질은 4퍼센트이며, 나머지 96퍼센트는 그 정체가 완전히 밝혀지지 않은 암흑 물질로 이루어져 있다. 이 가운데 암흑 물질이 22퍼센트, 암흑 에너지가 74퍼센트이다. 결론적으로 말하자면, 초신성을 관찰해서 암흑 에너지의 존재가 밝혀졌고, 이 암흑 에너지가 우주 팽창의 요인이라는 것을 알아낸 것이다. 암흑 에너지의 정체가 어떤 것인지는 앞으로 천체 물리학자들이 풀어야 할 과제인 것이다.

지구地球의 종말終末

지구는 과연 그 종말을 어떻게 맞을 것인가? 이 문제를 논하기 전에 우리는 태양의 종말을 생각하지 않을 수 없다. 우리는 태양이라는 항성에 딸려 있기 때문에, 즉 태양계의 일부이기 때문에 태양의 소멸이야말로 지구의 종말을 의미하기 때문이다.

태양은 수소를 헬륨으로 전환하는 과정에서 빛을 발하고 그 질량은 감소한다. 이 과정을 태양은 과거 45억 년 동안 지속적으로 해 왔고, 앞으로도 50억 년 동안 지속할 것으로 보인다. 그 후에 연료로서의 수소는 고갈될 것이다. 내부의 에너지가 고갈되면 자연적으로 중력에 의하여 태양계의 시스템은 붕괴될 것이다.

이러한 붕괴 현상으로 태양은 외곽층의 팽창을 가져오게 되고, 마침내는 적색 거성으로 변모하게 된다. 붕괴된 중심부는 백색 왜성White Dwarf으로 변모하게 되어 마침내는 중성자 별Neutron Star이 될 것이다. 이러한 예상은 우주에 존재하는 다른 혹성과 행성들의 관측 결과를 토대로 얻어진 결론으로, 태양계의 종말도 이러한 패턴을 따르지 않을까 예상된다.

그러나 실제로는 인류 문명의 종식은 태양계의 자연적 소멸보다는 훨씬 더 앞당겨질 것이라고 믿고 있다. 예를 들자면 혜성이나 소행성과의 충돌, 초신성과의 대충돌, 밀란코비치Milankovitch의 이론*에 기인한 빙하기의 도래, 지축의 변화, 앞으로 250년에서 350년 뒤에 일어나리라 예상되는 대륙 이동에 의한 초대형 육지의 생성 같은 많은 재앙들이 도사리고 있다. 그러나 무엇보다도 지구의 종말을 재촉하는 가장 큰 요인은 인류 문명 그 자체인 듯싶다.

인류가 지구의 지배자가 된 이래, 주거지의 확장으로 많은 변화를 가져다주었다. 그 결과로 기원전 1만 년부터 현재까지 진행 중인

---

* 밀루틴 밀란코비치Milutin Milankovitch(1879-1958)에 의해 제안된 것으로 지구 궤도의 변화에 의해 결정되는 태양 입사열의 계절적이고 지리적인 변동에 따른 기후 변화를 말한다.

홀로세 멸종Holocene Extinction으로 과거 100년 사이에 지구상 생물의 약 30퍼센트가 멸종했다. 오늘날 인간의 활동 범위는 막대한 영향력을 미쳐 지구 표면은 약 3분의 1 가량이 변질되었다. 그와 같은 변화로 공기 중의 탄산가스 농도는 산업혁명 이래 30퍼센트쯤 증가했다. 결과적으로는, 이 모든 것들이 지구의 기후 변화를 초래하기에 이른 것이다. 그 외에도 나노-테크놀로지Nanotechnology의 남용이라든지, 핵폭탄에 의한 대학살, 유전자 변형 생물체에 의한 질병 유포 등 실로 허다한 재앙을 들 수 있다.

맺음말

우주는 국부적으로 보면 별들이 변질되거나 사라지고 있지만, 전체적으로 보면 아직도 생성되고 팽창하고 있다. 그 팽창을 이끄는 원동력은 아직도 그 정체가 밝혀지지 않은 암흑 에너지로, 초신성 생성에 기인하는 것으로 알려져 있다. 반면 지구의 종말은 장기적으로 보면 태양의 종말, 즉 수소에너지의 고갈에 달려 있다. 그러나 실제로는 태양이 백색 왜성이 되기 전에 지구는 앞에 열거한 여러 요인들에 의하여 종말을 맞을 것으로 예상된다. 그리고 지구상의 생명체들은 그보다 훨씬 앞서 사라질 것으로 예상할 수 있다. 그 중 가장 가능성 있는 시나리오는 인류 문명이 만들어 낸, 인간에 의한 결과물일 것으로 추측된다. 한마디로 지구는 인간에 의해 종말을 맞게 될 것 같다.

왜 이러한 결론이 나오는 것일까? 그 원인은 간단하다. 결국 인간의 본질적인 문제인 것이다. 인간은 싸우면 이겨야 하고, 생존경쟁에서 승리하는 자만이 살아남기 마련이다. 다른 동물을 만나면 수렵 근성이 생기고, 식물을 보면 궁극적으로는 섭취하려는 야욕이 생기기 마련이다. 이러한 근성으로 급기야 운동을 하면 반드시 이겨야 하고, 전쟁에 나가면 수단 방법을 가리지 않고 승리해야만 살아남게 되었다. 여기에도 다윈의 '적자생존의 법칙'이 적용되는 것이다.

그렇다면 무슨 일에나 승자가 되고 일등을 하려는 원천적인 요인은 인간의 유전자에 기인하는 것으로 보아야 할 것이다. 이기적 유전자Selfish Gene인 것이다. 리처드 도킨스Richard Dawkins의 '이기적 유전자'가 생명력의 원천(또는 장점)인 동시에 멸망의 근원적인 요인이라고 하겠다. 유전자는 하나의 화합물이고 자연이 만들어 낸 최고의 걸작품이다. 그리고 이러한 유전자를 이루는 근본 물질은 결국 분자의 속성을 가진 물질이며 나아가 원자의 영역, 더 나아가 소립자의 영역으로 거슬러 올라가게 된다. 결론적으로 말하면 우주 생성의 근원적 물질로 회귀하는 것이다.

나는 여기까지 인간의 종말을 생각해 보았다. 우주의 종말은 우리가 수십억 년이란 긴 시간을 두고 생각할 일이고 그 끝이 보이지 않는 시간 여행이라고 할 수 있다. 지구의 종말은 한시적인 것이다. 유전자에 의한 어느 정도의 형질 유전이 가능하지만 생명체는 어느 시기가 되면 그 기능을 상실하기 마련이다. 자연에서 태어나 자연 속으로 사라지는 것이다. 자연의 섭리에 맡겨야 하지 않을까 생각된다.

몽고반점과 한민족韓民族의 시원始原

1970년대 초반 LG화학에서 유전공학 연구가 한창이던 시절, 우연하게도 '몽고반점Mongolian Spot'에 관하여 관심을 가진 적이 있다. 당시 우리가 알고 있던 몽고반점에 대한 지식은 현상학적 관찰에 국한되어 있었다.

즉, 몽고반점은 몽고를 중심으로 한국, 일본 등 동북아시아권과 아메리칸 인디안, 미크로네시아 및 폴리네시아의 일부에서 발견되며, 증상은 생후 세살에서 다섯살까지의 소아의 엉덩이 위쪽 부분 (즉 척추의 끝부분)이나 광범위한 등 표면에 나타나는 반점으로, 멜라닌 색소가 표피층에 침착되어 푸른색을 띤다는 것과 건강상에 아무런 이상이 없다는 것 등 일종의 '선천적 피부 멜라노싸이토시스Congenital Dermal Melanocytosis'로 알려져 있다. 다시 말해 일종의 모반母斑(Birth-mark)인 셈이다.

나는 당시의 새로운 시각, 유전공학적으로 몽고반점의 유래와 요인을 규명하고 싶은 생각이 들었다. 이러한 시도가 민족의 뿌리를 찾는 데 도움이 될지 모른다는 생각을 갖게 되었기 때문이다. 그러나 기업 연구소에서 하기에는 부적절한 프로젝트였고 현실성 없는 것이었다.

몽고반점은 우리의 시원始原에 관한 문제라는 것이 내가 늘 품어 온 생각이다. 고래로부터 우리 민족은 우랄-알타이Ural-Altai 지방으로부터 유래했다고 알려져 왔다. 우랄-알타이 지방은 지금의 러시아의 우랄산맥의 동부 일대를 말하며, 지금도 이 지방에는 알타이 족이 거주하고 있으며 언어학적으로나 형태학적으로 보아 우리와 같은 뿌리임엔 틀림이 없다.

그러면 알타이 족은 어디서 왔으며, 어떻게 해서 한반도에 정착하게 되었을까? 후자에 관해서는 근대사에서 여러 가지로 기술된 바 있고 여진족, 말갈족, 훈족, 일본족, 한족 등의 역사에서 다루고 있다. 그러면 알타이 족은 어디서 온 것일까? 그 뿌리를 찾아 인류의 진화 과정을 살펴보기로 한다. 다만, 이는 개인적인 사유일 뿐, 과학적으로 입증된 기술記述이 아님을 전제한다.

인류의 진화는 1925년 남아프리카에서 출토한 원인猿人 화석인 오스트랄로피테쿠스Australopithecus부터 시작되었다. 이후 인류는 구석기 시대의 호모 하빌리스Homo Habilis, 호모 안테세소르Homo Antecessor, 호모 하이델베르겐시스Homo Heidelbergensis, 네안데르탈인Neanderthals 등 많은 변종들을 거쳐 오늘날의 호모 사피엔스 Homo Sapiens에 이르기까지 실로 허다한 변종의 파생을 거친 것으로 알려져 있다. 특히 네안데르탈인은 상당 기간 동안 호모 사피엔스와 공존하면서 중동 및 서유럽에서 인류의 진화 과정에 상당한 영향을 미쳤던 것으로 추정된다.

한편, 아프리카에서 메소포타미아를 거쳐 북상하던 호모 사피엔스의 한 무리는 동북아로 이주하게 되는데, 이 무리가 호모 에렉투스로 알려진 알타이족과 중국계 북경족北京族(Pekinese)이다.

여기서 한 가지 부언하면, 호모 에렉투스는 다른 인종에 비하여 우월성을 지닌 종으로서 처음에는 단순히 자신을 적으로부터 보호하려는 목적으로 직립하여 멀리 보려 했을 것이다. 이러한 단순 방어 목적에서 벗어나, "저 멀리에는 무엇이 있을까?" "어떠한 풍경이 있을까?" 하는 호기심 또는 탐구심으로 발전하면서 두뇌의 발달과 맞물려서 인간 특유의 '비전vision'을 갖게 되는 계기가 되었으리라 생각된다. 이러한 '비전'의 소유야말로 인간이 우월한 동물로 진화하는 데 큰 도움이 되었으리라 생각되며, 이것이 호모 에렉투스가 갖는 특유한 진화 과정이라고 생각한다.

유럽과 중동에서는 네안데르탈인을 중심으로 각 종의 분화가 화석 발굴을 통해 검증되고 있었으나, 아시아에서는 네안데르탈인에 해당하는 종이 발견되지 않았다. 그러던 것이 2008년에 시베리아 알타이산맥의 데니소바 동굴Denisovan Cave에서 발굴 작업을 하던 고고인류학자가 새로운 종을 발견하게 되었다. 데니소바인Denisovan 이라는 신종이 세상에 모습을 드러낸 것이다.

DNA분석 결과, 이 신종은 염기 서열에서 네안데르탈인과 상당한 차이가 있으며, 골격은 네안데르탈인과 비슷하고 강인한 체격을 가진 것으로 추정된다. 이러한 형태학상의 유사성으로 인하여 네안데르탈-데니소바인 혼혈종Neanderthal-Denisovan Hybrid 또는 아시안-네안데르탈Asian-Neanderthals이라고 불리기도 한다.

데니소바인은 연대적으로 보아 비교적 최근의 인류 계보의 새로운 얼굴로, 안색과 두발은 갈색으로 추정되며 오늘날 아시아계의 인종, 즉 태평양 연안의 파푸아뉴기니아계의 미크로네시아족 등으로 추정된다. 한 학설에 의하면, 네안데르탈인과 데니소바인은 호모 하이델베르겐시스에서 갈라져 나온 것으로 추정된다. 한 갈래는 유럽과 이란, 이라크 등의 중동지방으로 가서 네안데르탈인이 되었고, 다른 분파는 북동쪽으로 이동하여 데니소바인이 되었다고 생각하고 있다. 다시 말해서, 약 13만 년 전의 하이델베르겐시스가 약 6만 년 전 '엑소더스'를 시작하여 호모 사피엔스로 진화하는 동안, 위와 같은 변화를 겪은 셈이다.

이러한 사실은 유전자 비교 분석에 의한 것이며 네안데르탈인, 데니소바인, 그리고 근대 인류인 호모 사피엔스의 DNA 세그먼트가 각 그룹에서 유니크한 것임을 알 수 있다. 데니소바인에 관한 연구는 아직도 초기 단계에 있다.

여기에서 한 가지 유의해야 할 점은 데니소바인과 호모 에렉투스(즉 북경원인 및 우랄-알타이 지역에 있던 한민족의 조상들) 사이에 성적 관계가 이루어졌으리라 추정할 수 있다는 것이다. 또는 골격이 발달하고 추위에도 잘 견디는 네안데르탈인과 아라비아 반도 및 서유럽으로 진출했던 호모 사피엔스 사이에도 같은 성적 접촉이 있었으리라 생각할 수 있다. 이렇게 해서 교배이론의 대두했다.

교배이론에 따르면, 사피엔스가 네안데르탈인의 땅에 이주하면서 두 집단이 서로 교배했고 마침내 한 집단으로 태어나게 된다. 만일

이것이 사실이라면, 오늘날의 유라시아인은 순수한 사피엔스가 아니라 사피엔스와 네안데르탈인의 혼합종이란 이야기가 된다. 마찬가지로 사피엔스는 동아시아로 이주하면서 현지의 데니소바인과 교배하여 한국인과 중국인은 사피엔스-데니소바인 혼합종인 셈이다.

한편, 교체이론에 의하면, 인류는 어느 한 순간에 비약적인 진화과정을 거쳐 지금의 인류가 된 것이 아니고, 다윈의 철저한 '적자생존의 법칙'에 입각하여 살아남을 종은 살아남고 그렇지 못한 종은 차츰 쇠퇴하는 과정을 밟았다는 것이다. 예를 들어, 호모 히빌루스가 멸종하고 호모 에렉투스가 바통을 이어받듯 그 뒤를 이어 생겨난 것이 아니고, 각 종의 존속 여부는 철저하게 다윈의 적자생존의 원칙에 의한 것이라는 것이다. 최근 수십 년 동안은 교체이론이 이 분야에서 지배적이었다.

현재까지의 연구 결과에 의하면, 유럽과 중동 지방의 인구 집단에는 약 1퍼센트에서 4퍼센트가량의 네안데르탈인 DNA가 함유된 것으로 알려져 있으며, 이에 상응하는 아시아계 사람(멜라네시안과 호주인)은 데니소바인 게놈 함유 비율이 최대 6퍼센트인 것으로 알려져 있다. 비교적 많은 부분의 게놈이 호모 사피엔스에 혼입된 것으로 나타난 것이다. 이런 결과는 최소한 교배이론에 어느 정도 근거가 있다는 것을 의미한다. 그렇다고 해서 교체이론을 무시할 수는 없다. 네안데르탈인과 데니소바인은 우리의 게놈에 아주 적은 양만 기여했기 때문에 사피엔스와 다른 종과의 합병을 이야기하기에는 시기상조이다. 현재 이 결과에 대한 수정 또는 강화 연구가 진행 중에 있다.

약 15만 년 전에 아프리카에서 태어난 사피엔스는 약 7만 년 전에 메소포타미아로 이동하기 시작했고 약 6만 년 전쯤에 파미르 고원을 거쳐 중국 대륙으로 퍼져 나가게 되었다. 그 일부가 동북부로 이주하여 바이칼호 근처에 거주하기 시작했던 것으로 알려져 있다. 여기에 먼저 무리를 이루고 있던 데니소바인과 섞이면서 알타이 족을 이루었으리라 추정된다. 그러나 아프리카-메소포타미아-파미르 고원-바이칼호에 이르는 대장정에 관해서는 기록을 찾기가 거의 불가능하다.

그렇다면 여기에서 '몽고반점'은 과연 어디에서 유래한 것일는지 두 갈래로 상상해 볼 수가 있다. 대장정을 거친 호모 사피엔스일까? 아니면 바이칼호에 먼저 정착했던 호모 데니소바인일까?

진시황秦始皇의 꿈은 이루어진다

몇 해 전까지 미국 캘리포니아의 실리콘 밸리에 가면 가장 뜨거운 논쟁이 인간 수명에 관한 것이었다. "최소한 120년에서 150년까지는 산다"에서부터 "영생을 하는 시대가 올 것이다"에 이르기까지 인간 수명을 둘러싼 다양한 논쟁이 다른 곳도 아닌 첨단과학기술의 경연장인 실리콘 밸리에서 펼쳐졌다.

그 까닭은 실리콘 밸리가 노화를 미래 먹거리 중 하나로 꼽아 투자를 늘리고 있기 때문이다. 구글Google 공동 창업자인 세르게이 브린(Серге́й Миха́йлович Брин)과 오라클Oracle 창업자인 래리 엘리슨Lawrence Joseph 'Larry' Ellison등 저명한 IT기업 회장들이 앞다투어 벤처회사를 설립해 '불로장생 프로젝트' 경쟁에 뛰어든 것이다.

브린이 2013년에 세운 칼리코Calico는 노화 원인을 찾아내 인간 수명을 500살 정도로 연장하는 것이 목표다. 유전자 조합을 통해 수명이 10배 늘어난 회충을 만든 신시아 캐넌 박사가 칼리코 소속이다. 엘리슨은 1997년 자신의 이름을 딴 의학재단을 설립하고 노화 방지 연구에 3억3천500만 달러(약 3천600억 원)를 지원했다. 1997년에는 체세포 핵 이식(Somatic Cell Nuclear Transfer, SCNT) 기술을 활용한 복제 양 돌리가 출현해 세계의 이목을 집

중시켰다. 페이팔PayPal 공동 창업자인 피터 틸Peter Andreas Thiel
은 센스 연구재단에서 수행하고 있는 수명 연장 연구를 지원하는
중이다

인간 유전자 서열을 최초로 발견한 생명과학자 중 한 사람이자
벤처기업가인 존 크레이그 벤터John Craig Venter는 2016년 3월 '인
간 장수Human Longevity'라고 이름 붙인 바이오 기업을 설립해 불로
장생 프로젝트 경쟁에 뛰어들었다. 벤터는 "2020년까지 100살 이
상 살아간 사람들을 포함해 100만 명의 유전자를 해독해 수명 연
장 정보를 찾아내겠다"고 말했다.

그렇다면 이들이 불로장생에 관심을 갖게 된 동기는 무엇일까?
논쟁의 발단은 2005년에 이리나 콘보이Irina Conboy 캘리포니아
버클리대 교수 등이 발표한 논문이 제공했다. 이들은 2002년에서
2005년 사이에 수행한 파라비오시스parabiosis(살아 있는 동물 2개
체 이상을 체액으로 결합시키는 실험)라는 개체 연결 실험에서 늙은
쥐와 젊은 쥐가 혈액을 교환하는 실험을 수행한 결과, 늙은 쥐의 뇌
활동이 빨라지고 심장박동이 정상화되는 놀라운 현상을 발견했다.
다시 말해 늙은 쥐가 젊어지는 현상을 감지한 것이다.

이러한 사실은 급기야 2014년의 '과학기술의 10대 획기적 발전'
의 하나로 인정받게 되었다. 현재까지 알려진 바에 따르면, 젊은 쥐
에서 나온 활성 물질은 여러 개로 추정되며 그중 한 물질은 성장분
화인자(GDF-11)라고 알려져 있다. 그밖에도 형질성장인자(TGF-B)
등 다양한 인자들이 관여하는 것으로 알려져 있다.

아무튼 이러한 쥐에서의 실험 결과는 당시에 많은 과학자와 투자자, 기업가의 관심을 크게 자극하였고, 서둘러 인간을 대상으로 한 임상실험으로 이어지게 되었다. 지금 이 시간에도 캘리포니아의 병원에서는 치매, 당뇨병 환자 등의 임상실험이 진행중이다.

한편, 콘보이 교수는 2016년 과학 저널 '네이처 커뮤니케이션즈 Nature Communications'에 발표한 논문에서는 "노화 방지 효과는 젊은 피 자체가 아니라 혈액 내 단백질 수준 조절에 있다"고 주장했다. 젊은 피 수혈의 '젊어지는 효과'는 단백질 불균형인 늙은 환자 피에 건강한 피가 희석된 데 따른 효과라는 것이다.

미국 애리조나주 알코어ALCOR 생명연장재단은 의학적으로 이미 숨진 이들을 '냉동 시신'이 아닌 '환자'로 부른다. 1982년 설립된 이 재단에는 현재 미국은 물론 일본, 중국 등지에서 온 냉동인간 150여 명이 새로운 생명을 얻을 미래를 기다리며 냉동인간용 액화질소 탱크 속에 잠들어 있다. 냉동 인간은 더 이상 공상과학 영화의 한 장면이 아니고 죽음마저 넘어서려는 21세기 인류의 몸부림이다.

인간 수명 500살 프로젝트를 수행중인 칼리코는 최근 인터넷 국제학술지 '이라이프eLife' 최신호에 "벌거숭이 두더지쥐는 수명이 다할 때까지 노화가 거의 진행되지 않는 동물로 밝혀졌다"고 발표했다. '늙지 않는 동물'을 처음으로 확인한 것이다. 벌거숭이 두더지쥐는 아프리카에 사는 몸길이 8센티미터의 땅속 동물인데, 수명이 32년으로 같은 몸집의 쥐보다 10배나 길다고 한다. 칼리코는 벌거

숭이 두더지쥐가 늙지 않는 비결을 밝혀 내 인간의 수명 연장에 적
용하겠다는 계획이다.

벌거숭이 두더지쥐가 아니어도 통상적으로 실험용 쥐로 동물 적
용 실험이 끝나면 인간한테 적용 가능한 시간은 5, 6년 뒤로 추산
된다. 아무리 늦어도 10년이면 수명 연장에 관한 실험은 끝이 날
것이다. 이와 같이 수명 연장에 대한 우리의 패러다임이 바뀌고 있
다. 불로장수에 관한 문제가 '진시황의 꿈'이 아닌 현실로 다가온 것
이다.

우리가 술자리에서 외치는 축배 건배사 중에 "구구팔팔 이삼사"
라는 구호도 있다. 건강하게 살다가 죽을 때에는 고생 없이 편안하
게 죽게 해 달라는 소망이 담긴 건배사이다. 건강과 장생을 함께 기
원하는 인간의 내재적 이기심에서 나온 말이 아닐까 싶다. 그런데
이제는 그 꿈을 실현할 수 있는 시간이 눈앞에 다가온 것이다. 여기
서 나는 묻고 싶다. 우리의 욕망은 과연 여기에서 그칠 것인가?

요즘은 과학의 발전이 워낙 빠르기 때문에, 인간이 자기의 앞날
에 대해 마음의 준비를 하기도 전에 세상이 바뀔 때가 허다하다.
불로장생에 대한 우리의 종교적, 철학적, 사회적 사색이 선행되어야
하지 않을까?

지중해 식단

우리는 왜 먹어야 하는가? 답은 간단하다. 에너지를 얻어 '인간 기계'를 돌려야 하기 때문이다. 화학적으로 말하면, 음식을 먹어서 산화 과정을 거치는 동안 발생하는 에너지로 인간이라는 기계를 돌리는 것이다. 그러나 수소와 산소가 합쳐져 물이 생성되는 반응처럼 간단하지는 않다. 음식물을 소화(산화)하기 위해서는 훨씬 더 많은 화학반응의 단계를 거쳐야만 하기 때문이다.

음식을 섭취해서 에너지로 바꾸기까지는 실로 해야 할 일들이 많다. 먼저 섭취 의욕을 불러일으켜야 하고, 그러려면 맛이 있어야 하니 재료의 선택, 재료를 섞는 일, 조리 등에 정성과 노력을 기울여야 한다. 신선하고 적절한 재료의 선택만이 좋은 결과를 가져올 수 있다. 쓰레기를 먹고 양질의 에너지 생산을 기대하기는 어렵다. 화학공학에서 이야기하듯 '인풋input'이 좋아야 '아웃풋output'이 좋다. 이렇게 좋은 음식을 요리해 맛있게 먹는다 해도 소화시키지 못하면 아무 보람이 없다. 몸 안에서 효소가 잘 분비되게 해야만 전 소화과정이 원활할 수 있다.

인류가 탄생한 이래, 우리의 식문화는 수많은 변화 과정Try and Error을 거쳐 오늘날과 같은 식단을 만들어 냈다. 실로 식문화의 변천 과정은 인류 자체의 진화 과정에 버금가는 변화 과정을 거쳤으리라 생각된다.

건강에 대한 관심이 높아진 것은 어제 오늘의 일이 아니다. 우리가 나이를 먹어 갈수록 건강하고 오래 살려는 욕망은 더욱 가중되어 간다. 건강식이라고 하면 서양 사람들은 지중해식단Mediterranean Diet을 꼽는다. 지중해식단은 전통적으로 그리스, 이탈리아 남부, 스페인 지방의 식단을 말한다. 그 주축을 이루는 것은 양질의 올리브유, 콩류, 정제하지 않은 통곡물로 만든 시리얼, 과일 및 채소류이다. 여기에 비교적 적은 양의 육류 및 육가공 제품, 그리고 약간의 어류 및 낙농제품(주로 치즈와 요구르트)이 더해지고, 와인이 곁들여진다.

미국에서는 지중해식단이 주로 캘리포니아를 중심으로 발달했는데, 대표적으로 버클리의 셰 파니스Chez Panisse, 샌프란시스코의 아쿠아Aqua, 로스앤젤레스 근처의 스파고Spago 같은 식당들이 주도했다. 이상의 지중해식 식당들은 엄격히 말하자면, 그 지방의 특색과 농산물에 맞춘 퓨전 식당들이다. 뉴 아메리칸, 뉴 아세안 또는 뉴 캘리포니안 등으로 불리기도 한다.

나는 시험 삼아 7, 8년 전부터 부분적으로 수정한 내 나름의 식단으로 아침 식사를 하고 있다. 신선한 채소와 과일, 견과류(호두, 캐슈넛, 아몬드 등), 양파, 당근, 그리고 올리브유가 듬뿍 들어간 드레싱을 섞어 만든 샐러드에 식빵 한 조각, 삶은 달걀(일주일에 2개), 두유 한 잔을 곁들인다.

이렇게 개선된 식단으로 생활해 본 결과, 몸은 한결 가뿐해졌고 무엇보다도 속이 쓰리거나 아침에 해장을 할 필요가 없어졌다. 아침에 밥과 국을 먹어야 했던 과거와는 완연히 달라진 셈이다. 그뿐만 아니라 건강도 눈에 띄게 달라졌다. 식단 개선 이래 소화 장애는 한 번도 없었다. 의학계의 권위 있는 잡지인 '뉴잉글랜드 저널' 2013년 4월 10일자에 의하면, 지중해식 식단이 콜레스테롤, 중성지방 등으로 인한 심장계통 질환을 30퍼센트 정도 낮출 수 있다는 임상실험 결과도 있다.

우리나라도 세계화 추세에 맞춰 식단이 급속도로 바뀌고 있다. 그 중심에는 젊은 세대들의 변화무쌍한 기호 선택이 있다. 앞으로 10여 년 지나게 되면 상당한 변화가 있을 것이다. 한마디 조언하자면, 짜고 매운 식단에서 좀 더 온화하고 균형이 잡힌 맛의 식단으로 바뀌었으면 하는 것이다. 자극성이 심한 음식은 우리의 미각을 차단하는 효과를 가져온다. 멕시코를 제외하면, 우리처럼 매운 맛을 좋아하는 민족도 드물 것이다. 나는 매운 음식이 위궤양, 식도염 등 많은 소화 질환의 원인이라고 생각한다. 또한 과격하고 싸움을 좋아하는 민족성에도 영향을 주었으리라 짐작한다. 결론적으로 우리 고유의 입맛을 감안하되, 지중해식을 참작한 방향으로 바꾸어 건강식을 하는 것이 좋겠다.

나는 여행을 좋아한다. 여행길에 등산을 할 수 있으면 더더욱 좋다. 중·고교와 대학 시절부터 산악반에 들어가 자연 속에서 생활하기를 즐겼다. 평소에 머리가 무겁거나 구상이 막히면 곧잘 산에 오르곤 했다. 학교 졸업 후에는 휴가 때마다 산에 올라 산에서 시간을 보내는 것이 취미였다.

미국 유학시절에도 여행을 가거나 근처의 산에 오르는 일이 빼놓을 수 없는 즐거움이었다. 연구실과 두세 평짜리 단칸 아파트를 오가는 유학생활이 이어지는 동안, 나는 매일 새벽 2시, 3시까지 연구실에서 보내다가 아파트에 돌아와 식사하고 잠시 눈을 붙인 후 다시 아침이면 연구실로 향하는 무미건조한 나날을 보낼 수밖에 없었다. 그래서 주말만은 그 틀에서 벗어나려고 노력했다.

견문을 넓히려는 욕심에서라기보다는 그저 자연 발생적으로 여행길에 나서곤 하였다. 그렇게 미국 생활 15년 동안 국립공원의 산이라는 산은 모두 등반했다. 한더위에도 등반을 하며 이열치열로 더위를 잊었다. 등산 외에도 테니스와 수영을 즐겼는데 이런 취미생활은 엄친을 따라 어릴 때부터 자연 속에서 생활하며 길러진 것이다. 그래서 미국 유학시절 내 재산목록 1호는 캠핑도구와 운동 장비들이었다.

국립공원에는 아이들을 데리고 갈 때도 많았지만 대부분은 아내와 함께 차를 몰고 다녔다. 아내는 지극히 가정적인 타입이어서 처음에는 주저하곤 하였으나 나중에는 여행에 취미를 가져 나보다도 더 즐기는 것 같았다. 특히 LG 기술연구원장 퇴임(1995년) 후에 고문 겸 LG BMI의 현지 연구소장으로 샌디에이고에 있을 때는 주로 아내와 함께 다녔다. 그때는 옐로스톤, 글래셔, 요세미테 국립공원 등을 아내와 두루 다니며 슬라이드 사진을 많이 찍었다.

딸과 아들도 우리를 잘 따랐다. 이러한 습관이 견문을 넓히고 건강을 유지하는 데도 도움이 되었으리라 믿는다. 여하튼, 여행과 등산은 주말을 기다리게 하는 하나의 즐거움이 된 것이다. 숙박은 모텔과 자동차 트레일러, 그리고 텐트를 두루 이용했다.

나의 자동차는 항상 여행을 떠날 수 있게 만반의 준비가 되어 있었다. 재산목록 1호인 4인용 텐트 등 캠핑도구와 지도, 그리고 평생 사용이 가능한 국립공원용 패스Golden Age Passport와 약간의 먹을 거리—주로 샌드위치용 빵과 고기—등이다. 이렇게 해서 자는 것과 먹을 것을 해결하면 여행을 손쉽게 다닐 수 있다.

미국 국립공원 59개 중 29개나 답사할 기회가 있었으니 보통의 미국인들보다도 많이 가 본 셈이다. 그 외에도 뉴욕주의 애디론댁 Adirondack 산맥, 뉴 햄프셔의 화이트 마운틴White Mountain, 펜실베이니아의 앨러게니 마운틴Allegheny Mountain 등이 있다. 이 산들을 합치면 무수히 많은 산을 오른 셈이다. 한국의 산이 아기자기한 맛이 있다면 미국의 산들은 스케일이 커 웅장한 맛을 풍긴다.

한국에서도 무수히 많은 산에 올랐지만 특히 기억에 남는 것은 지리산과 설악산 종주였다. 각각 사흘 간의 여정이었고 LG 동료들과의 산행이었다. LG 산악 동호인들과는 주말마다 1,000미터가 넘는 산을 오르려고 시도한 적이 있었다. 정밀화학 부문의 여재홍 과장이 산행 리더를 맡아 주었다. 그의 치밀하고 정성 어린 노고 덕분에 많은 산을 오르내렸는데, 특히 월출산 기행은 두고두고 잊지 못할 산행이었다. 당시 함께한 동료 중에 여재홍 과장 외에도 한규범 박사와 박세진 과장, 이성만 과장 등이 오래도록 잊지 못할 동료 산악인들이다. 나는 퇴직 후에도 '갈라파고스'라는 LG화학 기술연구원에서 함께한 산행 모임을 매달 한번씩 가졌다.

해외여행도 많이 다녔다. 미국은 귀국 후에도 출장으로 자주 다녔고, 유럽도 출장 또는 여가 여행으로 수십 차례 다녀올 기회를 가졌다. 유럽의 동구권, 발칸반도, 서유럽을 다녀봤지만 가장 인상 깊었던 여행은 역시 스위스 기차 여행이었다. 그 많은 기차 여행 중에서도 아내와 단 둘이서 여행했던 생모리츠St. Moritz에서 체르마트Zermatt까지의 '글래셔 익스프레스Glacier Express' 여행은 평생 잊지 못할 추억으로 남을 것이다. 하루 종일 타는 기차 여행이었건만 단 두 사람만이 가졌던 그 시간이 왜 그렇게 짧게 느껴졌는지 모른다.

그리고 남미여행 중에서 1주일여의 페루 여행도 결코 잊지 못할 경험이었다. 마추픽추Machu Picchu의 정교한 아쉬라Ashla 공법에 의한 석조 건물, 쿠스코Cusco의 아르마스 광장Plaza de Armas, 미스티산El Misti 아래 2,328m 고원 지대에 위치한 페루 제2의 도시인 아레키파Arequipa의 멋진 모습, 그리고 해발 3,800m가 넘는 지대에 위치한 티티카카 호수Lake Titicaca 등 모두가 새로운 모습들이었다.

내가 그동안 여행한 미국 국립공원들을 열거해 보면 아래와 같다. 앞의 영문 명칭이 공원 이름이고, 그 뒤를 따르는 지명은 해당 국립공원의 소재지이다.

Acadia, 메인Maine

Arches, 유타Utah

Badlands, 사우스 다코타South Dakota

Bryce Canyon, 유타Utah

Canyonlands, 유타Utah

Carlsbads Caverns, 뉴멕시코New Mexico

Death Valley, 캘리포니아California

Denali, 알래스카Alaska

Everglades, 플로리다Florida

Glacier, 몬태나Montana

Grand Canyon, 애리조나Arizona

Grand Teton, 와이오밍Wyoming

Great Smoky Mountains, 노스캐롤라이나 주 테네시Tennessee, North Carolina

Hawaii volcanoes, 하와이Hawaii

Joshua Tree, 캘리포니아California

Katamai, 알래스카Alaska

Kenai Fjords, 알래스카Alaska

Kings Canyon, 캘리포니아California

Mesa Verde, 콜로라도Colorado

Mount Rainier, 워싱턴Washington

Olympic, 워싱턴Washington

Petrified Forest, 애리조나Arizona

Redwood, 캘리포니아California

Rocky Mountain, 콜로라도Colorado

Sequoia, 캘리포니아California

Shenandoah, 버지니아Virginia

Yellowstone, 몬태나 주 와이오밍Wyoming, Montana

Yosemite, 캘리포니아California

Zion, 유타Utah

산, 여행, 그리고 길 2

밀포드 트랙—"길은 걷기 위하여 만들어졌다"

몇 년 전 아내와 둘이서 세계에서 가장 아름다운 산책로(World Finest Walk)로 알려진 밀포드 트랙Milford Track을 갈 기회가 있었다. 밀포드 트랙은 뉴질랜드 남섬에 위치한 피오르드랜드 국립공원(Fiordland National Park)의 일부로, 대자연의 경관이 아름답기로 유명한 곳이다. 트래킹 코스의 총 연장 길이가 53.5킬로미터인데, 4박 5일 동안 걷다 보면 누구나 대자연의 매력에 흠뻑 빠지게 된다.

출발점은 '테 아나우Te Anau'이며, 여러 개의 간이 숙박시설에서 휴식을 취해 가며 마지막 날엔 이 여정의 하이라이트인 '매키논 패스MacKinnon Pass'(해발 1,154m)를 거쳐 종착 지점인 '샌드플라이 포인트Sandfly Point'까지 걷는 코스이다. 중간에 눈이 쌓인 봉우리, 줄기차게 흐르는 물줄기와 그 속에서 유유히 헤엄치는 무지개송어떼들, 고색이 창연한 숲속 길, 그리고 힘차게 쏟아지는 폭포수 등 이 모든 것이 조화를 이루어 한 폭의 그림과도 같았다.

정점인 매키논 패스에서 갑작스런 안개 폭풍을 만나 한 치 앞도 보이지 않는 혼돈에 빠졌던 것도 이제는 좋은 추억으로 남았다. 마치 에밀리 브론테Emily Bronte의 「폭풍의 언덕Wuthering Height」의

한 장면을 연상케 한 15분 간의 드라마였다. 등산을 마치고 시작한 '밀포드 사운드'의 크루즈도 잊지 못할 여정의 한 토막이었다. 100번을 걸어도 또 걷고 싶은 곳, 그곳이 바로 '밀포드 사운드 트래킹'이다. 나는 누구에게나 시간과 경제 사정이 허락하면 꼭 한번 다녀오기를 권하고 싶다.

친퀘테레

오랫동안 기억되는 또 하나의 걷기 여행은 이탈리아의 '친퀘테레 Cinque Terre'였다. 이탈리아 하면 흔히들 로마나 밀라노 같은 대도시나 피렌체 같은 그림과 조각의 도시를 이야기하곤 하지만, 이와 대조적으로 바닷가 절벽을 하염없이 걸으면서 마을 해변에서 소박한 휴식을 즐기고 싶다면 라 스페치아La Spezia 서쪽에 있는 리구리아Liguria 지역에 위치한 '다섯 개의 땅'인 친퀘테레를 찾기를 권유한다.

해안 절벽 길로 연결된 다섯 개의 어촌 마을은 몬테로소 알 마레 Monterosso al Mare, 베르나차Vernazza, 코르니글리아Corniglia, 마나롤라Manarola, 리오마지오레Riomaggiore이다. 동쪽은 산, 서쪽은 바다로 되어 있어 경관이 수려하고 공기가 항상 맑아서, 사시사철 상쾌한 기분으로 걸을 수 있는 곳이다.

유럽을 여행하면서 늘 느끼는 일이지만 마을마다 그 마을의 특색 있는 산물이나 역사의 유적들이 있어 여행자의 호기심과 관심을 불러일으킨다. 친퀘테레도 예외가 아니어서 각 마을마다 그 마을의 특산물이 있다. 예를 들면, 몬테로소의 앤초비Anchovy(멸치),

코르니글리아의 젤라또Gelato(이탈리아 아이스크림), 친퀘테레 전역에서 나는 바질 잎으로 만든 바질 페스토Basil Pesto, 샤케트라 Sciacchetra(백포도주) 등 각종 먹거리가 쫙 깔려 있다.

교통수단은 각 마을을 잇는 기차가 거의 유일한 수단이라고 할 수 있다. 외부와의 연결이 불편한 것이 단점인 동시에 장점이라고 할 수 있겠다. 그래서 친퀘테레의 여행은 닷새나 일주일 간의 기차 패스를 사서 이용하는 것이 통례로 되어 있다. 한 마을에서 다음 마을로의 둘레길 여행이라고 생각하면 될 것이다.

깎아지른 절벽과 해변가를 달리는 기차를 상상해 보라! 스릴과 감격이 교차하는 여행이 될 것이다. 낮에는 산행, 저녁에는 부둣가 에서 긴 시간의 저녁식사를 하거나, 아직 젊다면 '비치 파티'에 가면 될 것이다. 마나롤라의 저녁 노을을 감상하며 아내와 둘이서 와인 잔을 기울이던, 카페에서의 낭만적 순간들이 지금도 생생하게 떠오른다. 이 두 산행이 아내와 함께한 근래의 여행 중에서 가장 기억에 남는 여행이다.

어떤 이는 "무엇 때문에 산행을 하느냐, 다시 내려올 것을" 하고 말하고, 또 다른 이는 "거기에 산이 있어서 오른다"고 이야기한다. 하지만 산행은 길을 걷는 것이고, 길이 없다면 길을 만들어 걷는 것이다. 미지의 아프리카를 탐험했던 리빙스턴David Livingstone처럼, 또는 1953년에 세계의 최고봉 에베레스트를 처음 등정한 에드먼드 힐러리Edmund Persival Hillary 경과 텐징 노르가이Tenzing Norgay처럼, 목숨을 걸고 미지의 세계를 개척하지는 못할망정, 목표를 향해서 걷는 심정이야 마찬가지일 것이다.

　인류는 바야흐로 새로운 차원의 도약을 눈앞에 두고 있다. 리빙스턴이나 힐러리, 노르가이의 탐험이 지구상의 미지에 대한 도전이었다면, 현재를 살아가는 지구인, 그리고 앞으로 태어날 새로운 세대들은 그 목표를 우주에 두고 있다. 달 표면에 착륙했던 닐 암스트롱이 말했듯이 "한 인간에게는 작은 한 걸음이지만, 인류에게는 위대한 도약이다(That's one small step for man, one giant leap for mankind)."

　인간은 달을 정복하고, 앞으로 2030년 무렵이 되면 화성에 가는 길을 열 것이다. 그리고 인간은 여기서 멈추지 않고 또 미지의 길을 찾아 무한히 발전해 나갈 것이다.

LG 산악 동호인과 함께한 지리산 종주.

코타 키나바루 정상에서.

코타 키나바루 정상에 오르기 전에 묵은 라반 라타Laban Rata 산장에서.

아내와 함께한 뉴질랜드 여행길에서.

샌디에이고 여행 중에.

아들과 며느리, 그리고 손녀와 손자.

딸과 사위 그리고 외손자

천재 천체물리학자의 출현을 기다리며

돌이켜 보건대, 나는 앞만 보고 달려온 일생을 살아왔다. 마치 백미러가 없는 비행기 조종석에서 목표를 향해 달리는 기분이었을까? 한국의 시골 마을에서 태어나 열 살이 되기까지 바다를 보지 못했던 어린 시절을 지나 초등학교 3학년에 해방을 맞이하고, 서울에서 중학교 3학년에 6·25전쟁을 경험하고, 대학과 군대 생활을 거쳐 미국에 유학을 가게 되었다.

미국에서 박사학위를 마치고 나는 벤처기업에 입사해 실리콘 밸리 한복판에서 연구 경험을 하게 되고, 일생일대의 첫 번째이자 마지막 발명의 희열을 맛보았다. 귀국 후에는 정부 출연 국책 연구기관인 한국과학기술연구소(KIST)에서 국내에서 처음으로 폴리에스터 필름 제조기술 개발에 성공했다. 그리고 럭키중앙연구소(현 LG화학 기술연구원)에서는 창립 초기부터 세계 굴지의 연구소로 도약하는 과정을 지켜보면서, 한국 최초의 유전공학(생명과학) 연구소를 민간 기업에 탄생시키는 데 일조했다. 또한 우리나라 최초의 국제 공인 의약품(미국 FDA 허가 품목)을 출시하는 데 기여했다.

나의 생활 철학은 "하면 된다"였다. 열악한 환경 속에서도 힘을 모아 노력할 때 불가능에 가까운 일도 나도 모르게 해결의 실마리를 찾게 된다. 이러한 마음가짐이 "불가능에의 도전"과 같은 일을 이룩해 낼 수 있었다고 생각한다. 나는 주간계획, 월간계획, 연간계획 등 계획을 세우는 것을 좋아한다. 그리고 앞으로 일어날 일들, 즉 미래 예측에 관심이 많다. 나는 모험심이 강하고, 여행을 좋아하고, 산에 오르기를 좋아한다. 나는 또 새로운 것을 좋아하고, 먹어보지 못한 음식을 즐겨 찾는다. 전문가 수준은 아니지만 와인도 즐겨 마신다.

이제 나 홀로 앞으로 올 미래를 상상해 본다. 인간은 지구상의 미지의 세계를 탐험해 왔다. 히말라야의 최고봉 에베레스트를 정복하고, 아프리카의 미지의 땅과 남·북극 지방도 정복했다. 인간이 달나라에도 착륙했고, 멀지 않아 화성에도 착륙할 것으로 보인다. 앞으로 태양계의 몇몇 혹성들도 탐험이 가능할 것이다. 그러나 지구인들은 이 정도에서 미지의 탐험을 마칠 가능성이 크다.

물론 생명체가 존재하는 별들을 찾으려는 노력은 앞으로도 계속될 것이다. 그런데 생명체가 존재할 수 있는 별들은 지구와 수백 또는 수천 광년 떨어져 있다. 인간이 빛의 속도를 가진 로켓을 발명하지 않는 한 우주여행의 꿈은 가상현실로 남을 공산이 크다. 아니면 암흑 에너지Dark Energy를 포함한 모든 우주의 비밀을 설명할 수 있는 5차원의 세계를 찾으면 모를까. 이 수수께끼를 풀 천재 천체물리학자의 출현을 조용히 기다려볼 수밖에 없다. 그럼에도 인간은 지구가 생명체를 유지하는 한 과학적 탐구와 미지에의 탐험을 계속

할 것이다.

책을 내면서 가장 먼저 떠오르는 분은 부모님이다. 두 분은 내가 이 세상에 태어나서 지금까지 살도록 해 준 원천적 유전자의 근원이며, 훈육으로 나를 길러 주신 분들이다. 책을 쓰면서 새삼 엎드려 감사를 드리고 싶은 심정이다.

두 번째는, 내 인생의 동반자이며, 애인이며, 친구였던 아내를 꼽지 않을 수 없다. 아내가 밤낮으로 회고록의 방향을 제시하고, 교정까지 봐 준 숨은 노력이 있었기에 이 책이 가능했다.

세 번째는, 회고록 편찬위원회를 만들어 진행 상황을 낱낱이 살피면서 온갖 귀찮은 일까지 도맡아 해 준 한규범, 박순재 박사와 박세진 부사장에게 심심한 사의를 표하고자 한다.

마지막으로, 졸고拙稿를 잘 다듬어 준 김당, 임선근 선생께도 감사드린다.

최남석을 말한다

후학들이 본 최남석

최남석 박사님이 회고록을 집필한다는 소식을 접하고 우리는 무척 반가웠다. 최남석 박사님이 회고록을 남기는 것은 그분의 개인사를 떠나 ㈜럭키와 LG화학, 특히 생명과학 분야의 '산 역사'를 기록하는 것이기 때문이다.

최남석 박사는 ㈜럭키중앙연구소(현 LG화학 기술연구원)에서 부장 직급 시절부터 소장(원장)으로 재직해 임원(이사, 상무, 전무)을 거쳐 부사장으로 퇴직한 뒤에도 수년 간 고문으로 일한, LG화학 연구 부문의 '살아 있는 역사'이다.

LG화학은 1979년 12월 국내 민간 기업으로는 최초로 종합연구소를 대덕에 설립해 고분자 및 정밀화학, 유전공학 등 첨단산업 부문 연구를 본격화했다. LG가 민간 기업 최초로 종합연구소를 설립한 것은 LG의 연구개발 역사에서 한 획을 긋는 중요한 사건이었다. 이후 LG화학의 연구개발 과정은 선진기술 모방기(~1984년), 자립기술 형성기(~1988년), 선진기술 도약기(1989년~)로 구분할 수 있다.

LG화학의 연구개발 부문이 이처럼 선진국형 연구 체제를 구축하는 데는 최남석 박사님의 리더십이 크게 공헌했다. 국내 민간 기업 최초로 유전공학연구부를 설치(1981년 12월)한 데 이어 유전공학 전문 연구동을 준공(1983년 2월)하고, 해외 현지연구소 LBC(Lucky Biotech Corp)를 설치해 해외 선진 기술을 현지에서 실시간으로 습득하고, '하이테크 리서치 파크Hi-Tech Research Park' 건설을 핵심으로 한 '연구개발 10개년 계획'을 수립해 시행한 것 등이 대표적인 사례이다.

최남석 박사님이 원장으로 재임하는 동안 연구개발 부문에서 선진국형 연구 체제를 구축했으며, 1990년대 들어 LG화학은 전통적인 화학회사에서 고분자, 정밀화학, 생명과학 등 첨단 분야에서도 신물질과 신기술 특허를 가진 정밀화학specialty chemicals 회사로 변신했다. 세계 최초로 상품화한 유전공학적 암질환 치료제 감마 인터페론, 한국형 C형 간염 바이러스 염기서열 규명, 인간 성장호르몬 '유트로핀' 개발, 제4세대 세파계 항생제 세계 최초 개발 등이 모두 최남석 박사님의 원장 재임 중에 거둔 성과이다.

그래서 최남석 박사님이 마지막 직함인 고문을 끝으로 현직에서 물러난 지 20년이 넘었지만, 최 박사님과 함께 연구열을 불태우던 후학 중에서도 특히 '골수 추종자'들은 지금도 해마다 최 박사님과 정기적인 산행과 모임을 가지며 따르고 있다. 이에 '골수 추종자'

들은 최남석 박사님의 회고와 기록에 조금이나마 도움을 드리려고 '최남석 회고록 편찬위원회'를 구성해 함께 근무했던 후배들에게서 최남석 박사님에 대한 기억을 '소환'하기로 했다.

그 결과로 유진녕 LG화학 CTO 사장 외에도 열한 분의 후학들이 최남석 박사님과의 인연과 리더십, 그리고 에피소드에 대한 짧은 글을 보내 주었다. 바쁜 가운데서도 우리의 '영원한 보스'인 최 박사님에 대한 기억을 '소환'해 준 열두 분의 소중한 글을 '최남석을 말한다'라는 제목으로 가나다(성명) 순으로 싣는다.

최남석 회고록 편찬위원회 위원(박순재·박세진·한규범)

'Group Leader' 제도에 대한 집념, "나는 서양식"

유진녕 | LG화학 CTO(사장)

1981년 1월 대전 럭키중앙연구소로 입사하기 전에 최남석 박사님을 찾아뵈었을 때 우리를 보고 "빨리 오지" 하던 말이 기억난다. 그때 말씀은 별로 없지만 의지가 매우 굳다는 첫 인상을 받았다. 그렇게 처음 뵙고 몇 년 지나지 않아서 최 박사님은 우수한 인재를 매우 갈망하고 편애한다는 느낌이 강했다. 기존 연구원들에 대한 불신이 컸던지, 당신이 직접 뽑은 인재들 외에는 인사도 잘 받아 주지 않았다.

당신의 전공은 고분자화학이었으나 새로 추진하고자 하던 바이오 분야에 대한 추진력은 매우 놀라웠다. 본사에 가서 임원들에게서 궂은 소리를 듣고 와서도 불굴의 의지로 될 때까지 밀어붙이는 것을 보고 감탄했고, 지금도 그 추진력을 흠모하고 있다. 또한 최남석 박사님은 늘 새로운 것에 대한 도전을 즐기고 원했기 때문에 만날 때나 스쳐 지나가더라도 항상 "What's new?"라고 물어 보면서 우리의 호기심과 관심을 자극했다.

나는 개인적으로 최남석 박사님으로부터 능력에 비해 많은 사랑을 받았다. 특히 1995년 그룹 임원 인사에서 새로 취임한 구본무 회장께서 30대 임원을 발탁하라고 했을 때, LG화학 내에서는 유일하게 기술연구원에서 30대 임원 후보를 추천한 덕분에 내가 임원으로 승진하게 되었다. 다른 사업 부문은 30대 임원이 나올 때에 생길 부작용을 우려해 최종적으로 모두 취소하였으나, 최남석 박사님만 끝까지 관철하여 나를 곤혹(?)스럽게 만들었던 것이 기억난다.

최남석 박사님이 1992년에 럭키중앙연구소 내에서 처음으로 직급이 낮은 사람이 리더가 되고 직급이 높은 사람이 조직상 부하로 근무하는 '그룹 리더Group Leader' 제도를 시행했을 때, 이에 대한 개인적인 불만으로 최 박사님께 불손하게 도발한 적이 있었다. 나 같았으면 화를 버럭 냈을 법한데, 최 박사님은 10초 이상 꾹 참으며, "사람의 사고방식에는 동양의 방식과 서양의 방식이 있는데 나는 서양식"이라고 말하고는 회의실을 나갔다. 이때의 모습을 보고 '그룹 리더' 제도에 대한 무서운 집념을 갖고 있음을 알았다. 이 일 또한 잊지 못할 기억으로 살아 있다.

'부드러운 카리스마'와 끝없는 인재 욕심

권석용 | 전 LG생명화학 인사부문장

LG에서 주로 인사부문에서 근무했던 나는 중앙연구소(현 기술연구원)에서 근무한 기간(1987년 1월-1988년 8월)이 짧았거니와 그때는 초년병 시절이어서 '하늘 같은 원장님' 곧 최남석 박사님과 직접 대면할 기회가 별로 없었다. 그래도 내가 담당한 인사 부문 업무와 관련해서는 최남석 박사님에 대한 몇 가지 인상적인 기억이 지금껏 남아 있다.

우선, 1987년 무렵은 럭키가 해외 박사 유치를 적극적으로 추진하던 초기 단계였다. 이때부터 고분자 부문의 박정옥·홍순용·박광호·박영기 박사, 바이오 부문의 이병건 박사를 영입하는 등 본격적이고 과감한 인재 영입을 시작했다. 당시 최남석 박사님은 박사 대 석사 연구원 비율을 1 대 3으로 해야 한다는 것을 향후 인력 운영의 기본 방침으로 설정하였다.

또한 최남석 박사님은 그 무렵 연구소의 대다수를 차지하는 석사 연구원의 사기 진작과 장기 근무 유인을 위해 해외 박사학위과정 파견 제도를 도입하여 적극적으로 실시하기 시작하였다. 그리하여 우수 연구 인력 중에서 그 대상자를 선발하여 매월 1,000달러를 지급하도록 했다. 그러나 실제로는 액수를 낮춰서 지원하되, 인

원을 좀 더 확충했다. (그전에는 해외연수 지원 규정에 따라 극소
수의 인력이 해외 주재원 수준의 지원을 받았다.) 이를 통해 처음으
로 선발한 인원이 홍창용, 고종성, 유진녕 박사 등이었고, 이후 지속
적인 학위과정 파견 제도를 통해 양성된 인력이 기술연구원의 동량
이 되었다.

최남석 박사님은 고분자화학이 전공임에도 불구하고 유전공학에
지대한 관심을 갖고, 유전공학연구소를 육성하는 데 역량을 집중한
것으로 기억한다. 연구소 벽면에는 유전공학의 미래를 상징하는 토
감자(열매는 토마토+뿌리는 감자) 포스터가 붙어 있었고, 해외에서 유
전공학 분야 인재를 파격적으로 영입하는 데 공을 들이는 모습이
인상적이었다.

최남석 박사님은 기술연구원의 비전과 목표에 대한 철학이 명확
했다. 특히 그 비전과 목표를 달성하기 위한 박사님의 인재 욕심은
한이 없었다. 그분의 리더십과 철학은 한마디로 표현하면 '부드러운
카리스마'이다. 보통 때는 자상하고 부드럽지만 업무 추진력은 과감
하고 신속했다. 예를 들면, 핵심 인재 영입에 대한 지시는 당일 기
안을 해서 올려야 했고, 그러지 않으면 불호령이 떨어졌다.

당시 럭키중앙연구소가 10만 평 규모의 동부단지(현 기술연구원)
로 확장 이전한 것도 최 박사님의 추진력이 없었다면 불가능했을
것이다. 사원 복지를 위해 당시 대전의 장동 사택 및 기숙사를 12
층(?)짜리 매머드 복지 시설로 추진하던 모습도 기억에 생생하다.
최 박사님은 연구원과 지원부서를 나누어 정기적으로 유성온천 지

역의 고깃집에서 회식과 간담회를 가지곤 했는데, 그럴 때마다 모든 참석자들에게 술잔을 돌리며 편안하게 대화를 유도하는 등 지속적인 단합과 사기 진작을 위해 애썼다.

내 인생의 커다란 전환점이 된 단호한 결단

김명환 | LG화학 Battery연구소 소장, 사장

나는 1982년 1월 KAIST 석사를 마친 후 LG화학 중앙연구소 고분자 연구부문(당시 제3연구부문)에 입사해 1985년 7월까지 3년 6개월 동안 근무했다. 그 뒤 LG를 떠나 해외 유학을 마친 뒤 대한석유공사(유공)에서 근무하다가, 다시 LG로 돌아와 1992년 12월부터 현재까지 LG화학 고분자연구소, 정보소재연구소, 배터리연구소에서 근무하면서 최남석 박사님과 오랜 기간 인연을 맺었고, 지금도 1년에 한두 번씩 뵙고 조언을 듣고 있다.

최남석 박사님은 항상 새로움을 찾고 10년, 20년 앞을 내다보는 혜안을 가진 분이었다. 지금도 규모나 디자인 면에서 다른 회사의 벤치마킹 대상이 되고 있는 LG화학 기술연구원 건물 설계 및 규모를 30년 전에 구상하고 과감하게 추진했다. 1990년대 말에도 본사 고위층이 대전 연구소를 방문할 때면 "나는 대전 연구소 올 때면 같이 오는 부장들에게 우황청심환을 먹여! 왜냐하면 이들이 연구소 건물 보고 심장마비 걸릴까 봐"라고 비아냥거릴 정도로 기술연구원은 당시로서는 대단한 건물이었다.

과감한 한편으로는 꼼꼼하고 전략적이며 소신이 강해 한번 결정한 것은 확실히 실행을 하는 분이었다. 아랫사람들에게 업무상으로는 엄하지만, 업무를 떠나서는 자상하게 챙겨 주었다. 일례로 1980년대 초에 연구원들이 업무가 끝난 뒤에 자주 들르는 호프 집에 와서 연구원들의 밀린 외상 술값을 갚아 주곤 했다.

내가 LG화학으로 무사히 안착(?)하게 된 것도 최남석 박사님 덕분이었다. 나는 1992년 11월 중순에 대한석유공사(현재 SK이노베이션) 인천연구소 신소재개발팀장으로 근무하던 중, 여러 가지 이유로 미국으로 유학 가기 전에 근무했던 LG화학으로 이직하고자 사표를 냈다. 당시 직속 상사였던 유공의 연구소장과도 퇴직 면담을 하였기에 다 정리가 된 것으로 생각하고, 대전의 LG화학 고분자연구소에서 12월 1일부터 근무를 시작했다.

그런데 근무를 시작한 지 두 주일이 채 되지 않아서 당시 여종기 고분자연구소장이 내게 "유공으로 일단 다시 돌아가는 것이 좋겠다"고 말했다. 이유는 유공 고위층으로부터 LG화학의 대표이사인 최근선 사장에게 "김명환 박사를 받지 말고 돌려보내 주면 좋겠다"고 연락이 왔기 때문이었다. 최근선 사장님은 곧바로 여종기 소장에게 "채용 문제로 괜히 시끄럽게 하지 말라"고 했고, 여 소장으로서는 어쩔 수 없이 내게 유공으로 일단 돌아가라고 하게 된 것이었다.

나는 황당하였으나 어쩔 수 없이 인천의 유공 연구소로 잠시 다시 돌아가게 되었다. 한편으로는 나를 채용하기로 하였고, 잠시나마 근무도 하게 했던 회사가 어떻게 전 직장으로 다시 돌아가라고 할 수 있나 싶어 무척 실망스러웠다. 이럴 바에는 두 회사 모두 그만두는 것이 낫겠다는 생각도 들었다.

그러나 이미 떠나기로 마음먹었기 때문에 유공에는 다시 한 번 퇴직 의사를 밝혔다. 근로기준법에 따라 본인이 확고한 퇴직 의사를 갖고 있으면 회사로서는 받아 줄 수밖에 없다는 점을 알기에, 퇴직 문제가 완전히 해결이 되지 않은 상태였지만 1993년 1월에 LG화학으로 다시 와서 근무를 재개했다. 하지만, 유공에서는 여전히 사표를 수리해 주지 않고 다시 돌아오라고 종용하던 중이어서, 심적으로 안정되지 못한 상태로 일을 하고 있었다. 알고 보니 유공 내부에서 이직을 반대해 퇴직 처리가 지연되고 있었다.

그러던 어느 날 최남석 박사님이 나를 사무실로 불렀다. 찾아뵙자 옆에 앉으라고 하더니, 유공 쪽에 전화해 "김명환의 사표를 수리해 달라"고 단호하게 말했다. 이 일로 유공에서는 나를 설득하는 것을 포기하게 되었고, 나는 그 뒤부터 안정적으로 근무할 수 있게 되었다.

당시 최남석 박사님의 단호함이 없었으면 나는 LG화학으로 오지 못했을 수도 있었고, 전지 개발도 하지 못했을 것이다. 유공으로부터의 채용 철회 압력에 굴하지 않고, 나를 LG화학으로 오게 해 준 최남석 박사님에게 다시 한번 감사를 드린다. 최 박사님은 내 인생의 커다란 전환점이었다.

두려움과 아쉬움이 공존했던 사내 세미나

김인수 | ㈜유디피아 대표이사

나는 1987년 1월 1일부터 2011년 12월 31일까지 LG화학에서 근무했다. 최남석 박사님을 처음 만난 것은 럭키(현 LG화학) 입사 면접에서였다. 돌아가신 성재갑 당시 부사장님과 최남석 박사님(전무) 두 분이 면접관이었다.

근무지인 대전 연구단지 럭키중앙연구소는 대단한 연구원들로 가득 찬 곳이었다. 내가 속한 부서는 유전공학연구부였다. 매일 일지 형태의 근무보고서를 작성하면서 참으로 열심히 일하던 시절이었다. 최 박사님은 연구원들을 몇 명씩 모아서 저녁을 함께하곤 하였는데 그때부터 박사님한테서 맛있는 음식에 대해 배웠다. 화성불고기, 기린 동산, 그린하우스 등 기억이 아련하다. 고기를 잘 굽는 요령도 배웠고, 소고기 부위 중에 '안창살'이 있다는 것도 그때 알았다.

함께 근무한 사람이라면 누구나 기억하는 일이겠지만, 박사님은 늘 연구소를 돌아다니며 연구원들에게 한결같이 "What's new?"라고 인사하시곤 했다. 연구원들한테는 긴장되는 시간이었다. 또한 최 박사님은 늘 새로운 분야를 탐구하였다. 관심 있는 토픽이 있으면 우리 중 돌아가며 한 사람을 지정하여 "자네가 이 분야에 대해서 세미나를 한번 준비해 보지?" 하곤 했다. 우리는 박사님한테서 지목되는 것을 두려워하는 한편으로, 지목받지 못하면 아쉬워하기도 했다.

공부에 대한 최 박사님의 이 같은 열정은 LG를 떠난 뒤에도 계속되었다. 사람들을 모아 카이스트KAIST에서 또는 한화연구소 등에서 자리를 마련하고 정기적으로 세미나를 개최해 새로운 학문을 공부하였다. 2000년에는 때마침 영국에서 늦은 공부를 하고 돌아온 나에게도 기회를 주어서 함께 세미나를 했던 기억이 난다. 지금도 여전히 대단한 열정으로 늘 공부하는 최 박사님이 존경스럽다.

최남석 박사님에 대한 기억의 대부분이 공부하고 연구하는 방향을 잡아 주는 그런 모습이지만, 그 외에 식도락에 관한 것도 그 못지않다. 입사 1, 2년차 때인 1987년 아니면 1988년 무렵에 '하늘 같은 원장님'과 저녁을 같이 할 기회가 생겼는데, 그때 유성에 새로 생긴 피자 집에 함께 간 것이 기억난다. 피자는 젊은 사람들이나 좋아하는 음식이라고 생각했는데 저녁 먹으러 피자 집으로 가자고 해서 내심 놀랐다.

그런 기억이 있어서 그런지, 요즘도 나는 최 박사님과 식사할 때면 피자 집을 가곤 한다. 요즘도 여전히 맛집에 대해서는 나보다 훨씬 더 잘 알아서 여전히 배우고 있다. 사실 이 글을 쓰는 오늘도 최 박사님과 '카사블랑카'라는 모로코 음식점을 가기로 했는데, 나한테 갑작스런 일이 생겨 가지 못하였다. 다음에는 꼭 시간을 내서 모시고 갈 생각이다. 늘 건강하셔서 후배들과 함께하시는 날이 오래오래 계속되면 좋겠다.

'신약싸롱'과 영원한 우리의 보스

박세진 | ㈜레고켐바이오사이언스 부사장

우리는 최남석 박사님을 그냥 "우리의 보스"라고 부른다. 특히 최 박사님을 직접 모신 기획팀 사람들은 거기에 한마디 더 보태서 "우리의 영원한 보스"라고 부른다. 무엇이 어떤 사람을 "우리의 보스"라고 부르게 만들었을까?

현직에서 물러난 지 20년이 넘었지만 '영원한'을 덧붙인 최 박사님의 골수 추종자들은 지금도 매년 최 박사님과 정기적인 모임을 포함해 여러 차례 뵙고 있다.

후학들 나름대로 최 박사님과 얽힌 나름대로의 추억과 장면들이 많겠지만, 내 경우는 최 박사님이 대덕의 LG화학 기술연구원장 직에서 물러난 후 미국 샌디에이고의 LG BMI에서 은퇴하던 때까지 2년여 동안의 시간을 같이 할 수 있는 행운을 가진 바 있다. 돌이켜 보면 항상 더 잘 모셨으면 하는 아쉬움이 있고, 기대에 못 미친 보필이라 후회스럽지만, 최 박사님의 인간적인 모습들을 많이 볼 수 있었던 소중한 시간들이었다.

"왜 우리는 이분을 영원한 보스라 부르고 있을까," 그 이유는 쉽게 정리될 간단한 일은 아니다. 다만 내게는 회사를 경영하면서 수많은 난관을 겪을 때마다 "이분이라면 이 문제를 어떻게 해결하실까?" 하면서 가장 먼저 떠올리는 분이 바로 최 박사님이다. 흔히 좋은 것을 보거나 맛있는 것을 먹을 때 제일 먼저 생각나는 사람이 가장 사랑하는 사람이라고 하는데, 회사의 경영자이자 리더로서 이런저런 상황이 생길 때마다 제일 먼저 생각난다면 그분이 바로 나의 보스가 아니겠는가?

지난해 연말 송년회 때도 뵈었지만, 시간이 갈수록 최 박사님은 내게 점점 더 따스하고 인간적인 모습으로 다가온다. 헤어질 때 애정과 아쉬움을 담은 눈빛으로 손을 일일이 잡아 주고 차창을 내리고 손을 흔들며 떠나는 모습은 항상 따뜻함과 함께 애틋함을 내 마음에 남긴다.

2016년 10월 '신약싸롱'이라는 모임(이 모임도 이정규 대표를 포함한 LG 출신들이 주역이다)에서 최 박사님의 리더로서의 모습을 정리해 발표할 기회가 있었다. 민간 기업 연구소장으로서 한국의 바이오를 앞에서 이끌어 오신 최 박사님의 Managerial Leadership에 대해 듣고 싶어한 것이었다. 평상시 생각해 왔던 내용이라 별로 시간 들이지 않고 한 30분 만에 정리하여 발표한 것이 아래의 내용이다. 옆에서 곁눈질로 보아 온 최 박사님에 대한 작은 스케치로 이해해 주기 바란다.

신약 리더쉽 사례 연구: 최남석 박사를 중심으로

2016년 10월, '신약싸롱' 모임에서

저는 현재 레고켐바이오의 CFO를 맡고 있는 박세진입니다. 고려대에서 경제학을 전공하고 1987년 LG화학 기술연구원 관리부문에 입사하여 구매, 기획, 인사팀장, 그리고 샌디에이고 현지 신약연구소 경영관리 담당을 거친 후 다시 기술연구원으로 복귀하여 전략기획팀장과 OLED 사업팀장을 거쳐, 지난 2006년 5월 LG생명과학 신약연구소장 출신인 김용주 대표님과 레고켐바이오를 공동 창업하여 오늘에 이르고 있습니다. 현재 저의 보스로서 LG생명 신약연구소장 출신인 김용주 대표님과는 1987년 입사 이래로 형제와도 같은 인연을 맺어 어언 30년을 모시고 있습니다.

오늘의 주제는 '신약연구소의 리더십'입니다. 참으로 어렵고 막연한 주제이긴 한데 다행스럽게도 저는 LG기술원 시절에 제가 스태프로서 모셔 본 경험이 있는 최남석 박사님과 고인이 되신 여종기 박사님, 두 분의 걸출한 기술원장님과 현재 저의 보스이신 김용주 박사님, 이 세 분을 통해 다양한 리더십을 경험하였습니다. 오늘은 시간상 최남석 기술원장님을 중심으로 얘기를 풀어 보려 합니다. 먼저 양해 드릴 것은 대그룹의 기업 연구소 중심임을 이해해 주시기 바랍니다.

최남석 박사님은 LG 출신들이라면 누구도 이의 없이 오늘의 LG생명뿐만 아니라 대한민국의 신약 발전의 제1공신으로 꼽는 존경

받는 분입니다. 1980년 LG화학 기술원 초창기부터 최고책임자의 중책을 맡아 신약뿐만 아니라 오늘날 LG화학의 핵심 사업인 배터리를 포함한 전자재료 분야를 일구신, 제 식으로 표현하면 '영원한 우리의 보스'이십니다. 이분의 철학과 R&D 운영 방식을 짧게 정리함으로써 '신약 리더십'의 한 사례를 말씀 드리고자 합니다.

첫째, 깃발을 꽂아야 합니다. 연구소의 역할은 최소한 10년 후에 먹고 살 것을 마련해야 한다는 책임과 철학 하에 가야 할 분야를 고민하신 후 이곳으로 간다는 깃발을 꽂으셨습니다.

신약이란 부문에서 한국은 불모지나 다름없던 1984년에, 미국에서 지금의 크리스탈 지노믹스 대표인 조중명 박사님을 현지 채용하여 바이오 신약 개발을 시작하고, 국내에선 김용주 박사를 통해 합성신약 개발을 시작하셨습니다. 당시의 제약회사들이 제네릭과 리베이트를 통한 사업에 치중할 때 LG는 글로벌 신약을 개발하겠다는 기치를 내걸었다는 점을 회고해 보면, 이분의 통찰력과 비전에 존경을 금할 수 없습니다. 또한 1990년 초에 화학제품, 농약, 염료, 화장품, 건축자재 등이 중심을 이루던 화학 분야에서 전자재료를 해야겠다는 깃발을 꽂아 오늘의 LG화학의 주력 사업이 된 배터리, 편광판, OLED 등의 씨앗을 심으신 것도 이분의 위대함을 증명해 주는 좋은 사례라 봅니다.

적어도 10년 후에 연구소가 가야 할 방향이 무엇인지를 결정하는 것은 10년 후 회사의 생존과 직결되는 것입니다. 만약 1980년대 중반에 신약을 시작하지 않았다면, 1990년 초에 전자재료를 시작하지 않았다면, 이렇게 가정해 보면 깃발을 제대로 꽂는 것이 얼마나 중요한 리더의 역할인지가 명확해진다고 봅니다.

둘째, 꽂은 깃발을 향해 흔들림 없이 갈 수 있는 실행력의 확보입니다. 10년, 20년 후의 회사 생존을 걱정하는 사람은 아마도 대기업의 체질상 오너밖에 없지 않을까 합니다. R&D 비용, 특히 현재 사업이 아니라 미래 사업을 위한 연구비를 기꺼이 내고자 하는 월급쟁이 사장이나 사업부장은 별로 없습니다. 금년 한해만 보고 일하기에도 벅찬 분들인데, 10년 후를 위해 지금 자기들이 뼈 빠지게 번 돈을 연구비로 내서 수익이 나빠지는 상황을 싫어하기 때문에 연구소에 수많은 태클을 걸어 옵니다. 이런저런 태클을 피해 가는 좋은 방법은 오너로부터 확고한 지지를 받는 것입니다. 자기들 임면권을 쥐고 있는 오너가 연구 책임자를 총애하고 지지하면 겉으로는 말이 많아도 결국에는 방해를 하지 못합니다.

최남석 박사님의 경우 당시 구자경 회장님과 주기적으로 독대를 하셨습니다. 계열사 사장이라고 한들 회장님 얼굴 한 번 보기 힘든데, 최남석이라는, 돈만 쓰는 연구소장은 수시로 회장님이 불러서 가니 아무리 미워도 함부로 할 수가 없었을 것입니다. 제가 샌디에이고 연구소에서 최남석 박사님을 모시고 있을 때, "회장님 방에 불려 가면 주로 어떤 얘기를 나누시는지요?"라고 여쭤 보았습니다. 최고문님은 "뭐, 취미로 재배하시는 버섯 병충해 방지를 어떻게 하는지 등 사적인 얘기도 하고 틈을 봐서 내가 하고 싶은 미래 연구 방향 등에 대한 얘기도 짧게 말씀드리지" 하시고는, "내가 들어갔다 오면 회장님과 무슨 얘기를 나누었는지 사장들이 굉장히 궁금해하더군" 하며 웃으시더군요.

결국 오너의 사적, 공적인 일의 대화 파트너로서 절대적인 신뢰를 받으신 것이 단기적 시각을 가진 사업부문의 공격을 피해 갔던 최고의 무기였던 것입니다. 실행력의 확보를 다른 말로 하면 미래 연구를 하는 데 필요한 연구비의 확보와 간섭받지 않는 자율성 확보입니다.

깃발을 꽂고, 깃발을 향해 나아갈 실행력을 확보한다는 것을 다른 말로 하면 내가 진정으로 하고 싶은 일이 확실히 있고, 그것을 할 수 있는 자원을 확보하는 능력이라고 할 수 있습니다. 현재 각자들이 처한 조직의 상황이나 역학 관계가 모두 달라 실행력 확보 방안은 다 다를 수 있겠으나, 우리는 이 방향으로 간다라는 깃발을 꽂는 것은 어떤 조직에서도 리더들이 갖춰야 할 본질적인 덕목이라 하겠습니다.

기업 연구소의 훌륭하신 연구소장님이나 연구 책임자들이 아마도 이러한 자율성이 확보되지 않는 것에 염증을 느끼고 회사를 떠나는 분들이 많을 것입니다. 그러나 떠나기에 앞서 내가 하고 싶은 일을 마음대로 하기 위해 가장 큰 우산이 되어 줄 든든한 실권자의 신뢰를 받기 위해 나는 어떤 노력을 했는지 하는 부분을 돌아보아야 할 것입니다. 사실 이러한 자율성을 보장받지 못해서 회사를 떠난 대표적인 케이스가 바로 현재 저의 보스인 김용주 박사님입니다.

셋째, 일관성 있는 조직, 인사관리 능력입니다. 최남석 박사님의 조직 및 인사 철학을 한마디로 요약하면 '위인설관'입니다. 제가 기획팀 및 인사팀장으로 있을 때 가장 많이 한 일이 조직 개편이었습니다. 아마 2년에 한번 정도 큰 조직 개편이 있었고, 그 사이 여러 작은 개편들이 있었습니다. 당시에는 말귀 알아듣기에도 바빴고, 지시하신 일들 따라가기도 바빠서 잘 몰랐는데, 나중에 돌이켜 생각해보니 결국 "어떤 일을 시키고 싶은 사람이 있고 이 사람이 일을 가장 잘하게 하기 위해 조직을 개편"하신 것이었습니다. 즉, '위인설관'하신 것입니다. 이 과정에서 직급이나 선후배가 역전되어 낮은 직급의 후배인 팀장 밑에 직급이 높은 선배 학번이 팀원으로 일하는 경우가 종종 있었습니다.

최 박사님은 처음부터 누구를 중용하지 않습니다. 여러 해 동안 연구원들의 성과나 태도 등을 치밀하게 지켜보신 후 본인의 기준을 통과하면 그 사람한테 절대적인 신뢰를 주시고 또 그 사람 중심으로 조직을 운영하십니다. 장단점이 다 있는 방식이지만, 개인 역량이 절대적으로 중요한 연구에 있어서는 '위인설관' 방식이 시사하는 바가 많다고 생각합니다.

최남석 박사님은 말씀이 어눌하십니다. 연설 같은 것은 참 못하십니다. 그런데 이분의 말씀엔 두고두고 음미해야 할 명언들이 참 많습니다. 기술원장 시절이나 여든이 넘은 지금도 피라미에 불과한 저 같은 사람을 만나실 때도 메모지에 항상 꾹꾹 눌러쓰신 키워드를 적어 오십니다. 대개 서너 개를 넘지 않으십니다. 메시지가 명확하신 것이지요. 항상 생각하고 있는 고문님이 직접 해 주신 말씀과 주신 교훈 몇 가지를 전달해 드리며 오늘 시간을 마칠까 합니다.

"경영은 회색을 흑과 백으로 나누는 것이다"

경영에 대해 수많은 정의들이 있지만 저에게는 이 말씀이 바이블입니다. 우리가 하는 모든 의사 결정이 얼마나 어렵습니까? 온통 회색인 현실을 내가 일정한 기준으로 흑과 백으로 구분해 내서 의사 결정을 하는 것이 경영이란 말씀입니다.

"좋은 리더는 좋은 일에는 뒤로 물러나고, 나쁜 일에는 앞장서는 사람이다."

저는 그 어떤 책이나 강의보다도 최 박사님이 인용하신 이 한마디가 리더십의 본질을 잘 얘기해 준다고 생각합니다.

"조직의 수준은 조직장을 넘지 않는다."

기본적으로 회사 생활은, 특히 대기업의 R&D 조직은 본인의 입지에 방해되는 경쟁사를 본능적으로 배제시키려는 경향이 있습니다. 따라서 조직장이나 팀장은 자기보다 유능한 사람을 밑에 두려하지 않습니다. 이런 점에서 조직장 임명은 정말 신중하게 해야 한다고 생각합니다.

최남석 박사님의 건강을 기원하며, 오늘 시간을 마치고자 합니다. 감사합니다.

LG의 바이오 생태계가 공유하는 인적 유산

박순재 | ㈜알테오젠 대표이사

1988년 여름, 나는 MIT에서 포스닥 과정을 마무리하고 취업하기로 결정했다. 고등학교 선배가 전화를 해서 한국의 대기업인 럭키화학의 연구소에서 바이오 부문 연구를 하는데 연구원을 찾는다고 일러 주었다. 당시 럭키화학 바이오텍연구소는 미국 캘리포니아 에머리빌Emeryville의 카이론Chiron이라는 회사 안에 현지 연구소(LBC)를 운영하고 있었다.

나는 거기에서 최남석 박사님과 현지 연구소장인 조중명 박사님을 비롯한 파견 연구원들 앞에서 세미나를 하였다. 당시 최남석 박사님을 처음 접한 인상은 무언가 신중하고 결연한 의지에 차 있는 모습이었으나 말씀이 많은 분은 아니었다. 그때 받은 최 박사님에 대한 첫 인상은 내가 LG를 다니는 내내 변함이 없었다. 최 박사님은 평상시에 생각이 많지만 아이디어를 머릿속에서 정리한 다음에 툭 하고 내뱉듯이 말씀을 하는 분이었다. 그 인상은 지금까지 이어오고 있다.

나는 1989년 여름에 대덕연구단지에 있는 럭키 바이오텍연구소에서 본격적으로 바이오시밀러에 대한 일을 시작하였다. 당시 바이오텍연구소의 인원은 현재 ㈜알테오젠의 인원 정도밖에 되지 않는 소규모였으나, 구성원 각자가 의욕과 열정으로 뭉쳐진 대한민국 최고의 인재들이 모여 있었다. 최 박사님의 인재 사랑과 욕심은 대단해 보였다. 내 생각에는 그분의 럭키중앙연구소장으로의 역할의 절반 이상이 인재 확보가 아니었나 싶을 정도로 그분이 계신 동안 럭키 바이오텍연구소에는 국내 최고의 인재들이 모여들었다. 그때의 그 인재들이 세월이 지나 오늘날 각 부문에 진출하여 국내 바이오 사업을 이끌고 있다고 생각한다. 특히 당시로서는 파격적으로 나와 아내인 정혜신 박사까지 부부를 함께 채용한 그분의 열정에 감사드린다. 현재의 기업 연구소장으로서도 감히 내리기 어려운 결정을 30년 전에 단행한 그 결단력과 이해심에 존경을 표한다.

나는 당시에는 국내 바이오 산업의 인프라 구조가 바이오 신약을 개발할 수준이 되지 못한다고 생각하였다. 바이오 신약은 새로운 물질을 창출하는 데에서 그치지 않고 그 물질에 대한 효력, 효능, 독성 등 여러 분야의 기술이 체계적이고 보완적으로 같이 구축이 되어야 개발 가능한 분야인데, 당시의 한국 상황은 바이오 산업에서 이제 걸음마를 시작한 단계에 지나지 않았다.

국내 바이오 회사로서는 이미 선진국에서 사업화한 바이오 제품을 복사해 개발하는 바이오시밀러가 옳은 길이라고 생각했고, 많은 바이오텍 연구진들이 이에 한 마음 한 뜻으로 같이 일하였다. 내가 럭키에서 사명을 변경한 LG 바이오텍연구소에 근무하는 동안, 바이오텍 연구소의 미래에 대하여 개인적으로 최남석 박사님과 심도 있는 대화를 자주 하지는 못하였으나, 최 박사님이 바이오텍연구소에 대해 전폭적으로 물적, 인적 지원을 하는 모습을 보고 그 분의 바이오에 대한 사랑과 기대가 대단함을 의심하지 않았다.

당시 바이오텍 연구원들은 신명과 사명감으로 일하였다. 최 박사님이 대덕 연구소에 오는 날이면 각 층을 빠짐없이 돌아다니면서 연구원들에게 오늘 새로운 실험 결과가 없냐고 질문을 던지고 그 자리에 서서 즉석에서 논의하는 모습은 매우 신선하였다. LG 연구소가 기업 부설 연구소이다 보니 일년에 두세 번 사장 및 회장단에게 연구소 성과를 발표하는 것은 매우 중요한 행사라고 할 수 있다. 사업부에 있는 경영진들은 기술적인 내용을 이해하기도 어렵고 잘 알 수 없기 때문에 그들을 이해시키기 위해 쉽게 장표를 만드는 것이 매우 중요한 업무였다.

한번은 우리가 준비한 보고 장표를 최 박사님이 미리 점검하면서 발표를 맡은 연구원에게 "집에 가서 부인을 앉혀 놓고 발표를 해서 이해를 하는지 시험해 보라"고 말씀하던 일이 생각이 난다. 기술자들이 비전공자들도 이해시킬 수 있는 발표 능력을 키우는 것이 매우 중요하다는 것을 가슴 깊이 각인하게 된 계기였다.

바이오시밀러에서 얻은 경험과 응축된 노하우know-how는 바이오 신약을 연구개발하는 밑거름이 되었다. LG는 2000년도 초반까지 바이오시밀러에서 세계적인 수준의 기술과 업무에 대한 경험을 축적하였다. 그러나, 최 박사님이 LG 바이오텍연구소를 바이오시밀러에서 바이오 신약으로 한 단계 도약시키는 계획을 구상하고서 이를 실행하지 못한 채 LG를 떠나게 된 것은 국내 바이오 산업의 발전을 위해서도, LG를 위해서도 매우 아쉬운 점이다. 이제 최 박사님 밑에서 훈련을 받은 우리 후배들이 우리나라 바이오 산업의 발전을 위해서 매진해야 할 것이다. 우리가 공유하는 인적 유산은 그렇게 지속이 될 것이다.

"그런 정신으로 어떻게 벤처를 하려고 하나!"

안창수 | 전 LG화학기술연구원 전략기획팀장(현 에스디지 대표이사)

1984년 럭키중앙연구소에 입사했을 당시 최남석 박사님은 전무이사였고, 직책은 연구소장이었다. 당시 최 박사님의 아우라와 카리스마는 대단했다. 아마도 최 박사님은 나를 1985년 대덕연구단지 체육대회 축구 우승의 주역으로 빠른 스피드를 가진 운동 잘하는 사원으로 기억할 것이다. 이어 내가 1986년 3급시험(대리 진급시험)에서 전사 1등을 함으로써 운동만 아니라 공부도 좀 하는구나 하는 이미지를 가졌던 것 같다.

최 박사님이 서울대, 카이스트, 해외 박사만 선호한다는 세간의 생각은 박사님에 대한 편견이었다. 최 박사님의 사람에 대한 능력평가는 일반인이 생각하는 것과는 다르게 그 사람에 맞추어서 테스트하는 것이 아니라, 훨씬 더 난이도가 높은 실제 주제를 부여하고, 상대평가가 아닌 절대평가를 한다는 것이다.

내 기억으로는 1986년 대리 진급 후 최 박사님한테서 첫번째로 부여받은 과제는 '연구소 조직 개편안'을 만들어 보고하는 것이었는데, 지금 생각해 봐도 그 일은 입사 3년차에게 맡길 과제가 아니었다. 그것도 많은 시간이 아닌, 당신의 해외출장 기간인 일주일 동안 준비해 보고하라는 것이었다.

여하튼, 당시 기획과장이었던 이익수 과장님의 지도 아래 보고서를 준비해 일주일 뒤에 최 박사님에게 직접 보고하였을 때, 최 박사님이 벌떡 일어나서 박수를 치며 "안창수 씨는 과기처 장관을 해야 되겠어!" 하던 말씀이 30년이 지난 지금도 귓전에 생생하다. 그 기억은 나에게 평생 잊을 수 없는 행운이었다고 생각한다.

최 박사님은 부하 사원의 능력을 파악하고 몸소 과감한 테스트를 실행하는 실용적이고 실증적 인사 철학을 가진 분이었다.

입사 4년차였던 1987년경 연공서열 중심, 여사원에 대한 인사 불이익 등 관리부문장에 대한 불만으로 본사 전출을 말씀드렸을 때, 최 박사님은 회사 생활을 하려면 그룹 기획조정실 경험도 필요하니까, 당시 이견 부장이 있는 기획조정실 기술팀에 가 보는 게 어떠냐고 제안해서 2년 동안 기획조정실 근무도 했다. 또 기획과장 4년차(1994년)에는 앞으로 글로벌 시대가 될 테니까 해외 근무도 해 보는 게 어떠냐고 권해서 뉴욕 기술협력사무소로 발령받아 2년 동안 해외 경험도 하게 되었다. 최 박사님은 이처럼 미래를 생각하며 장기적인 포석을 두는 인사철학을 가진 분이었다.

내가 본 최남석 박사님의 리더십의 핵심은 "무엇을 할 것인가?(What's new? Something difference.)"와 "누가 적임자인가?(Who is the right person?)"의 두 가지인 것 같다.

내가 입사해서 얼마 되지 않았을 때, 기획과(지용붕 과장)는 최 박사님으로부터 군사작전 지도와 같은 '럭키 하이테크 밸리Lucky Hightech Vally'(현재 LG화학 기술연구원)라는 커다란 지도를 구상하고 구체화하라는 지시를 받았다.

대한민국 어디에서도 구상한 적이 없는 첨단 매머드 하이테크 밸리Hightech Vally를 구상하였던 것이다. 지금은 흔한 이야기가 되었지만, 당시에는 생소한 바이오테크, 정밀화학, 고분자소재와 같은 첨단 분야를 탐색하고 설계하는 프로젝트였던 것이다. 이처럼 최 박사님의 리더십은 보이지 않는 미래를 생각하고 남들이 생각지도 못했던 모습을 실현해 나가는 것이었다.

최 박사님은 누가 적임자인가를 찾아내고 육성해 나가는 것에 거리낌이 없었다. 구체적인 이름은 거명할 수 없지만, 신약 개발을 위해 정밀화학과 바이오테크 분야를 융합할 때 인사 갈등이 벌어졌다. 기존의 선임자들을 제치고 누구도 예상하지 못하던 발탁 인사를 해서, 승진을 예상했던 당사자와 갈등이 벌어진 일은 보통 사람으로서는 감내해 내기가 어려운 현실적 문제였지만, 최 박사님은 개의치 않았다.

최 박사님과의 에피소드 중에서 가장 기억에 남는 것은 코타키나발루 산행에 얽힌 것이다. 내가 LG를 나와 첫번째 벤처 시절인 2002년 3월초 최 박사님(당시 68세)은 생전 듣도 보도 못한 코타키나발루산을 가자고 제안하였다. 지금은 '코타키나발루 산행' 여행 패키지가 생길 정도로 유명해졌지만, 당시에는 산행 매니아들에만 조금 알려진 정도였다

산행은 1,900미터 지점에서 출발하여 3,200미터 높이까지 오른 다음, '라반라타'라는 중간 쉼터에서 이른 저녁을 먹고 잠자리에 들

었다가, 밤 12시 자정에 출발해서 4,195미터 정상에서 해돋이를 구경하는 패키지인데, 나는 저녁식사를 하고 정상까지 가는 것이 엄두가 나지 않아 "저는 여성 두 분(사모님과 집사람)과 함께 여기서 기다리고 있겠습니다" 하였더니, 최 박사님이 곧바로 "그런 정신으로 어떻게 벤처를 하려고 하나!" 하고 호통을 치는 것이었다.

그 말씀에 정신이 번쩍 들어, 아무 말 없이 침낭에 들어가 잠을 청하고 밤12시에 일어나 산행을 시작하였다. 그러나 해돋이 시간에 도착해야 할 4,195미터 정상에 오전 10시나 돼서야 도착하였다. 정상을 200미터 남긴 지점에서 산소가 부족하여 10미터 가서 쉬고, 또 10미터 가서 쉬고 하다가 마지막 정상을 향해 숨을 몰아쉬던 최 박사님의 모습이 지금도 눈에 선하다.

또 하나의 에피소드는 등산 도우미 셰르파에 대한 이야기이다. 셰르파들은 한국 돈 만 원도 안 되는 돈을 받고 20, 30킬로그램이나 되는 짐을 어깨에 메고 산행을 같이 한다. 출발지에서 중간 지점인 라반라타 산장까지 가는 동안 산도 오르기 힘든데, 최 박사님은 "운동화도 아닌 슬리퍼를 신고 어떻게 이런 험한 산행을 하나?"면서 "산행을 마치면 신발을 신겨 봐서 맞으면 주고 가야겠어"라고 여러 번 이야기했다. 그런데 등산을 마치고 '정상 등정 확인서'를 받고, 돈을 계산하고 나서 버스가 정신없이 떠나는 바람에 정작 셰르파에게 등산화를 주지 못하고 왔다.

그 뒤로 등산을 할 때마다 최 박사님은 "그 친구한테 등산화를 꼭 주고 왔어야 하는데…"라며 안타까워했다, 그래서 그런지, 산행을 같이 해 본 분들은 알겠지만, 최 박사님은 등산화를 한 번 사면 10년 가까이 신는 것 같다. 최 박사님의 애틋한 마음이 세르파에게 전달되기를 바란다.

새로운 도전에는 관대하지만 현실 안주에는 엄격한 분

이상균 | ㈜스마젠 대표이사

최남석 박사님과의 인연은 1984년 가을로 거슬러 올라가게 된다. 서울대 대학원에서 석사 학위를 마칠 즈음, 럭키중앙연구소(현 LG 화학 기술연구원) 정밀화학연구부에 근무하고 있던 친구의 권유로 이력서를 제출하고 대덕연구단지에 있는 연구소 면접에서 처음 뵙게 되었다.

당시 대덕연구단지는 1970년대 중반 이후에 서울 등에 흩어져 있던 국공립 연구소를 한데 모으고 한국 과학기술산업의 미래를 이끌어 가는 종합연구단지를 만들겠다는 원대한 포부와 함께 대전 기계창, 한국화학연구소, 생명공학연구소, 표준연구소, 한국자원연구소, 기계연구소, 원자력연구원 등 15개의 국공립 연구소들이 자리를 잡았고, 그 틈바구니에 럭키화학, 한양화학, 쌍용 등의 몇몇 민간 연구소가 끼어 있는 모습이었다. 연구단지를 출입하는 길목은 세 군데가 있었는데 길목마다 검문소가 설치되어 있고 군인들이 경비를 하는 등 지금과는 사뭇 다른 엄격한 분위기였다. 아마도 당시 한국과 해외에서 공부를 마친 두뇌와 석학들의 가장 큰 집합체가 아니었을까 싶다.

대학원 시절에는 화학물질과 환경, 독성 등에 관심을 가지고 공부하던 중 서울대 은퇴 교수이신 최기철 박사님을 신림동 자택으로 찾아뵙고 고견을 경청한 적이 있었다. 최남석 박사님이 최기철 박사님의 큰 자제분인 줄은 나중에 입사한 후에야 알게 되었는데, 아마 이게 최 박사님과의 인연의 시작이 아니었을까 싶다.

면접위원장이던 최 박사님은 면접 당일 보통의 면접 시간을 한참 넘겨 가면서 다양한 질문을 했다. 답변을 하는 과정에서 최기철 박사님과의 인연도 말씀드리게 되자 환히 웃던 모습이 생각난다. 지금은 당연히 필수 분야이지만, 그때는 화합물에 대한 카피 제품을 만들고 생산해서 판매하는 게 가장 중요하였기에, 화합물질의 효력과 독성을 평가한다든지 하는 일은 학교나 국가 연구소에서나 필요한 걸로 여기던 때였다. 최 박사님은 그런 분야를 육성해야 한다고 강하게 주장하였다. 본사 최종 면접에서 당시 럭키화학 대표가 "이런 친구는 학교에나 필요한 사람 아닌가" 하는 말씀에, 내가 나중에 꼭 필요한 분야임을 역설하였는데 이 과정에서 최 박사님이 "이 친구는 꼭 뽑겠습니다"라는 말로 정리해 논란은 끝났다.

연구소가 태동한 지 얼마 되지 않았기에 셋업set up해 나가는데 이 일이 그리 순탄치만은 않았다. 반대로 이야기하면, 뭐든 하겠다고 마음만 먹으면 할 수 있는 기회가 많았다. 입사하고 얼마 되지 않아 어떤 자리에 불려가서 보니, "연구원으로 입사를 했지만 기획실로 옮기는 게 어떤가" 하는 말씀을 나누고들 있었다. 최 박사님이 내 생각을 물어 보기에 덜컥 양쪽을 다 해 보겠다고 답변해 버렸다. 그 뒤로 오전엔 기획실, 오후엔 연구실로 오가다가 결국은 낮

엔 기획실, 밤엔 연구실에서 근무하는 형편이 되고 말았다. 아마도 곁에 두고 쓰고 싶은 의중을 가졌던 것으로 생각되며, 그때 배우고 교육받은 것들은 나중에 두고두고 활용이 되었다.

가끔 퇴근시간 무렵 최 박사님이 불러서 함께 저녁을 하기도 했고, 미식가인 만큼 맛집 기행에 동참시켜 주기도 했다. 지금 돌이켜 보면 젊다 못해 어린 우리를 귀엽게 보고 미래의 재목으로 키우기 위한 격려의 자리가 아니었나 싶다.

당시의 연구 수준은 지금과 비교하면 상당히 자리를 잡아 가는 기초단계 정도였을 것이다. 다만 의욕과 열정만은 다른 그 어느 곳보다도, 누구보다도 넘쳤다. 최 박사님은 이런 열정을 사 주었을뿐더러 늘 앞장서서 연구비나 시설 장비가 최고인 연구소를 만들고자 하였고, 새로운 일을 하는 데 염려와 걱정이 없도록 해 주었다. 이는 최 박사님이 연구시설 투자에 대한 여러 가지 부정적인 의견이나 외풍을 막아 주었기에 가능했으리라고 생각한다.

최남석 박사님은 다양한 새로운 선진 시스템을 시험하고 우리의 실정에 맞게 구축해서 세계적인 연구소로 발돋움하고자 했다. 예를 들어, 유연 근무 시간flexible time 제도, 해외 학위과정 파견 제도 등 다양한 기획을 맡긴 것도 기억이 난다.

또한 민간 연구소 원장으로서 최고의 인재를 아낌 없이 뽑아서 두루 쓰고자 했는데, 이는 현상에 안주하지 않고 더 나은, 더 높은 목표를 이루고자 함이었다. 언젠가는 최 박사님이 "학교에 가서 좋은 학생들을 뽑아 와라" 하기에 "어떤 사람을 뽑아 올까요?"라고 여쭈니, "자네보다 더 우수한 사람을 데려오라"고 했다. 그래서 내가 "그 정도 사람은 없을 겁니다"라고 답변해 한바탕 웃음꽃을 피운 적도 있었다.

최 박사님은 외부 일정이 있는 날을 빼곤 거의 매일 연구소를 돌아보면서 "What's up? What's new?"로 인사를 대신했는데, 새로운 물질을 만들어서 우리의 고유한 브랜드 제품을 어서 보고 싶은 열망의 표현이었으리라. 새로운 연구 분야에 대해서는 스스로 공부를 많이 했을뿐더러, 문헌을 가져다주며 꼭 해 보라고 권하기도 하였다. 누구든 열심히 하고 새로움에 도전하는 정신에는 무척 관대하고 지원을 아끼지 않았지만, 나태하고 현실에 안주하는 사람에게는 매우 엄격했던 기억도 있다.

신약을 개발하려는 목표를 세우고 정진하고자 할 때 가장 필요한 부분이 무엇인가를 놓고 많은 논의가 있었는데, 유기합성 분야는 물론이고 새로운 물질의 효력과 독성을 평가하는 분야도 반드시 있어야겠다는 의지를 모으고 생물검정 등 의약, 농약 평가팀과 기타 팀을 묶어서 새로운 센터를 태동시키게 되었다. 당시 최 박사님이 센터의 이름을 나에게 맡겨서 '안전성센터'가 발족하게 되었다. 또 기존의 연구단지 동쪽에 새롭게 LG화학 기술연구원 건설 계획에도 중요한 역할을 맡겨 주었는데, 당시 LG그룹 구자경 회장님에게 보고하는 자리에서 신약을 개발하려면 이러한 투자를 해야 한다는 점을 역설하던 모습이 지금도 생생하다.

젊은이들이 새로움을 추구하는 데 주저함이 없도록 늘 도전 정신을 일깨워 주었으며, 실패를 두려워하지 않는 의지도 가르쳐 주었다. 기회가 있을 때마다 연수나 해외출장을 통해 큰 세상이 있다는 것을 보여 주려고 애썼다. 특히 연구원들에게 해외 학위과정 파견 혜택을 주고자 강력하게 추진했고, 결국 내게도 미국에서 박사학위를 할 기회를 주었고 다시 돌아가서 안전성센터를 한국에서 가장 잘 운영되는 조직으로 만들 수 있는 계기를 마련해 주었다.

최남석 박사님은 내가 미국에서 학위를 마칠 즈음 현직에서 은퇴하게 되었고, 이후에 미국 샌디에이고San Diego에 LG 현지연구소를 설립해 고문으로 활동하면서 새로운 선진 기술과 문물을 확보하는 데 열정을 보였다. 최 박사님은 새로운 연구와 분야, 신문물들, 세계 최고의 연구소를 지향하는 한편, 연구원들을 격의 없이 격려하였고, 개인적으로는 다양하고 글로벌한 식도락과 취미도 가지고 있어서 늘 새로움을 맛보는 즐거움을 선사하곤 했다.

그런 즐거움과 추억은 수도 없이 많은데, 마이너 분야에서 고생한다고 늘 챙겨 주고, 연구단지에서 멀지 않은, 대청댐 밑에 있는 쏘가리 매운탕집을 찾아가기 위해 경부고속도로를 거꾸로 올라갔다가 내려온 적도 있다. 최 박사님이 즐겨보던 666, 777 같은 음식점 소개 책자가 서울을 중심으로 만들어졌기 때문이다. 연구소에서 가까운 유성 일대 맛집은 물론, 거리가 좀 멀더라도 맛집 기행을 다니고, 훈제 요리를 만들기 위해 관사에서 밤새도록 훈제기를 돌리고, 훈제한 오리를 들고 음식점에 가서 시식했던 추억이 남아 있다.

또 스페인에서 가져온 하몽을 한 점씩 맛보면서 우리도 만들어 보자 하던 모습, 낚시와 자연을 좋아했기에 휴가 때 함께 민물낚시나 바다낚시를 갈 때마다 가족의 따가운 눈총에 시달렸지만, 최 박사님을 중심으로 낚시 모임이 만들어져 강으로 바다로 출조할 때마다 빼놓지 않고 그 지역 맛집을 순례했던 추억도 남아 있다.

최 박사님은 은퇴 이후에도 등산 모임을 만들어 후배들과 한 달에 한 번씩 산행을 함께했다. 최 박사님은 첫 번째 산행지인 청계산 입구의 옛골 파전집에서 손수 작명한 '갈라파고스'라는 이름을 공표한 이래 주기적으로 모임을 이어 오면서 후배들에게 꿈과 희망을 전해 주고자 지금도 노력한다.

최남석 박사님은 본래의 전공인 화학공학 분야보다 생명과학을 더 잘 이끌어, LG 생명과학은 물론, 우리나라 생명과학의 초석을 다듬고 각 분야에서 오늘의 수준에 도달하도록 한 획을 그은 거목이다. 공학도로서, 리더로서, 인간으로서의 최 박사님의 철학과 신념을 기록으로 남기고 그 발자취를 기억하면서 다시 한 번 존경하는 마음을 새기고 싶다.

"내일부터는 '미스터 최'로 호칭하겠습니다"

이성만 | LG화학 기술기획 담당 상무

나는 1990년 7월에 ㈜럭키의 신입사원으로 입사해 2000년 3월에 퇴직했다가 2006년 4월에 재입사해 현재에 이르고 있다. 처음 입사했을 때는 럭키중앙연구소장으로 재직중이던 최남석 박사님을 직접 뵙기가 쉽지 않아 첫 만남에 대한 기억은 별로 남아 있지 않다.

입사 3, 4년차(1992-1993년)로 기억되는데, '비전VISION 2000'이라는 R&D Vision 설정 작업을 전략기획팀의 실무자로서 진행한 적이 있다. 당시 직속 상사였던 안창수 과장이 외조모 상을 당해서 출근하지 못한 상황에서 최남석 박사님이 갑자기 사무실에 와서 비전 수립 작업 내용을 확인했다. 안창수 과장이 상중喪中임을 말씀드렸으나 담당자인 나에게 보고하라고 하길래, 그때까지 작업했던 내용을 OHP 필름으로 보고했다. 최 박사님은 보고 내용에 만족해했고, 전 연구원에게 공표하였다. 이 일을 계기로 최 박사님한테서 인정받게 되었고, 그 뒤로 연구소의 중요한 기획 업무를 다수 진행하게 되었다.

민간 기업 연구소 책임자로서 최남석 박사님의 리더십에 대한 기억은 항상 새로운 것을 추구하던 분으로 남아 있다. 박사님은 연구원과 직원들에게 항상 "What's new?"를 주문했다. LG화학이 전통적인 사업인 석유화학에서 바이오, 정보전자소재, 2차전지 등의 새로운 성장 동력을 계속해서 찾아 나갈 수 있었던 것은 순전히 최 박사님의 새로운 것에 대한 도전 의식 덕분이라고 생각한다.

최 박사님과는 음식에 관한 에피소드가 많다. 원장직에서 물러나기 직전인 1995년 말에 Comdex 전시회 관람 등을 포함한 장기 미국 출장을 갔는데, 최 박사님이 라스베가스 시저스 팰리스 호텔 중식당에서 'Snake Soup'를 주문한 덕분에 난생 처음 뱀고기 수프를 먹어 보았다. 최 박사님은 식사를 같이 하면 늘 음식을 남기지 말고 계속 먹으라고 권했다. 한번은 배가 하도 불러서 최 박사님이 보는 각도에서는 보이지 않는 밥그릇 안쪽에 남은 밥을 모아서 남기고 온 적도 있다.

최 박사님은 업무에서는 엄격하지만 사적으로는 자상한 분이었다. 최 박사님은 미국에서 생활할 때 사용하던 캠핑용 텐트가 있었는데, 당신의 아드님을 잉태(?)했던 텐트라면서 당시 딸만 둘이던 나한테 그 텐트를 선물로 주었다. 그 텐트를 직접 사용하지는 않았지만, 그 덕분인지 막내아들을 얻게 되었다.

최 박사님과 'DPI Solutions'라는 벤처기업을 함께 할 때였다. 박사님이 창의적이고 수평적인 문화를 만들기 위해 호칭을 서로 미스터Mr.로 하자고 제안하였다. 나는 며칠 동안 차마 입이 떨어지지 않아 '미스터 최'로 호칭하지 못하고 계속 머뭇거렸다. 그러다 사흘째 되는 날 퇴근 시간에 "내일부터는 미스터 최로 호칭하겠습니다"라고 말씀드리고, 다음날부터 실제로 그렇게 불렀던 기억이 생생하다.

연구개발이란 전쟁터의 연구사관학교 교장 선생님

이용범 | 전 LBC 책임연구원

나는 1982년 대학원 졸업 무렵에 "땅속에는 마늘, 땅위에는 고추"라는 '마고추'를 유전공학으로 만드는 연구를 한다는 럭키중앙연구소 홍보 광고를 보고 ㈜럭키(현 LG화학)에 지원해 1983년부터 1998년까지 유전공학부에서 16년간 연구 생활을 하면서 최남석 박사님(부사장)을 겪어 보았다. 내가 겪은 최남석 박사님은 "연구 목적이란 세계 최초로 상품을 개발하여 고수익을 창출하는 것"이란 철학을 다음의 세 가지 방식으로 연구원들과 공유한, 사관학교 교장선생님 같은 분이라고 기억된다.

첫째, 최남석 박사님은 연구원과의 소통은 시간과 장소의 제약을 받지 않아야 한다는 소신을 갖고 있었다. 처음 입사해 신입사원 네 명과 함께 숙소를 최남석 박사님 사택으로 배정받았을 때는 마치 도살장에 끌려가는 소 같은 심정이었으나, 그런 우려는 곧 해소되었다. 박사님은 연구원들을 자주 거실로 불러내 맥주를 따라 주며 요새 무슨 연구를 하냐고 관심을 표하며 자신의 연구 철학을 말씀하곤 했다.

입사 초기 대덕연구단지 주위는 죄다 논밭이었다. 술집은 유성온천장 옆 OB비어킹 생맥주집뿐이어서 그곳이 자연스레 연구원들의 집합 장소가 되었다. 최 박사님은 우리의 집합 장소에 자주 출몰(?)해서 연구원들과 대화를 나누고 술값을 계산해 주었다. 나중에는 "소장님이 언제 또 오시나?" 하고 기다렸던 기억이 있다.

1984년 11월 미국 현지 연구소 럭키바이오텍(LBC)으로 떠나기 전 무렵이었다. 대학원 시절에 너무 옹색하게 실험하다가, 연구소에서 수입품 시약과 책에서 보던 최신 실험기기를 사용하는 것이 뿌듯하여 열심히 실험을 하고 있으면, 최 박사님이 매일 나타나서 "What's New?" 하고 물어 보곤 했다. 그러면 나는 속으로는 "하루 사이에 뭔 New?" 할 뿐, 소장님의 질문을 이해하지 못했다. 그러나 시간이 지나면서 그 질문의 의미를 깨닫게 되었고 자연스러운 일상생활로 받아들여졌으니, 나중에는 내가 부하 직원에게 "What's New?"라고 같은 질문을 하게 될 정도였다.

1980년대 초 한국의 과학 연구 풍토는 외국에서 유학하고 돌아오면 자동적으로 국가 연구소 책임연구원이나 소장이 되어 연구소 행정을 하는 관리체계가 앞선 상황이었다. 그런데 최 박사님은 연구개발 현장이 전쟁터라 생각하며 당신이 열정을 보임으로써 연구원들의 자발적인 사고와 행동을 유도한 점은 30여 년이 지난 지금도 퍽 신선하고 선진적이라고 생각한다.

둘째, 최 박사님은 세계적으로 고수익을 내는 상품을 창출하기 위해선 현지에서 경쟁하여야 한다는 소신을 갖고 있었다. 1984년에 유전자 DNA 합성기 가동을 시작하였으나 연일 튜브 배관이 막히는 문제로 몇만 달러짜리 기계가 가동 불능 상태가 되었다. 일본 제조사에 연락하여 수리하였는데 기술자가 떠난 다음날 또 고장이 났다. 이제 죽었구나, 하였는데 아무 말씀없이 지나가니 연구원들이 안도했던 기억이 생생하다.

다른 연구원들도 책을 보며 고군분투하기는 마찬가지여서 미국에서 실제로 DNA 염기서열을 확인한 한장현 박사님을 초빙하여 처음으로 DNA 밴드를 보았으나, 한 박사가 가져온 시약을 소진하고 나서 다른 시약으로 하니 재현이 되지 않아 모두들 난감해했다. 그러자 최 박사님은 유전공학 메카인 샌프란시스코에 있는, 세계 최초로 간염 백신의 원료인 B형 간염바이러스 항원을 유전공학 기술로 효모에서 발현시킨 카이론Chiron사 안에 해외현지 연구소 럭키바이오텍(LBC)을 설립하였다.

첫해에는 5명의 연구원이 파견되어 각 연구원들이 카이론Chiron 연구실에 투입되어 사수 1명씩을 배당받아 유전공학 기술 습득을 시작했다. 미국에서도 시작한 지 몇 년 되지 않은 기술들을 습득하던 그때의 설렘과 희열은 아직도 생생하다. 한국에서 가장 애를 먹었던 DNA 염기서열 결정Sequencing 사진을 처음 우리 손으로 인화하여 본 날은 위대한 예술작품 보듯이 모두가 감동했다. 그날 우리는 캘리포니아 나파 밸리Napa Valley 와인으로 자축하고 또 자축했다. 우리는 매주 금요일 저녁 피자 파티에서 카이론Chiron사 연구원들과 맥주를 마시며 짧은 영어로 대화를 해야 했다. 최 박사님이 미국까지 와서 홀로 실험만 하지 말고 카이론Chiron 연구원들과 어울리라고 엄명(?)하였기 때문이다.

LBC에서 우리는 1호 유전공학 제품인 감마 인터페론 유전자를 DNA 합성기로 만들어 효모에서 대량 발현을 확인했다. 이날도 나파 밸리 와인으로 자축했음은 물론이다. 이후 인간 성장호르몬, 동물 성장호르몬 등이 나올 때마다 와인 파티를 했다. 우리는 고급 와인을 마시기 위해서라도(?) 계속 'DNA 합성-유전자 조작-대량 발현'을 완전히 습득했다. 이때 습득한 결과들이 새록새록 나올 때는 대한민국 최초, 아니 세계 최초라는 희열이 우리에게 최고의 안주거리였다.

한국에서 애를 먹은 기억이 있던 DNA 합성기는 근처 산호세에 위치한 회사의 제품으로, 미국에서도 나온 지 몇 년 되지 않은 것이었다. 그래서 기술자가 일주일에 한 번씩 방문하여 부품 교체 서비스를 1년간 받았다. 덕분에 기술자와 정기적으로 대화를 하다 보니 영어회화에도 큰 도움이 되었다. 이러한 일은 유전공학의 메카인 현지에서 연구를 하였기에 가능한 일이었다.

당시 삼성에서는 미국 동부 지역에 '유진텍'이라는 현지 연구소를 만들었다. 자연히 삼성에게 질 수 없다는 경쟁심도 국내 유일의 유전공학 제품 생산 성공에 한 몫을 하였지만, 지휘관의 전략이 전쟁의 성패를 결정지은 결과였다. 삼성의 전략은 유전공학은 국가 주도의 산업이 되야 한다는 취지에서 유전공학에 필요한 기초 시약인 유전자를 자르는 제한효소 생산에 중점을 두었으니, 이미 게임은 끝난 것이었다.

셋째, 최 박사님은 기업연구소 책임자로서 기업이 경쟁에서 살아

남기 위해선 10년, 20년 앞을 내다봐야 한다는 신념을 가졌다. 개인적으로 럭키에서의 연구 절정기는 LBC에서 유전공학 기술을 마음껏 발휘하여 1989년에 발견된 C형 간염 바이러스 염기서열 해독 및 항원 단백질을 효모와 대장균에서 발현시켜, 1990년 한국에 돌아와 이를 원료로 C형 간염 진단시약을 국립혈액원에 납품한 것이다. 이에 LBC 팀이 LG 그룹 금상도 수상하여 탄탄대로의 회사 생활을 꿈꾸고 있었다.

그런데 1992년 어느날 최 박사님이 방으로 부르더니 "자네에게 말한 2년 전 약속을 지키겠다"며 이렇게 말씀했다. "유전공학 기술은 세계적인 궤도에 돌입하였고 정밀화학의 새로운 항생제 합성신약 기술은 세계 최고인 바, 앞으로 LG가 세계적인 회사로 도약하기 위해선 뇌 과학Neuroscience 분야로 눈을 돌려야 한다. 그러니 자네는 뇌 의약품 개발 시스템 구축을 위한 신경세포 배양 및 뇌 과학을 공부하고 오게나." 그 순간 최 박사님은 진짜 New를 생각하고 있구나, 하는 생각이 번쩍 들었다.

그러나 알츠하이머 치료 의약품 개발을 꿈꾸며 공부하던 중 최 박사님이 퇴임하는 바람에 LG화학의 뇌 질환 치료제 개발 사업은 중단되었다. 지금도 생각하면 아쉬움과 함께 은혜에 부응해 보답하지 못한 것에 대한 죄송스러운 마음이 크다. 그리고 나는 LG를 떠났지만, 지도자가 방향을 잘못 잡으면 조직 전체가 무너진다고 생각하게 하는 소식이 들려올 때마다 최 부사장님과의 연구 생활이 그리워진다.

현지연구소(LBC) 설립은 미래 내다본 과감한 투자

이태규 | 오송첨단의료산업진흥재단 신약개발지원센터장

1984년 미생물학으로 석사학위를 받은 후 ㈜럭키(현 LG화학)의 중앙연구소에 취직하면서 최남석 박사님을 처음 만나 뵙게 되었다. 대덕연구단지의 연구소 내에 새로 지은 유전공학연구부에 근무할 때, 최 박사님이 자주 연구실을 방문했는데, 첫 회식에서 연구원들과 논쟁을 하는 모습을 보고 놀라는 한편으로, 연구원이 아이디어를 내는 것에 대해 자유롭구나 하는 생각도 했다.

1984년 3월 입사 후 그해 9월에 미국 캘리포니아 샌프란시스코 베이 지역의 럭키 현지연구소(LBC) 파견 근무를 하면서 최 박사님을 현지에서 자주 뵈었다. 그때 최 박사님은 "What's new?"라고 하면서 "한번 해 보도록 하지," "이런 생각은 어떤가?" 하면서 격려 말씀을 많이 해 주던 기억이 지금도 남아 있다.

세계 최초의 미국 바이오 벤처사인 '제넨텍'이 1976년에 설립되었는데, LG에서 8년 뒤에 해외 연구소(Lucky Biotech Corp. LBC)를 설치하여 연구원을 파견해 운영한 것은 지금 생각해 보면 매우 용기 있고 미래를 바라본 투자였다. 특히 화학공학을 전공한 분이 생명공학과 같이 매우 전문적인 분야를 파악하여 이 분야를 잘 모르는 LG화학 경영진이 투자 결정을 할 수 있게 한 점을 높이 평가하고 싶다.

최 박사님은 김성호 교수, 한장현 박사 등 현지 한인 과학자를 통해 정보를 많이 얻었던 것 같다. 그런데 이분들은 사업가 마인드보다는 과학자 마인드로 접근한 것에 비해, 최 박사님은 LG의 파트너인 카이론Chiron사의 경영진(Bill Rutter, Penhoet)과의 교류를 통해 바이오텍 비즈니스에 대한 이해도를 넓힌 것으로 보인다.

당시 카이론사와의 관계, 특히 주식투자 기회 대신 토지를 구입한 건 등은 다소 아쉬움으로 남는다. 그리고 처음에는 카이론사와 공동연구 모델을 통해 카이론 연구진들과 같이 실험하면서 그들이 갖고 있는 기술과 생각을 많이 배웠는데, 나중에는 독자 연구소 유지로 바뀌면서 현지 연구소의 이점을 잘 살리지 못한 것으로 생각된다. 그럼에도 불구하고 해외 연구소(LBC)를 통해 초기 유전공학 기술을 빨리 습득했고, 이를 바탕으로 생명공학 제품을 대덕연구소에서 연구개발하면서 LG가 생명공학 제품 연구분야에서 두각을 낼 수 있었다고 본다.

최 박사님은 본인이 잘 모르는 분야에 대해서도 호기심을 갖고 자주 물어 보았다. 리더로서 연구원들과 직접 대화 통로를 가짐으로써 개별 인력에 대한 정보를 얻을 수 있고, 전문 분야에 대한 설명을 현장에서 들음으로써 해당 분야에 대한 정보도 얻는 좋은 기회라고 생각해 이를 잘 활용한 것으로 보인다. 대화하면서 본인의 아이디어도 자주 내비쳐서 연구원장이라는 매니저로서의 역할뿐 아니라 과학자로서 연구에 대한 애착도 보여 주었다.

1990년대 중반 바이오와 합성의약 부분을 합쳐 제약사로 가기 위한 조직을 만든 것도 매우 앞서가는 결정이었다고 본다. 다만, 이 조직이 잘 융화되어 발전하기 전에 박사님이 퇴임해서 아쉬움이 컸다.

개인적으로는 해외 파견 연구 인력에게 박사학위 과정 기회를 준 것에 매우 감사드린다. 나는 1988년 이태호, 정현호 박사에 이어 공부할 기회를 갖게 되었다. 최 박사님께서 얼 다비Earl Davie 교수가 있는 워싱턴대학교Univercity of Washington의 생화학과에 지원하라고 했는데, 같은 대학의 미생물학과에 지원해 혼난 기억이 있다. 그래도 바이러스를 전공하고 후에 AIDS바이러스도 연구해서 회사 프로젝트에 기여는 했다고 생각한다. 학위 과정과 포스트닥 과정 중에 가끔 방문하셔서 격려해 준 점에 대해서도 감사드린다.

LBC에서 근무할 때 최 박사님에게 국내 박사보다 왜 해외 박사를 선호하는지 물어 보았다. 그때 들은 답변은 "연구를 하다 보면 물어 볼 것도 많은데 해외에서 공부하면 폭넓은 네트워크가 있으니 이를 통해 도움을 받을 수 있는 장점이 있다"고 했다. 나도 예전에 같은 실험실에 있던 친구들과 계속 연락하면서 도움을 많이 받은 점을 생각하면, 당시 LG 연구소의 수준을 올리는 데는 다양한 해외 기관에서 연구한 사람들의 네트워크도 일조를 했다고 본다.

내가 LG를 떠나 벤처사로 가기 전에 최 박사님을 만나 뵙고 조언을 구했더니, 그때 "사업을 하다 보면 어떤 방향으로 갈지 모르니 가능한 한 여러 상황에 대한 준비를 하라"고 조언해 주었다. 잘 될 경우뿐 아니라 안 될 경우에도 대비를 미리 해서 방안을 갖고 사업을 하라는 말씀이 실제로 많은 도움이 되었다. 나뿐만 아니라 다른 LG 출신 연구자들에 대해서도 많은 조언을 준 것으로 알고 있다.

최 박사님의 조언은 연구와 사업뿐만 아니라 일상생활에도 유익하다. 최 박사님과 같이 음식점에 가면 무엇을 주문할지 걱정할 필요가 없었다. 샌프란시스코의 중국 음식점에 가면 여러 가지 음식을 본인이 알아서 주문했는데, 최 박사님은 맛있는 음식을 주문하는 것을 즐겼고, 우리는 그 모습이 보기에 좋았다.

"엔지니어링은 돈이다"

한규범 | ㈜파이안바이오테크놀로지 대표이사

나는 1984년 3월 럭키 유전공학연구부에 입사해 2001년 7월 LGCI생명과학 기술연구원에서 퇴사했다. 1984년 초 럭키중앙연구소 채용공고가 신문에 나서 면접을 하게 되었다. 장소는 서울역 앞 빌딩(지금의 메트로빌딩). 백발의 면접관이 퉁명스럽게 지원 동기를 물어 보았다. 나중에 대덕연구단지로 발령받아 내려가 보니 최남석 박사님이었다. 유전공학연구부에서 말단 연구원으로 일하는 동안 박사님은 높으신 분, 가끔 지나가면서 일하는 것을 살펴보시는 분으로 기억한다.

유전공학연구부에서 일하다가 1년 정도 공정개발연구부로 이동했을 때인데 한번은 큰 회의실에 공정개발연구부 인원 전원을 모아 놓고 한 사람 한 사람 호명하면서 연구 진행 사항을 이야기해 보라고 했다. 부서장도 아닌 연구소장이 어떻게 그 많은 조직원들의 이름을 모두 기억하고 업무를 다 파악하고 있을까? 놀라웠다. 또한 엔지니어링이란 무엇인가에 대해 질문하였는데 아무도 답을 못하자 '돈'이라고 말한 것이 기억에 남는다. 난 공대를 나와서 그런지 사이언스와 엔지니어링의 차이가 늘 궁금했는데 명답이었고, 지금도 가끔 후배들에게 이런 차이를 자신 있게 설명하곤 한다.

1985년 말 미국 샌프란시스코 Bay Area 도시 중 하나인 에머리빌Emeryville의 Lucky Biotech Corp(LBC)에 파견 나가게 되었다(LBC는 럭키화학이 유전공학기술을 습득하기 위해 미국 벤처인 카이론Chiron사에 Project 투자를 하고 한 건물 안에 설치한 현지 법인 연구소로, 최남석 박사님의 업적 중 하나이다). 1987년 상반기까지 그곳에 나가 있었는데 최남석 박사님에 대한 기억은 특별한 것이 없다.

바이오 파일럿 플랜트를 대덕 중앙연구소에 설치하는 데 필요한 특정회사 Pilot Fermentor(시생산 발효조) 정보를 주면서 알아 보라는 지시가 최 박사님으로부터 왔는데, 그 장비는 사용 reference가 부족한 신제품이라 정하지 않고, LBC가 있던 미국 카이론사가 사용하는 미국 NBS사의 Pilot Fermentor, 옆 건물에 있던 Cetus사가 사용하는 유럽 Chemap사의 Pilot Fermentor, 그리고 제네텍Genentech사가 사용하는 유럽 바이오엔지니어링Bioengineering사의 Pilot Fermentor를 검토하여 현장 사용자가 적극 추천하고 사용 reference 리스트가 풍부한 Chemap 사 장비를 사야 한다고 했을 때, 최 박사님은 약간 아쉬워하면서도 흔쾌히 오케이 했다. 그때 고집이 강하지만 담당자의 의견을 존중하는 박사님의 스타일에서 깊은 인상을 받았다.

1987년 상반기에 귀국하여 대덕 중앙연구소에 바이오 파일럿 플랜트를 설치하고 미국 LBC로부터 이전받은 균주들을 가지고 인터페론, 성장호르몬, 모넬린 등을 시생산하고, 신입사원들 교육을 시키고 할 때 최 박사님에 대한 기억 중 특별한 것이 몇 가지가 있다.

1987년 여름 효모균주로부터 돼지 성장호르몬을 만들어 성환 연암축산 돼지농장에서 사료 효율 개선 및 살코기 증가 등에 관한 효과 확인 시험을 했을 때였다. 결과가 매우 잘 나와서 현장에 참석한 구자경 회장님이 관련자들의 노고를 치하하는 저녁 자리에 모두를 초대하였는데, 최 박사님이 그날 만취해 차에 오르던 기억이 생생하다. 구 회장님이 참석한 연암축산 현장에서 돼지 도축(등지방 두께 측정) 결과를 전혀 모르는 상태에서 구 회장님과 우리 실무진은 촬영 비디오를 함께 먼저 보았는데, 최 박사님은 그날 조금 늦게 도착했다. 그래서 최 박사님이 결과를 담은 비디오를 보지 못한 상태에서 현장 회의실에 들어오는데, 구자경 회장님이 "연구가 대실패야"라고 말한 뒤에 조금 뜸을 들이다가 아무 말씀도 못 하는 최 박사님에게 농담이라고 웃으면서 말씀했다. 아마 그날 최 박사님은 지옥과 천국을 오가는 기분이었을 것이고 그래서 과음을 하지 않았을까 생각한다.

연구소에 설치된 바이오 파일럿 플랜트가 가동되기 시작하면서부터는 최 박사님이 불시에 자주 현장에 찾아오셔서 "What's New?"라는 질문을 많이 했다. 앉아서 일하는데 뒤가 느낌이 좀 이상하다 싶으면 최 박사님이 뒤에 서 있는 것이었다. 항상 'What's New?'에 대한 답변이 필요했다. 이 시기에는 저녁 식사에도 많이 호출되었는데 참석자들에게 일일이 술잔을 한 잔씩 따라 주었고 일에 대한 질문이 많았는데, 놀라운 것은 이상하게도 식사가 끝나면 나도 모르게 벌겋게 술이 오른 얼굴로 다시 실험실에 들어가서 일하곤 한 점이다. 이런 열정에는 최 박사님으로부터 자극받은 묘한 동기부여가 작용하였음은 말할 것도 없다.

1986년 미국 UC버클리대 김성호 교수님의 아이디어와 LBC 조중명 소장님과 연구원들의 노력으로 모넬린Monellin이란, 단맛을 내는 재조합 단백질이 만들어졌다. 1988년경으로 기억하는데 모넬린을 만드는 효모균주를 미국 LBC에서 만들어 대덕으로 보냈는데, 발효공정과 정제공정을 내가 대덕 바이오 파일럿 플랜트에서 확립하였다. 시생산된 모넬린을 가지고 최남석 박사님 방에서 관련자들이 모여 맛 테스트를 하였는데, 커피에 모넬린을 넣어 시음해 보니 커피의 쓴맛이 먼저 나고 모넬린의 단맛이 나중에 나는, 매우 특이한 지체 효과Lingering Effect가 문제였다. 이후 이러한 링거링 효과를 없애기 위하여 모넬린은 미국 현지 연구소 LBC의 Top Priority 프로젝트가 되었고 사업화를 위해 모두 무척 노력하였으나, 링거링 효과와 유전공학 기술을 이용하여 생산된 물질이란 한계 때문에 식품 원료로 등재하지 못한 채로 결국 모넬린 프로젝트는 2000년대에 들어 종료되고 말았다.

대덕 바이오 파일럿 플랜트에서 경제성 있는 발효공정과 정제공정을 확립하는 데 많은 노력을 기울인 나로서는 사업화하지 못한 것이 매우 아쉬운 기억으로 남았다. 지금도 국내에서 단맛을 내는 단백질을 개발하고 있는 바이오 벤처기업과 학교를 보면 30년 전 최남석 박사님이 심혈을 기울여 개발하고자 했던 모넬린 생각이 난다.

1990년부터 1994년 사이에 미국 캘리포니아 주립대학교(UC Irvine)에 학위과정 파견을 나갔었다. 1992년, 1993년 사이로 기억하는데, 최 박사님이 미국 LA 북부에 있는 암젠Amgen사의 유전공학제품 생산 공장을 보고 싶어 했다. 암젠사는 당시 유전공학 기업 중 세계 최고의 기업으로 인체 단백질 의약품인 EPO와 G-CSF를 사업화하여 엄청난 매출을 일으키고 있어, 최첨단 기술이 적용된 의약품 원료 생산 공장을 견학하는 일은 불가능에 가까운 일이었다.

　　그런데 내 지도교수님의 제자가 암젠 공장 책임자여서 학생인 나와 최 박사님의 공장 방문이 허락되었다. 행운도 따랐지만 정말 하고자 하면 꼭 해내는 최 박사님의 적극적이고 도전적인 성격이 아니면 절대 불가능할 일이 성사된 것이었다. 나는 암젠 G-CSF 생산공장 내부를 견학하고 공장의 레이아웃, 장치, 주요 특징, GMP 시스템 등 상세한 내용을 저녁에 정리하여 익산 생물의약품 공장 건설 책임자에게 보냈다. 개인적으론 그때 암젠사 견학 경험이 1990년대 말 익산에 1만5천 리터 규모의 부스틴 공장을 건설하는 데도 큰 보탬이 되었다고 생각한다.

　　학위과정 파견 후 1994년 말에 귀국하여 바이오텍연구소에 복귀하여 최 박사님이 기술연구원 원장에서 고문으로 퇴임하던 1997년까지 사이에 기억나는 것은 낚시와 산행 수행, 어류 성장호르몬 관련 양식장 시험, 주목나무 추출 항암제 택솔Taxol 검토 지시 등이다. 그중 제일 기억나는 것은 임목육종연구소에 가서 Taxol 기술이전 가능성을 검토하라는 지시를 받고 다녀와서 긍정적인 보고서를 올렸다가 크게 야단맞고 다시 보고서를 올린 일이다.

내 나름으로 주목나무 껍데기에서 Taxol을 추출하여 사용하다가 이전받은 주목나무 세포배양 기술을 통해 Taxol을 얻으면 될 것이라고 판단해서 보고서를 긍정적으로 썼다. 그런데 아마 최 박사님은 기술연구원 추진 방향과 맞지 않는 부분이 있었지만 관련된 청탁 때문에 사람을 보낼 수밖에 없었는데, 출장 다녀온 연구원이 당신이 생각한 방향과 다른 방향으로 보고서를 올리니 언짢았던 것으로 생각된다. 설령 출장 연구원의 보고 내용이 틀린 것은 아닐지라도 기술연구원 진행 방향과 맞지 않으면 하지 않는 확고한 리더십의 사례였다. 이 경험을 통해 얻은 것은 스태프들은 리더의 의중을 정확히 읽어 최종 연구개발 방향에 맞게 리더를 보좌해야 한다는 생각이다.

마지막으로, 최남석 박사님이 LG를 은퇴한 후 2002년 여름으로 기억하는데, 알래스카를 워싱턴대학U. of Washington의 알란 호프만 교수와 열흘에 걸쳐 함께 다녀왔던 여행에 대해 언급하고자 한다. 여러 번 최 박사님을 모시고 국내외 여행을 다녀왔지만 2002년 알래스카 여행이 제일 기억에 남는다.

'갈라파고스'라는 LG 출신 멤버들과 저녁식사를 하면서 연어 낚시를 함께 가기로 이야기가 되어 준비가 시작되었는데, 긴 여행 시간과 자비로 부담해야 하는 여행 경비 등의 현실적인 문제로 마지막에는 나만 남아 최 박사님을 수행하게 되었다. 힘들었지만 알래스카의 깨끗함, 백야, 모기, 연어는 한 마리도 잡지 못한 연어 낚시 등이 기억에 남는다. 최 박사님이 아니었으면 내 평생 언제 이런 오지를 여행할 수 있을까 하는 생각이 들어 지금도 최 박사님에게 감사하게 생각하고 있다.

바이오그래피

1954년 서울대학교 사범대학 부속고등학교 졸업(6회)

1958년 서울대학교 공과대학 화학공학과 졸업(학사)

1958년 국방부 과학연구소 연구원(군 복무)

1962년 미국 포트 헤이스 주립 대학교Fort Hays State University
　　　석사(유기화학)

1963년 미국 뉴욕시 컬럼비아 대학교Columbia University 생화학연구
　　　실 연구원

1963년 미국 유니온 카바이드Union Carbide Corporation 중앙연구소 연
　　　구원

1970년 미국 뉴욕시 브루클린 공대Polytechnic Institute of Brooklyn 박
　　　사(고분자화학)

1971년 브루클린 공대Polytechnic Institute of Brooklyn 연구원

1971년 미국 ALZA(약물전달 시스템 개발 회사) 책임연구원

1974년 한국과학기술연구소KIST 생물고분자연구실장

1976년 한국과학기술연구소KIST 화공연구부장

1977년 한국과학기술연구소KIST 고분자연구부장

1980년 ㈜럭키중앙연구소 연구소장

1988년 ㈜럭키 부사장 겸 중앙연구소장

1991년 ㈜럭키 부사장 겸 기술연구원장

1995년 ㈜LG화학 부사장 겸 기술연구원장

1996년 ㈜LG화학 고문

1999년 ㈜LG화학 퇴직

상훈-포상 내역

1979. 4. 21 국민훈장 목련장

1993. 4. 21 동탑산업훈장

1997. 11. 7 운경상(운경재단)

2006. 12. 5 '한국을 일으킨 엔지니어 60인'(한국 공학한림원)

2010. 12. 16 '한국의 100대 기술과 주역'(한국 공학한림원)

특허

U.S. Patent 4,180,646(DEC. 25, 1979)

U.S. Patent 4,138,344(Feb. 6, 1979)

U.S. Patent 4,093, 709(June 6, 1978)